Insel der tausend Steine

Elaine Laurae Weolke

Insel der tausend Steine

- Roman -

Herstellung und Verlag:
BoD- Books on Demand, Norderstedt
ISBN : 978-3-7347-4719-9
erste Auflage: 08/2019

Bibliografische Information der Deutschen Nationalbibliothek:
Die Deutsche Nationalbibliothek verzeichnet diese Publikation in der
Deutschen Nationalbibliografie; detaillierte bibliografische Daten sind im
Internet über http://dnb.dnb.de abrufbar.

Über die Autorin: Elaine Laurae Weolke ist das Pseudonym einer Autorin, die seit ihrer Jugend schreibt und für einige Beiträge im Internet ausgezeichnet wurde. Sie hat viele Länder besucht.
Von ihr erschienen bereits die Australienromane „Blätterrauschen, weit weg" und „Nächster Halt: Sydney Harbour Bridge".

Insel der tausend Steine
Autor: Elaine Laurae Weolke
Satz: Elaine Laurae Weolke
Foto: Elaine Laurae Weolke
Covergestaltung: Elaine Laurae Weolke
© 2019 by Elaine Laurae Weolke
Herstellung und Verlag: Books on Demand GmbH, Norderstedt
ISBN-Nummer: 978-3-7347-4719-9

Inhaltsverzeichnis

Wow, ist das beeindruckend!", staune ich, als ich im März 2009 zum zweiten Mal die Chinesische Mauer in Badaling besuche. Badaling liegt circa 80 Kilometer von Peking entfernt.

Ich bin zum zweiten Mal in China, besuche zum zweiten Mal die Chinesische Mauer – und immer wieder ist das ein beeindruckendes Erlebnis. Der Reiseleiter, der die Reisegruppe, mit der ich und mein Mann China besuchen, begleitet, erklärt uns, dass die Chinesische Mauer das größte Bauwerk der Welt ist. Sie war ursprünglich als Grenzmauer gedacht.

Grenze – ja, damit hatte ich auch schon zu tun. Damals während meiner Ausbildung beim Zoll.

Daran erinnere ich mich wieder, als ich nach dem Treppenaufgang zur Mauer nach links laufe. Links laufen weniger Leute – aber der Aufstieg ist steiler. Das ist in Ordnung, solange man nach oben geht. Steigt man jedoch die Treppen der Chinesischen Mauer hinunter, merkt man, dass die Treppenstufen teilweise unterschiedlich hoch sind. Außerdem muss man aufpassen: die Mauersteine der Stufen und Gänge können glatt sein. Schnee liegt glücklicherweise nicht.

Steigt man vom Treppenaufgang nach rechts auf die Chinesische Mauer, ist der Aufstieg zwar angenehmer, da er nicht so steil ist, allerdings begegnet man dann Massen von Touristen.

Mein Mann und ich gehen sowohl in die eine, als auch in die andere Richtung. Immer wieder halten wir an, unsere Blicke schweifen in die Ferne. Aber nicht nur meine Blicke nehmen die Landschaft in sich auf, sondern ich erinnere mich auf einmal zurück an meine Zeit in der Bundeszollverwaltung.

Alles begann 1983.

1. Eine Idee, ein Traum

Fast sind die Töchter oder Söhne mit der Schule fertig, machen sich ihre Eltern schon Gedanken darüber, was ihre Sprösslinge einmal werden sollten. Vor allem die Idee einer Ausbildung im öffentlichen Dienst führte in den 1980er-Jahren lange die „Hitlisten der Wunschberufe für junge Erwachsene seitens ihrer Eltern" an. Eltern wollen ja immer, dass ihre Kinder eine sichere Zukunft vor sich haben, und als Beamte auf Lebenszeit haben sie das. Immerhin ist man dann unkündbar und zahlt weniger Sozialversicherungsbeiträge.

Ich war 1982 20 Jahre alt und hatte beinahe meine Ausbildung zur fremdsprachlichen Wirtschaftskorrespondentin an einer Sprachenschule beendet, als meine Mutter die folgende Idee hatte:

„Vicky, was hältst du von dem Gedanken, eine Ausbildung beim Zoll zu machen? Vielleicht braucht man dort Leute mit Fremdsprachenkenntnissen!"

Ansonsten hatte ich schnell Gegenargumente auf Lager, wenn meine Mutter ihre Gedanken zu meiner beruflichen Zukunft äußerte. Aber dieses Mal dachte ich ernsthaft darüber nach. Zoll – warum eigentlich nicht? Die Sendereihe „Achtung, Zoll!" in den Regionalprogrammen hatte mir gefallen – ich stellte es mir interessant vor, in grüner Uniform Ausfuhrpapiere abzustempeln, Gesetze zu wälzen, stichprobenweise Sendungen aus dem Ausland zu kontrollieren. Auch ein Job bei der Zollfahndung bot einen gewissen Reiz. Vielleicht war das auch nicht ganz das Wahre für mich. Denn ob ich psychisch so belastbar war, mit speziell ausgerüsteten Spürhunden nach Drogenverstecken und deren Drahtziehern zu fahnden, wusste ich nicht. Aber das konnte man ja auch im Laufe der Ausbildung feststellen.

Dass die Zollverwaltung vielfältige Jobs bietet, wusste ich bis dahin noch nicht. In den 1980er-Jahren gab es übrigens noch mehr Grenzübergänge (das Schengen-Abkommen gab es damals noch nicht) – und die Zollverwaltung befasste sich ebenso nicht mit der Bekämpfung von Schwarzarbeit.

Da ich zu den „geburtenstarken Jahrgängen" gehöre, die in den 1980er-Jahren die Universitäten und Lehrstellen überschwemmten, machte ich mir nicht viel Hoffnungen, eine Ausbildungsstelle für den gehobenen Dienst in der Bundeszollverwaltung zu ergattern.

Ich bewarb mich bei der Oberfinanzdirektion Stuttgart und wurde im Januar 1983 zu einem schriftlichen Einstellungstest ins Hauptzollamt Ulm eingeladen.

Alle Eingeladenen schrieben einen Aufsatz. Mehrere Themen standen zur Auswahl. Ich wählte das Thema „Fremdwörter in unserer Sprache".

Mein Aufsatz war gelungen. Obwohl es mir an dem Tag dieses Tests gesundheitlich ausgesprochen mies ging, bestand ich diese Prüfung! Deswegen wurde ich im März 1983 zu einem mündlichen Einstellungstest in die Oberfinanzdirektion Stuttgart eingeladen.

Ich reiste mit der Bahn dorthin – an einem frühlingshaften, aber sehr kühlen Freitagnachmittag. Das Gespräch mit drei Herren mittleren Alters, die vier Bewerber – mich inklusive - übers Autofahren, über Demokratie, über Geschichte und vieles andere ausfragten, stimmte mich positiv. Das Gespräch war so locker und nett, dass ich dachte, dass es verrückt wäre, wenn ich diese Prüfung nicht bestanden hätte!

Derart optimistisch gestimmt, fuhr ich nach Hause zu meinen Eltern in eine baden-württembergische Kleinstadt.

Bestanden hatte ich diese Einstellungsprüfung schon, teilte mir die Oberfinanzdirektion Stuttgart einige Wochen später mit. Allerdings stand ich noch nicht auf der Liste der Bewerber, die man zur Einstellung vorgesehen hatte. Ich war auf einer so genannten „Warteliste" platziert. Sobald also jemand absagen würde, hätte ich eine Chance, eingestellt zu werden – oder auch nicht. Die Chance, auf diesem Weg in die Zollverwaltung zu rutschen, hielt ich für äußerst gering.

2. In Shanghai – Teil 1

China ist ein sehenswertes Land mit viel Kultur, äußerst geschichtsträchtig, und wer die Möglichkeit hat, China zu besuchen, sollte das unbedingt tun! Mein Mann und ich reisen am 3. März 2009 dorthin. Wir fliegen von Frankfurt am Main nach Shanghai mit einer bekannten deutschen Fluglinie.

2009 denke ich kaum noch an meine Ausbildung bei der Zollverwaltung. Es gibt so viele andere Dinge in meinem Leben.

Der Flug von Frankfurt am Main nach Shanghai dauert zehn Stunden. Wir haben uns Heparin-Spritzen vor der Abreise gegeben, um vor Thrombose geschützt zu sein (wegen des langen Flugs).

Im Flugzeug können wir nicht schlafen. Wir lesen und sehen Filme an, die im Flugzeug gezeigt wurden. Beispielsweise „Australia" mit Nicole Kidman und Hugh Jackman.

Am 4. März 2009 um acht Uhr morgens Ortszeit (Shanghai ist der deutschen Zeit im März sieben Stunden voraus) landen wir am Flughafen Pudong in Shanghai.

Wir müssen ein Einreiseformular in Postkartengröße ausfüllen. Dieses Formular geben wir zusammen mit unseren Reisepässen bei den Zollbeamten ab. Unsere China-Visa haben wir bereits in Deutschland besorgt. Über die Visum-Zentrale. Wenn die Experten in der Visum-Zentrale Visa besorgen, dann stimmen die Visa auch.

Erstaunlich finde ich, dass man die chinesischen Zollbeamten bewerten kann. Vor jedem Schalter, hinter dem ein chinesischer Einreisebeamter sitzt, gibt es fünf Knöpfe. Jeder Knopf zeigt ein Gesicht. Ein unzufriedenes Gesicht, ein ernstes Gesicht, ein Gesicht, das ein bisschen lächelt, ein Gesicht, das schon mehr lächelt – und ein Gesicht, das lacht, weil es zufrieden ist.

Wir klicken auf keinen der Knöpfe. Irgendwie getrauen wir uns nicht.

„Warum eigentlich nicht?", habe ich mir später überlegt. Diese Gesichter auf den Knöpfen zeigen doch, dass die Chinesen auch Spaß verstehen können.

Mit dem Transrapid-Zug (das ist 2009 der schnellste Zug der Welt, Deutschland hat diesen Zug an China verkauft, deswegen machen die deutschen Touristen grundsätzlich Fotos von diesem Zug) fahren wir vom Flughafen bis zur „Langyang Metro Station", wo wir in einen Reisebus umsteigen.

Viele Reisebusse in China sind 2009 modern und bequem – allerdings ohne Sicherheitsgurte. Solch einen Bus haben wir auch.

Unser Reiseführer, Herr L., ist Chinese und spricht sehr gut deutsch. Er wohnte sechs Jahre in Worms – Deutschland – und studierte dort auch. 2009 arbeitet er als Reiseleiter für Touristen und als Übersetzer für Firmen vorwiegend in Shanghai. Er begleitet uns während unseres gesamten Aufenthalts in China.

Unser Bus fährt vorbei an vielen Wolkenkratzern und Wohnblocks – erstaunlich ist, wie rasant sich Shanghai entwickelt hat und sich immer noch entwickelt. Dort, wo vor 30 Jahren noch Reisfelder waren, stehen heute Hochhäuser und Wohnblocks. Shanghai ist 2009 die am schnellsten wachsende Stadt Chinas.

Ich sehe unter anderem den Jinmao-Tower, der 2007 noch das höchste Gebäude Shanghais war. Unterdessen ist auch das Finanzzentrum nebenan fertig gebaut. Ein Wolkenkratzer, der noch höher ist als der Jinmao-Tower. Welches Gebäude jetzt das höchste Shanghais ist, weiß ich also nicht.

Die Innenstadt Shanghais zählt 2019 15 Millionen Einwohner, dazu kommen noch acht Millionen Einwohner aus den bis zu 50 Kilometer entfernten Stadtteilen.

Shanghai hat einen großen Anteil an Wanderarbeitern. 2009 sind es drei Millionen. Shanghai ist also die zweitgrößte Stadt Chinas. Sie wird auch „Paris des Ostens" genannt.

Nach einem Mittagessen besucht die Reisegruppe – also auch mein Mann und ich - ein Städteplanungsmuseum im Zentrum. Dort gibt es ein Modell Shanghais in einem großen Raum

– jedes Gebäude und jedes geplante Gebäude ist offensichtlich aus Holz gefertigt -, und hier wird gezeigt, dass bei jedem Zentimeter dieser Stadt genau geplant ist, was wann darauf gebaut werden soll. 2010 fand in Shanghai die Messe EXPO statt – auch hierfür ist 2009 schon ein Gelände ausgewiesen. Manche EXPO-Gebäude werden nach dieser Messe stehen bleiben, andere nicht.

Auf lange Sicht sollen die älteren, meist zweistöckigen, Wohngebäude in Shanghai abgerissen werden und durch größere Wohnblocks ersetzt werden. Die wunderschöne Altstadt Shanghais jedoch wird bleiben (zum Glück!), da sie ein Touristenmagnet ist.

Wir spazieren über „The Bund" (Zhong-Shan-Straße) – eine der bekanntesten Straßen Shanghais. Dort stehen noch einige Kolonialbauten in britischem Stil – und die will man auch erhalten.

Leider können wir nicht auf der bekannten Uferpromenade laufen, von der aus man einen sagenhaften Blick auf das Ufer über dem Fluss Huangpu (der Fluss Huangpu teilt Shanghai in zwei Teile – Puxi und Pudong) genießen kann. Dort stehen einige Wolkenkratzer und auch ein „Fernsehturm".

Die Uferpromenade wird im März 2009 gerade renoviert. Aber ich habe sie 2007 schon gesehen, als ich zum ersten Mal in China war.

Um 17 Uhr Ortszeit fahren wir in ein Hotel. Mein Mann und ich sind sehr müde.

Unser chinesischer Reiseführer bietet unserer Gruppe ein Abendprogramm für 15 Euro an. Es besteht aus einem Abendessen in einem chinesischen Restaurant in der Altstadt und einem Spaziergang. Wir nehmen daran nicht teil.

Unser Hotel ist das Shanghai Lansheng Hotel in der Quyang Road. Wir staunen nicht schlecht, als wir unser Doppelzimmer sehen – das ist ja schon ein Apartment! Wir wohnten in zwei Zimmern mit jeweils einem Fernseher drin, wir hatten ein großes Bad und zwei Toiletten zur Verfügung!

Natürlich nützen wir die Gelegenheit, an der Hotelrezeption Euro-Scheine in die Landeswährung Yuan (RMB) umzutauschen. Das funktioniert problemlos.

Als wir übrigens den Flughafen PUDONG verließen, priesen uns einige Straßenhändler ihre Armbanduhren an. Wir wissen schon, dass das alles Plagiate sind – also Nachahmerprodukte bereits bestehender hochwertiger Markenprodukte. Wir wollen keine Plagiate kaufen. Wer solche Plagiate kauft, sie dann nach Deutschland einführt und dabei erwischt wird, bekommt Probleme mit dem Zoll. Strafen werden fällig.

3. Ich hatte schon aufgegeben

Damals im Sommer 1983 hatte ich schon aufgegeben. Dennoch rutschte ich in die Zollverwaltung. Ich ergatterte einen der wenigen Ausbildungsplätze für eine Ausbildung im gehobenen Dienst.

Die Gepflogenheiten während meiner Ausbildung – ja, an sie werde ich mich ewig erinnern. Das, was mir passiert ist, vergisst man nicht. Als ich auf der Warteliste zu einem Ausbildungsplatz für den gehobenen Dienst der Zollverwaltung stand, hatte ich schon die Hoffnung aufgegeben, ich hatte eine Stelle bei einer Zeitarbeitsfirma in München angenommen. Mir schwebte vor, auf diese Art und Weise fest in eine Firma ‚hineinzurutschen'.

Ich hatte mir um meine Bewerbung beim Zoll nicht mehr viele Gedanken gemacht. Bis eines Nachmittags eine Dame von der Oberfinanzdirektion Stuttgart bei meinen Eltern anrief. Ob ich noch an der Ausbildung in der Zollverwaltung interessiert sei, wollte sie wissen.

Die Oberfinanzdirektionen sind die Behörden, die dem Finanzministerium direkt untergeordnet sind. Der „Chef" aller Zollbeamten ist also nicht – wie viele Leute glauben – der Innenminister, sondern der Finanzminister. Die Oberfinanzdirektionen unterstehen dem Bundesministerium der Finanzen direkt, es folgen in der Rangordnung die Hauptzollämter und Zollämter.

Die Oberfinanzdirektion in Stuttgart ist übrigens nicht mehr der Ansprechpartner für Bewerbungen. Für Baden-Württemberg ist die Oberfinanzdirektion in Karlsruhe zuständig. Dorthin sollte man seine Bewerbung schicken, wenn man an einer Ausbildung in der Zollverwaltung interessiert ist.

Im Juli 1983 rief also überraschend eine Dame der Oberfinanzdirektion Stuttgart bei meinen Eltern an und fragte, ob ich noch daran interessiert sei, Finanzanwärterin zu werden. Finanzanwärter – so nennt man die Auszubildenden im gehobenen Dienst der Zollverwaltung. Ursprünglich hatte die Oberfinanzdirektion in Stuttgart nur acht Ausbildungsstellen vorgesehen. Aber man wollte wohl ein gutes Werk tun und genehmigte zusätzlich weitere vier Ausbildungsplätze. Offensichtlich geschah das ziemlich kurzfristig, und die Dame bei der Oberfinanzdirektion telefonierte mit allen Leuten auf der Warteliste und fragte, ob sie noch interessiert seien.

4. Das Einstellungsschreiben

Natürlich war ich im Juni 1983 noch interessiert an einer Ausbildungsstelle in der Zollverwaltung. Und das sagte meine Mutter der freundlichen Dame von der Oberfinanzdirektion Stuttgart. Die Dame meinte, dass ich auf einmal gute Chancen hätte, doch noch eine Ausbildungsstelle zu bekommen. Also nahm ich einen Tag Urlaub und ließ mich beim Gesundheitsamt untersuchen. Ich litt an Neurodermitis, aber war das ein Makel? Ich dachte nicht. Die Oberfinanzdirektion fand das auch nicht – man stellte mich ein.

Ende Juli 1983 kündigte ich meine Stelle bei einer Zeitarbeitsfirma in München. Der Abschied fiel mir nicht besonders schwer, denn nach fast zwei Monaten dort hatte ich noch keine engen Bekanntschaften und Freundschaften schließen können.

Zwei Tage Urlaub blieben mir aus diesem kurzen „Abstecher" als „Anfangssekretärin" – wie ich in dem Arbeitsvertrag der Zeitarbeitsfirma tatsächlich genannt wurde. Und an einem dieser beiden Tage erhielt ich das ersehnte Einstellungsschreiben der Oberfinanzdirektion Stuttgart. Es lautete:

„Sehr geehrte Frau W.,

ich stelle Sie zum 1. August 1983 als Finanzanwärterin in den Vorbereitungsdienst der Laufbahn des gehobenen nichttechnischen Dienstes der Bundeszollverwaltung ein und weise Sie dem Hauptzollamt Stuttgart-West zur Ableistung des Vorbereitungsdienstes zu.

Die Urkunde über Ihre Ernennung zur Finanzanwärterin wird Ihnen am 01.08.1983 ausgehändigt werden.

Aus Anlass Ihrer Einstellung sage ich Ihnen Umzugskostenvergütung gemäß § 2, Absatz 3 Nr. 1 Bundesumzugskostengesetz, zu. Die Zusage wird bis zum Bezug eines zumutbaren Zimmers hinausgeschoben, längstens bis zum 15. Tag nach Beendigung der Dienstantrittsreise.

Ich bitte Sie, sich am 1. August 1983 (gleichzeitig Reisetag) um 10.00 Uhr bei dem Vorsteher des Hauptzollamtes Stuttgart-West in Stuttgart-Ost, Nordendstraße 1, zum Dienstantritt einzufinden (Anfahrt vom Hauptbahnhof mit Straßenbahn-Linie 9 – Richtung Hedelfingen – bis Haltestelle Bergfriedhof).

Ihre Lohnsteuerkarte bitte ich mitzubringen.

Die Zahlung der Anwärterbezüge wird veranlasst werden, sobald Sie den Dienst angetreten haben. Ich bitte – falls noch nicht geschehen – für die Überweisung Ihrer Bezüge ein Girokonto zu eröffnen und mir Geldinstitut (mit Bankleitzahl) und Kontonummer mitzuteilen.

Am 30.08.1983 beginnen die Fachstudien an der Fachhochschule des Bundes für öffentliche Verwaltung – Fachbereich Finanzen – beim Bildungszentrum Sigmaringen. Sie erhalten dazu nach Dienstantritt eine besondere Verfügung über die Unterbringung beim Bildungszentrum und das dafür zu erhebende Unterkunftsentgelt (zurzeit bis zu ca. 200,-- D-Mark (Anmerkung: das sind circa 100 Euro) pro Monat) und das

Verpflegungsentgelt (zurzeit 11,-- D-Mark (Anmerkung: das sind circa 5,50 Euro) pro Tag) enthalten wird.

Der Verlauf der Praktika zwischen den Fachstudienteilen wird gesondert geregelt.

Falls Sie der Einberufung nicht Folge leisten können, bitte ich, mir dies sofort unter Angabe der Gründe mitzuteilen.

Mit freundlichen Grüßen

Im Auftrag..."

Dieses Schreiben sieht so aus, wie man eigentlich keinen Geschäftsbrief schreiben soll. In der Sprachenschule lernten wir die so genannten „DIN-Normen des Maschinenschreibens". Und in der Zollverwaltung lernten wir, wie man gerade diese DIN-Normen nicht einhält.

Zum Beispiel schreibt man laut DIN-Norm einen Geschäftsbrief mit einfachem Zeilenabstand. Wenn ein Absatz kommt, schaltet man zweimal, damit der nächste Absatz auch gut „abgesetzt" ist. Auch Wörter wie „Betreff" und „Bezug" schreibt man seit Ewigkeiten nicht mehr, auch nicht mehr „An das Zollamt", sondern nur noch „Zollamt". Und vieles mehr. Alleine dafür, um den Zollämtern diese DIN-Normen für das Maschinenschreiben beizubringen, müsste man eine Person gut und gerne in einem Vollzeitjob beschäftigen. Ich weiß nicht, warum die Zollämter ihre Briefe 1983 nicht so schrieben, wie man sie schreiben sollte.

Der Zöllner Zachäus im Neuen Testament der Bibel schien die Regeln für einen Brief, wie man ihn 1983 in der Zollverwaltung schrieb, bereits erfunden zu haben, diese Tradition pflegte man über die Jahrhunderte weiter und wollte sie so leicht nicht aufgeben.

Wie die Briefe der Zollverwaltung heute aussehen, weiß ich nicht.

5. In Shanghai – Teil 2

Am 5. März 2009 genießen mein Mann und ich in Shanghai ein sehr gutes Frühstück.

Wir können aus einem Büffet Brot, Butter, Marmelade, Müsli, weiße Bohnen mit Wurst (das ist wohl für die englischen Touristen gedacht) und vieles andere wählen. Die Spiegeleier werden extra von einem Koch gebraten. Man kann zusehen, wie er die Spiegeleier im Frühstücksraum brät.

Schlanke Chinesinnen rennen mit Kaffeekannen herum und schenken Kaffee nach, wo er gewünscht wird. Natürlich kann man auch Tee bekommen.

Am Vormittag besuchen wir einen Jade-Buddha-Tempel. Das ist ein buddhistischer Tempel, der 1882 mit zwei Buddha-Statuen aus Jade gegründet wurde.

Im Yu-Garten bestaunen wir dann die traditionelle Gartenbaukunst. Dort gibt es viele Pflanzen, ein paar Teiche und Teehäuser.

In Shanghais Altstadt sehen wir unter anderem die Zickzackbrücke. Außerdem trinken wir Kaffee in derselben „Starbucks-Coffee-Shop"-Filiale, in der ich vor zwei Jahren auch schon war.

Nachmittags haben wir Gelegenheit zum Bummel über die Nanjing Lu (Nanjing-Straße), die wichtigste Einkaufsstraße der Stadt. Ich suche nach einem CD-Geschäft, in dem ich 2007 eine CD gekauft habe. Leider ist der CD-Laden umgezogen, und ich weiß nicht, wo er jetzt ist. Aber trotzdem ist die Nanjing Lu einen Besuch wert.

Abends besuchen wir eine Akrobatik-Show mit sehr guten Darbietungen. In Shanghai gibt es vier Theater, in denen man solche Akrobatik-Shows sehen kann.

Im März 2007 war ich in einem anderen Theater. Aber – egal, in welches Theater man geht -, diese Shows sind ihr Geld wert – und wenn man diesen Besuch in Deutschland bei der Buchung einer China-Reise nicht gleich mitbucht, sollte man sich extra circa 25 bis 30 Euro mitnehmen, um dann vor Ort – wenn es vom Reiseleiter angeboten wird – in eine solche Show gehen zu können.

Es ist verboten, während dieser Shows zu fotografieren oder zu filmen. Aber es gibt die Möglichkeit, sich eine DVD von dieser Show direkt im Theater zu kaufen. Der Preis für eine solche DVD liegt 2009 bei ungefähr 150 Yuan (circa 15 bis 17 Euro).

Wir sehen für den Eintrittspreis von 20 Euro pro Person eine einmalige Show, die fast zwei Stunden (mit einer Pause von 10 Minuten) dauert. So bestaunen wir zum Beispiel einen jungen Mann, der auf einem Holzschiff auf die Bühne fährt, sich auf Rollen stellt und sein Gleichgewicht so ausbalancieren kann, dass er diverse Gegenstände (Tassen, Unterteller) auf seinem Kopf stapeln kann.

Wir sehen einen Chinesen, der mit seinem Körper eine Bodenvase in die Luft wirft und sie mit dem Rücken und anderen Körperteilen so auffängt, dass sie nicht zu Bruch geht.

Wir sehen junge Männer, die eine Menschenpyramide bilden können und so beweglich sind, dass sie durch Reifen springen.

Natürlich darf auch die Motorradnummer mit der Netzkugel nicht fehlen. Während ich 2007 vier Motorradfahrer sah, die nacheinander in eine Netzkugel fuhren und so fuhren, dass sie sich gegenseitig nicht in die Quere kamen – so sehen wir diesmal acht Motorradfahrer, die in einer Netzkugel herumfahren.

Und wir sehen vieles andere.

Die Chinesen sind bekannt dafür, dass sie gute Akrobaten sein können.

6. Der erste Tag in der Zollverwaltung

Über Zollformalitäten lernte ich das meiste nach dem Grundstudium in einigen Firmen.

Das klingt albern, ist aber tatsächlich so. Das erste Ausbildungsjahr in den Verwaltungen des Bundes besteht nämlich zum größten Teil aus einem Grundstudium, das Wissen über allgemeines Recht vermittelt. Ein Schnellkurs in Jura, für den Juristen immerhin zwei Jahre brauchen dürfen – uns wurde dieses Wissen in sechs Monaten vermittelt.

Aber ich greife vor. Ich sollte mich wieder in die Person der jungen Victoria versetzen – eine junge, schlanke Dame voller Träume. Die junge Victoria – genannt Vicky - hat andere Probleme als die Vicky, die 2019 in der Welt herumreist.

Heute habe ich mehr Lebenserfahrung, mehr Berufserfahrung. 1983 lechzte ich noch richtiggehend danach. Die Vorteile einer Ausbildung beim Zoll lagen auf der Hand. Einer zum Beispiel ist: alle Auszubildenden, die die Abschlussprüfung bestehen durften, wurden in die Zollverwaltung übernommen.

Und mit diesem Wissen, viel Motivation und einer gehörigen Prise Enthusiasmus begann ich meinen ersten Arbeits- und Ausbildungstag in der Zollverwaltung. Ich fuhr mit dem Zug von meiner Heimatstadt nach Stuttgart. Das sind etwas mehr als 70 Kilometer. Das frühe Aufstehen machte mir nichts aus, das war ich schon von meinen Besuchen auf der Sprachenschule gewohnt.

Am Hauptbahnhof angekommen, musste ich in die Straßenbahn der Linie 9 in Richtung Hedelfingen steigen. Kein Problem. Ich stieg an der Haltestelle „Bergfriedhof" aus und lief zum Hauptzollamt Stuttgart-West, das genau gegenüber lag.

Pünktlich um 10.00 Uhr an diesem 1. August 1983 saßen zwölf junge Leute, fünf Damen und sieben Herren, erwartungsvoll um den großen Tisch in einem Ausbildungssaal des Hauptzollamtes Stuttgart-West und musterten sich gegenseitig. Ich fühlte neugierige Blicke auf mir, schaute aber genauso die anderen an, so wie sie mich anschauten.

Ich sah den blonden Felix. Ein Draufgänger, immer zu Scherzen aufgelegt, der aber auch sehr viel wusste. Kein Wunder, er hatte das Abitur auf dem Wirtschaftsgymnasium gemacht.

Ich nahm Hartmut wahr, einen hochaufgeschossenen dunkelhaarigen jungen Mann, dessen Adamsapfel immer hektisch hin und her hüpfte, wenn er sprach. Hartmut hatte vor, später einmal bei der Zollfahndung zu arbeiten. Das würde er uns immer wieder erzählen.

Weiterhin saß Robert an diesem großen Tisch. Robert, ein schüchterner dunkelhaariger Typ mit Brille. Robert wusste viel und wohnte nicht weit weg von Sigmaringen, dessen Fachhochschule des Bundes für öffentliche Verwaltung, Fachbereich Zoll, wir noch kennen lernen würden. In Sigmaringen befand sich viele Jahre die **einzige** Fachhochschule des Bundes für öffentliche Verwaltung, Fachbereich Finanzen, in Deutschland.

Sabine, eine lockige dunkelhaarige Dame mit großen Augen, wohnte ganz in seiner Nähe.

Tatjana hatte eigentlich das „große Los" gezogen – sie wohnte direkt in Sigmaringen und würde, wenn wir auf der Fachhochschule waren, nicht darauf angewiesen sein, sich in eines der kleinen Dreibettzimmer pferchen zu müssen. Sie konnte zu Hause ihren Lernstoff pauken.

Dann erblickte ich Guido, einen rothaarigen Kerl, der sich – wie ich später erfahren würde – intensiv mit Esoterik beschäftigte und ein großes Allgemeinwissen hatte. Guido konnte hervorragend malen und zeichnen, und er schien Eberhard zu kennen, mit dem er sich intensiv unterhielt. Eberhard kam aus einer Stadt nicht weit weg von Guidos Wohnort.

Auch Britta bemerkte ich, deren Vater irgendwo Zollamtsvorsteher war. Britta, die schlanke, dünne Blondine, immer perfekt gekleidet, mit einem Hauch Rouge auf den Wangen mit rehbraunen Augen, deren Lider sie mit Lidschatten betonte.

Monika dagegen war ruhig, sie sagte nicht viel, sie wirkte unscheinbar, verschlossen. Es war schwer, mit ihr ein Gespräch zu beginnen. Noch war sie nicht aufgetaut, noch plauderte und lachte sie nicht wie Felix oder Guido.

Den langen blonden Christoph darf ich nicht vergessen. Auch er trug eine Brille, auch er war schüchtern, auch er taute erst im Laufe unserer Ausbildung auf. Am Anfang wussten wir alle nicht, was wir von ihm halten sollten. Am Schluss unseres ersten Ausbildungsjahres würden wir sagen: „Christoph ist und war immer ein dufter Kumpel!"

Schließlich war auch Siegmar anwesend. Siegmar war dunkelhaarig, sah beinahe schon aus wie ein Italiener. Dabei war er waschechter Schwabe. Das merkte man spätestens dann, wenn Siegmar sprach. Auch Siegmar hatte viel Humor, hielt sich aber dezent im Hintergrund, wenn er nicht gefragt wurde, wenn er nicht gemeint war.

Die Sonne strahlte an diesem 1. August. Sie schien für uns, und sie schien auf den alten großen Tisch, der schon von unzähligen Finanzanwärtern vor uns zerkratzt wurde. Er erinnerte mich an die Tische in dem Gymnasium, in dem ich Abitur machte. Zum Glück wurden diese Tische in diesem Gymnasium einmal ausrangiert, als die Schule von Grund auf renoviert wurde. Aber hier auf diesem Hauptzollamt konnte man solche Tische immer noch verwenden.

Um zehn Uhr flog die Türe auf. Ein blonder Herr mit Brille trat ein und musterte uns. Die meisten von uns Auszubildenden kamen gerade frisch vom Gymnasium, hatten ihr Abitur soeben bestanden, und für sie begann das Berufsleben.

„Guten Morgen! Ich darf Sie alle im Namen des Hauptzollamtes Stuttgart-West herzlich begrüßen!" Der blonde Herr strahlte über beide Ohren. „Mein Name ist Oswald, und ich bin Ihr Ausbildungsleiter." Nervös räusperte er sich und sah auf die Uhr. „Herr Eggler, der Leiter dieses Hauptzollamtes, wird Sie gleich begrüßen und vereidigen. Na – wo bleibt er denn nur?"

Wieder ging die Türe auf. Ein bekanntes Gesicht. Aha, das war einer der Herren, die den mündlichen Einstellungstest an der Oberfinanzdirektion Stuttgart vornahmen. Herr Eggler hieß er. Seine braunen Haare hatte er ordentlich mit Pomade zurückgekämmt. In breitem Dialekt begrüßte er uns:

„Guten Morgen! Herzlich willkommen im Hauptzollamt Stuttgart-West! Ich wünsche Ihnen einen guten Anfang!"

Anschließend verlor er einige Worte über die Vereidigung. Heute würden wir zwölf Neulinge unsere Beamten-Urkunden feierlich ausgehändigt bekommen. Ich war sehr aufgeregt.

Herr Eggler erzählte uns auch einiges über die Rechte und Pflichten eines Beamten.

Verankert sind alle Rechte und Pflichten eines Beamten im so genannten „Beamtenrecht". Ein Beamter zahlt zwar weniger Sozialabgaben, aber er hat mehr Pflichten als Rechte. Viele Dinge, die heutzutage von vielen Leuten als „Kavaliersdelikte" angesehen werden, sollte ein Beamter lieber bleiben lassen, zum Beispiel „Schwarzfahren" in öffentlichen Verkehrsmitteln. Er könnte sonst Schwierigkeiten mit seiner Dienstbehörde bekommen.

Heute erhielten wir allerdings nur einen groben Überblick über die Pflichten eines Beamten. Mehr würden wir noch während der Ausbildung an der Fachhochschule erfahren.

Nach einer kleinen Pause an der frischen Luft wurden wir nacheinander vereidigt. Ich wurde zuerst aufgerufen – zu meiner Verblüffung.

Mutig betrat ich den „Vereidigungsraum".

„Wie fühlen Sie sich?" Herr Eggler lächelte mir zu.

„Irgendwie komisch!" Ich zitterte ein wenig, obwohl eine Vereidigung „kurz und schmerzlos" vor sich geht.

Ich durfte wählen, ob ich den Eid mit oder ohne die religiöse Formel „So wahr mir Gott helfe!" sprechen wollte. Ohne Zögern entschied ich mich für die religiöse Formel. Feierlich erhob ich also die rechte Hand und sprach die Worte nach, die mir Herr Eggler vorsagte:

„Ich schwöre, das Grundgesetz für die Bundesrepublik Deutschland und alle in der Bundesrepublik geltenden Gesetze zu wahren und meine Amtspflichten gewissenhaft zu erfüllen – so wahr mir Gott helfe!"

Ein erhebender Moment war das, feierlich. Fast wie eine Hochzeit. Nur wurde ich in diesem feierlichen Moment Beamtin auf Widerruf und nicht Ehefrau.

Herr Eggler überreichte mir die Beamtenurkunde, die ich ehrfürchtig in die Hände nahm. Ich war Beamtin – endlich! Ein erhebendes Gefühl erfasste mich, und stolz schritt ich aus dem Raum, trat in die Mitte meiner neuen Kollegen und teilte dem Nächsten mit, er dürfe sich jetzt vereidigen lassen.

So wurden in einigen Minuten aus zwölf jungen Leuten fünf Beamtinnen und sieben Beamte auf Widerruf. Beamte auf Widerruf sind nicht „unkündbar" – sie dürfen noch entlassen werden.

Unterdessen war es Mittag geworden, und ein Herr der Gewerkschaft „Bund der deutschen Zollbeamten" – kurz „BDZ" genannt – lud uns zum Essen in eine nahegelegene Gaststätte ein. Das Essen war für beide Seiten zufriedenstellend: Wir frischgebackene Beamte genossen ein ausgezeichnetes Schnitzel auf Kosten des „BDZ", und der „BDZ" köderte auf diese Weise neue Mitglieder! Denn natürlich wurden während dieses Mittagessens nicht nur Kugelschreiber, Gehaltstabellen und Aufkleber verteilt, sondern auch ein Formular, in dem man gleich seinen Beitritt zum „BDZ" schriftlich erklären konnte – mit Datum und Unterschrift natürlich. Beinahe alle von uns wurden Gewerkschaftsmitglieder!

Monate später erfuhr ich, dass die Gewerkschaft „BDZ" insgesamt sehr wenig Einfluss hatte. Wer wirklich etwas im öffentlichen Dienst bewegen wollte, schloss sich am besten der Gewerkschaft Verdi (in den 1980er-Jahren hieß diese Gewerkschaft ÖTV) an. Das ist – soweit ich weiß – bis heute so geblieben.

Aber, was wussten wir frischgebackenen Beamten auf Widerruf schon über Gewerkschaften für den öffentlichen Dienst in unserer Vorfreude auf unsere Ausbildung in der Zollverwaltung? Überhaupt nichts.

Jetzt konnten wir nicht mehr Mitglieder des „ÖTV" werden, ohne beim „BDZ" zu kündigen – der „BDZ" war nun einmal schneller gewesen!

7. Das Einführungspraktikum

Wir zwölf „neuen" Finanzanwärter sollten jetzt ein vierwöchiges Einführungspraktikum auf dem

Hauptzollamt Stuttgart-West absolvieren. Wir waren gespannt darauf wie die sprichwörtlichen „Flitzebogen".

Meine neuen Kollegen gefielen mir sofort. Wir waren eine tolle Gruppe, einfach total coole Typen! Jeder von uns zeigte besondere Begabungen und Fähigkeiten und steuerte so zum guten Klima unter uns bei. Es dauerte nicht lange, bis wir uns beschnuppert hatten.

Jeder fand eine oder mehrere Personen, mit denen sie oder er besonders gerne zusammen war. Viele von uns besaßen eine Offenheit und Herzlichkeit, die sehr auf mich abfärbte – wirkte ich doch eher zugeknöpft und schüchtern. In der Bundeszollverwaltung lernte ich, mehr aus mir herauszugehen, meine Schüchternheit zu vergessen und zu kämpfen.

An einigen Tagen unseres neuen Arbeitsalltags versammelten wir „neuen" Finanzanwärter uns im Hauptzollamt Stuttgart-West und erhielten Informationen über die Tätigkeit eines Zollbeamten.

Leute aus verschiedenen Fachbereichen erklärten uns in groben Zügen, wie ihre Arbeit aussah. Es gab beispielsweise eine Stelle, die Schnapsbrennereien, Likörhersteller und andere Firmen und Personen, die alkoholische Getränke herstellten, kontrollierte und die entsprechenden Verbrauchssteuern erhob.

Wussten Sie, liebe Leserin und lieber Leser, dass es eine Schaumweinsteuer gibt? Zumindest gab es sie damals, als ich Finanzanwärterin in der Bundeszollverwaltung war.

Fragen über die Erhebung der Schaumweinsteuer – so erklärte uns fachkundig der zuständige Abteilungsleiter Herr Poscherswerder – waren ganz einfach zu beantworten, indem man die Paragraphen §§ sowieso bis sowieso des zugehörigen Gesetzes, die Abschnitte Nummer sowieso bis sowieso der dazugehörigen Dienstanweisung zur Schaumweinsteuer und etliche andere Gesetze, Verordnungen, Dienstanweisungen und so weiter zu Rate zog. Wir staunten Bauklötze und verstanden nur Bahnhof.

Aber wir waren zuversichtlich. Noch standen wir am Anfang unserer Ausbildung. Irgendwann würden auch wir so fachkundig daher plaudern wie Herr Poscherswerder. Irgendwann würden wir die Fachfrauen und Fachmänner in Sachen „Zoll" sein – nur abwarten!

Oder wir hörten den interessanten Vortrag von Frau Eiferle, der Abteilungsleiterin der „Zollwerterhebungsstelle Stuttgart" – so möchte ich dieses Ressort einfach nennen, denn den genauen Namen weiß ich nicht mehr. Diese Abteilung befasste sich mit Problemen, wie „Wann soll der Zollwert erhoben werden, und für welche Produkte, für welche Waren mit welchen Warenwerten?"

„Aber nichts leichter als das!", erklärte uns Frau Eiferle so übereifrig wie ihr Nachname. „Sie schlagen einfach in den Paragrafen §§ sowieso und sowieso des entsprechenden Gesetzes, der erweiterten Fassung von 1949, nach, vergleichen diese Paragrafen mit der dazugehörigen Dienstanweisung und haben dann die Lösung!"

Wir nickten wie begossene Pudel und hatten so gut wie gar nichts verstanden, waren aber sicher, unter der fachkundigen Anleitung der Zollbeamten, die wir während unserer Ausbildung treffen würden, und der Dozenten an der Fachhochschule des Bundes für öffentliche Verwaltung, Fachbereich Finanzen, in Sigmaringen irgendwann alles zu verstehen.

Noch weitere Damen und Herren stellten sich bei uns vor – ihres Zeichens alle Abteilungsleiter irgendwelcher Abteilungen, von denen wir vorher weder gehört, noch im Traum gedacht hatten.

Wir hingen an den Lippen der Vortragenden, saugten alles Neue in uns auf wie trockene Schwämme, die wochenlang vergessen in der Wüste Sahara gelegen hatten.

Ja, auch ich lebte meinen Traum vom Beruf in der Bundeszollverwaltung. Auch ich wollte als Bundeszollbeamtin meine Pflicht tun und eine gute Staatsdienerin sein.

Wir zwölf Finanzanwärter saßen meistens in unserem weiß getünchten „Ausbildungsraum" mit dem zerkratzten Tisch und ließen uns berieseln, oder wir wurden in die jeweiligen Abteilungen geführt und schauten den dortigen Bundeszollbeamten ein wenig über die Schulter.

Arbeiten wurden uns allerdings noch nicht anvertraut. Diese vier Wochen auf dem Hauptzollamt Stuttgart-West dienten nur der Information.

Und – wie schon erwähnt, lernten wir, wie man Briefe in der Zollverwaltung in den 1980er-Jahren schrieb. Am besten so, wie sie heutzutage keine Sekretärin in einer Firma mehr schreibt. Nach veralteten Regeln, nach veralteten Richtlinien. Zum Beispiel, indem man die Worte „Betreff" und „Bezug" erwähnt und „An das Hauptzollamt" schreibt und nicht nur „Hauptzollamt", wie es nach der DIN-Norm für Maschinenschreiben sein soll.

Diese Regeln in der Zollverwaltung waren noch älter als das Papier, auf dem wir schreiben sollten, noch älter als der zerkratzte Tisch in „unserem" Ausbildungsraum.

Die Pausen boten uns Gelegenheit zu Spaziergängen im nahegelegenen Park. Die Villa Berg war ein beliebtes Ausflugsziel, nicht weit entfernt.

Gerne setzte ich mich mit einer Dose Limonade unter die dichten Laubbäume und genoss die Sonnenstrahlen. Ab und zu gesellte sich einer oder mehrere der neuen Kollegen zu mir. So lernte ich sie ein bisschen mehr kennen.

Eines Tages brachen wir zu Firmenbesichtigungen auf. Jede Firma bot auf ihre Art und Weise Interessantes, viele Firmen hatten mit den Zollämtern zu tun. Die Firmen füllten Ausfuhrerklärungen und Einfuhranmeldungen aus, gestellten Waren und vieles mehr.

Sehr interessant war eine Betriebsbesichtigung bei einem bekannten deutschen Autohersteller. Ein deutsches Vorzeigeunternehmen, das fanden auch wir. Man zeigte uns einen Werbefilm über die Entwicklung des derzeitigen Modells und darüber, wie beliebt es war.

Interessierte Käufer konnten „ihr" neues Auto dieser Marke nicht nur bei Autohändlern, sondern auch direkt bei dieser Firma kaufen!

Draußen gab es sogar einen Souvenir-Shop, in dem man unter anderem Modellautos für Kinder als Spielzeug kaufen konnte. Wir waren sehr beeindruckt!

Anschließend sahen wir uns die Fahrzeugproduktion in den Werkshallen an. Fasziniert starren wir auf Industrieroboter, die mit pedantischer Genauigkeit Stellen schweißten, an die eine Menschenhand nur schwer herankam.

Arbeiter schwirrten wie Bienen umher, kümmerten sich beispielsweise um die bequemen Autositze oder saugten die halbfertigen Fahrzeuge aus, die in einer Reihe vorbeizogen.

In einer anderen Firma, die alkoholische Getränke brannte, zeigte man uns die Herstellung von Branntwein, in einer Brauerei sahen wir, wie man Bier herstellt.

Wir besichtigten eine Ledergerberei und eine Lackfabrik. Außerdem eine Firma in Stuttgart, die Weinbrand herstellte. Zum Abschluss unserer Besichtigung testeten wir die Produkte dieser Firma – Weinbrand, Liköre, Magenbitter. Diese Getränke stiegen einigen von uns zu Kopf, die Hitze draußen tat ihr Übriges – und so waren wir anschließend sehr angeheitert. Aber auch unsere Vorgesetzten waren sehr trinkfest und ließen kein Glas ungeleert stehen.

Die meisten Firmen boten uns Butterbrezeln oder ein Mittagessen an. Das gefiel uns außerordentlich. Wir erlebten eine schöne, unbeschwerte und harmonische Zeit. Die Bundeszollverwaltung präsentierte sich uns von ihrer rosigsten Seite – Arbeitsplätze, die interessant waren und Spaß machten, eine Verwaltung, die menschlich war.

Die letzten drei Tage unseres Einführungspraktikums brachen an. Wir wurden in Vierergruppen eingeteilt.

Britta, Monika, Felix und ich landeten zusammen auf einem Zollamt in der Nähe des Hauptbahnhofs. Dieses Zollamt ist übrigens unterdessen abgerissen worden – es fiel den Planungen des neuen Bahnhofs „Stuttgart 21" zum Opfer.

„Ich weiß nicht, was ich mit Ihnen anfangen soll", gestand uns Oberinspektor Häberle, der gleichzeitig Zollamtsvorsteher war. „Leider können Sie noch keine Diensthandlungen durchführen. Und – was sollen wir Ihnen erklären? Das Grundwissen in Zoll- und Abgabenrecht fehlt Ihnen leider."

Wir schauten uns verdutzt an. Und dabei hatten wir uns so sehr auf die drei Tage in einem Zollamt gefreut!

Herr Häberle strich sich über sein schütteres, braunes Haar.

„Ich mache Ihnen folgenden Vorschlag: Sie setzen sich ins Nebenzimmer." Er wies mit einer Hand auf eine graue Tür, deren Farbe an einzelnen Stellen abblätterte. „Dort dürfen Sie machen, was Sie wollen: lesen – stricken – sich unterhalten. Aber bitte verhalten Sie sich ruhig!"

Wir folgten seinem Rat. Was blieb uns auch anderes übrig? Diesen Leuten waren wir eindeutig im Weg. So verschwanden wir in dem Raum, unterhielten uns, lasen Zeitung oder spielten Skat. Ab und zu sahen wir den Beamten bei der Arbeit zu, um uns später wieder in dieses Nebenzimmer zurückzuziehen. Wir verhielten uns ruhig – wollten wir doch das Klischee des „faulen Beamten" nicht unnötig nähren.

Einmal beobachteten wir, wie eine Zollinspektorin einige Kisten mit Ware in einer Spedition verplombte.

Wenn eine Ware verplombt wird, wird ein Stück feiner Schnur („Zollschnur") an jeder Kiste angebracht und die beiden Enden durch zwei Ösen eines Metallplättchens gefädelt. Anschließend drückt die Beamtin oder der Beamte die Metallplättchen mit einer Zange platt – und als Resultat erscheint sogar ein Aufdruck auf dem Metall.

Auch wir durften jeder eine Zollplombe anbringen.

Eine Zollplombe darf nur von Zollbeamten oder einer vom Zoll bevollmächtigten Person entfernt werden.

Nachdem alle Zollplomben angebracht waren, überprüfte die Zollinspektorin einige Formulare und haute auf jedes Formular den Amtsstempel, der ungefähr vier Zentimeter Durchmesser hatte, mit einem lauten Knall darunter.

Nach vier ereignisreichen Wochen in Stuttgart ordnete man uns in die Fachhochschule des Bundes für öffentliche Verwaltung, Fachbereich Finanzen, nach Sigmaringen ab.

Nicht nur wir würden in Sigmaringen unser Grundstudium beginnen, sondern alle neuen Bundesfinanzanwärter der insgesamt 16 Oberfinanzdirektionen in der damaligen Bundesrepublik (die neuen Bundesländer waren damals noch nicht ins Bundesgebiet integriert worden, weil die Wende und der Mauerfall noch nicht stattgefunden hatten).

Wir waren alle sehr gespannt.

Zum Abschluss händigte man uns folgende Schreiben aus:

Oberfinanzdirektion Stuttgart
Oberfinanzdirektion,
Postfach 01 01
Dienstgebäude: XY-Straße, Stuttgart

Frau
Victoria W.
Vertrauliche Straße 14   Fernruf: irgendwas
                                Fernschreiber: irgendwie
XXXY irgendwo in Baden-Württemberg

Stuttgart, 5. August 1983

Aktenzeichen (bei Antwortschreiben bitte angeben): PU-Hu-hu 389

Betrifft: Grundstudium und Hauptstudium I, 1. Teil, vom
              30.08.1983 bis 30.03.1984 in Sigmaringen.

Anlagen: 1 Merkblatt „Bildungszentrum Sigmaringen"
              1 Erklärungsvordruck
              1 Merkblatt „Meldepflicht"
              1 Wegweiser

Sehr geehrte Frau W.,

für die Nachwuchskräfte des gehobenen Dienstes in der Bundeszollverwaltung werden das Grundstudium (einschließlich Zwischenprüfung) und das Hauptstudium I, erster Teil, am Fachbereich Finanzen der Fachhochschule des Bundes für öffentliche Verwaltung und im Bildungszentrum der Bundeszollverwaltung in Sigmaringen, wie folgt, eingerichtet:

Grundstudium (einschließlich Zwischenprüfung) vom 30. 08.1983 bis 29.02.1984,
Hauptstudium I, erster Teil vom 01.03. – 30.03.1984.

Ich ordne Sie für die Dauer dieser Studien an den Fachbereich Finanzen im Bildungszentrum Sigmaringen ab und bitte Sie, sich am 29.08.1983 bis spätestens 20 Uhr dort einzufinden.

Aus Anlass dieser Abordnung sage ich Ihnen Umzugskostenvergütung mit sofortiger Wirkung zu. Aus Anlass des Ablaufs dieser Abordnung und Ihres anschließenden erneuten Dienstantritts beim Hauptzollamt Stuttgart-West sage ich Ihnen Umzugskostenvergütung mit der Einschränkung zu, dass das Wirksamwerden dieser Zusage hinausgeschoben wird, bis Sie ein zumutbares möbliertes Zimmer am Dienstort oder in dessen Nähe bezogen haben, längstens bis zum 15. Tage nach Beendigung der Dienstantrittsreise.

Ich weise besonders darauf hin, dass im Grundstudium folgende Wahlpflichtfächer vorgesehen sind:

- Betriebswirtschaftslehre,
- Internationale Wirtschaftsbeziehungen,
- Steuerlehre und
- Sport.

Weitere Wahlpflichtfächer werden voraussichtlich noch vorgesehen; sie werden Ihnen nach Eintreffen beim Fachbereich Finanzen mitgeteilt. Sie haben eines dieser Fächer zu belegen. Die Entscheidung darüber können Sie nach Ihrer Ankunft in Sigmaringen treffen.

Die Aufteilung der Studienfächer auf die Lehrenden und die Studienpläne werden zu Beginn des Grundstudiums bekannt gegeben. Die zum Studium erforderlichen Handausgaben und Gesetzestexte erhalten Sie vom Bildungszentrum Sigmaringen. Das Grundstudium wird vom 23. Dezember 1983 bis einschließlich 2. Januar 1984 unterbrochen (Weihnachten/ Neujahr). Für die Dauer der Unterbrechung erhalten Sie Urlaub unter Fortzahlung der Anwärterbezüge.

Drei Tage im Anschluss an die Zwischenprüfung sind ebenfalls unterrichtsfrei. Im Anschluss an den Rückreisetag nach dem Hauptstudium I, erster Teil, erhalten Sie zur Erledigung dringender persönlicher Angelegenheiten einen Tag Sonderurlaub.

Anschließend werden Sie voraussichtlich für einige Wochen einem Zollamt im Bezirk der Oberfinanzdirektion Freiburg zur Ausbildung zugeteilt.

Den anliegenden Vordruck „Erklärung" bitte ich auszufüllen. Er wird am ersten Unterrichtstag kursweise eingesammelt werden.

Die Unterbringung und Verpflegung während Ihres Studiums erfolgen nach Nr. 4 b) des hier beigefügten Merkblattes.

Auf Antrag erhalten Sie bei Ihrer Stammdienststelle auf die Kosten der Anreise einen angemessenen Vorschuss. Wegen der Inanspruchnahme des Großkundenabonnements der Deutschen Bundesbahn verweise ich auf die Verfügung vom 01.02.1978.

Bei Benutzung eines privateigenen Kraftfahrzeugs für die Anreise sind in dem Kostenvergleich zur Reisekostenrechnung die Kosten anzusetzen, die bei Benutzung des Großkundenabonnements der Deutschen Bundesbahn entstanden wären (zurzeit für die zweite Wagenklasse 13,8 Pfennig/km).

Mit freundlichen Grüßen
Im Auftrag - Irgendwer

8. Meine Familie und die Verwaltung

N atürlich präsentierte ich 1983 und 1984 meiner Familie in meiner schwäbischen Heimatstadt immer voller Stolz die Schreiben der Bundeszollverwaltung. Ich, ja ich, war Finanzanwärterin und somit fast schon Beamtin auf Lebenszeit! Als Beamtin war ich der „Nachwuchs, den man gerne vorzeigt", auch wenn meine Position beim Staat überhaupt noch nicht sicher war. Beim Staat aber ist und war jedermann gut aufgehoben – so, wie es sich Eltern für ihre Sprösslinge wünschen.

Das Studium würde ich meistern, davon war ich überzeugt. Was gab es denn in meinem Leben, was ich noch nicht bewältigt habe? Ich hatte Abitur und das „Große Latinum", war strebsam, konnte pauken bis in die Nacht hinein und begriff Sachverhalte sehr schnell.

Beamte wählen sich gerne eine der vielen Privatkassen als Krankenversicherung. Diese Privatkassen boten und bieten immer noch niedrigere Beitragssätze als die gesetzlichen. Die Privatkassen übernahmen in den 1980er-Jahren mehr Kosten für Medikamente, besondere Arztbehandlungen und so weiter.

Da der Staat die Hälfte der Krankheitskosten ohnehin übernahm (und das – nach meinen Informationen - immer noch tut) – was als so genannte „Beihilfe" abgerechnet wurde und immer noch wird -, sind die Beiträge für eine Privatkasse für Beamte gar nicht mehr so hoch. Und auch damals war es nur von Vorteil, als Beamtin/Beamter dort Mitglied zu werden.

Natürlich rannten uns Finanzanwärtern die Privatkassen die Türen ein – unsere Vorgesetzten auf dem Hauptzollamt konnten uns einige Kassen empfehlen.

Meinem Schwager Renato di Salato bereitete es ein königliches Vergnügen, mich wegen meines „Beamtenstatus" zu hänseln. Er kramte in seinem Sammelsurium an Bosheiten, zog bei jeder sich bietenden Gelegenheit einen schon mindestens zehn Jahre alten, abgelagerten Beamtenwitz hervor und ließ es sich nicht nehmen, bei jeder unserer Begegnungen eine dieser

Bosheiten oder einen Witz zu zücken wie ein Skatspieler eine Trumpfkarte.

„He, B'amter komm' mal her!" So begann er immer seine Schimpftiraden, gerichtet an alle Beamten. Und ich musste seine Abneigung gegen Beamte ausbaden!

Renato di Salato kannte auch viele der handelsüblichen Beamtenwitze auswendig und brachte sie bei jeder Gelegenheit an. Beispielsweise: „Kennst du den Witz? Sitzen vier in einem Raum – drei davon schnarchen, einer arbeitet? Na – was ist das?? Ist doch ganz klar: drei Beamte und ein Ventilator!"

Danach entblößte er seine mit Kronen gespickten Zähne und lachte schallend.

Ich fand seine Bemerkungen und Witze gar nicht lustig. Natürlich versuchte ich mich zu wehren, blieb allerdings erfolglos. Renato ließ sich von seiner schlechten Meinung über Beamte von niemandem abbringen.

Übrigens hackte nur Renato auf meinem Beamtenstatus herum – andere Verwandte, Bekannte und Freunde behandelten mich wie immer. Für sie war und bin ich die Victoria, die sie kannten.

Warum auch sollte ich mich verändert haben? Nur weil der Staat mein Arbeitgeber war? Lächerlich!

9. Xi'An – die Stadt der Terrakotta-Armee

Am 6. März 2009 dreht sich mein Tag nicht um irgendwelche Beamten oder Ausbildungen in Fachhochschulen. Ich bin mit meinem Mann in China unterwegs, einem sehr faszinierenden Land mit viel Kultur.

Mein Mann feiert heute einen runden Geburtstag (vor zehn Jahren besuchte ich mit ihm an seinem runden Geburtstag Los Angeles – und nun will er eben in China sein).

Abends im Hotel in Xi'An bekommt er als „Geschenk des Hotels" extra eine (scharfe) Suppe im Hotel. Außerdem singen ihm die Kellnerinnen "Happy Birthday" auf Chinesisch vor. Das ist interessant.

Nach Xi'An fliegen wir um acht Uhr vom Flughafen Pudong (Shanghai) aus mit einer innerchinesischen Maschine – Shanghai Air – oder so ähnlich. So heißt es für uns: um fünf Uhr morgens aufstehen. Angestellte vom Hotel haben für uns Frühstückstüten mit harten Eiern, Brot, Butter und Marmelade gepackt. Auch Fruchtsaft und Joghurt gibt es.

Übrigens bekommen wir jeden Tag zwei Halbe-Liter-Mineralwasserflaschen umsonst – entweder vom Hotel oder vom Reiseveranstalter. Diesen Service habe ich 2007 in China noch nicht genossen.

Im Flugzeug nach Xi'An – wir fliegen ungefähr zwei Stunden dorthin – bekommen wir einige Snacks in Tüten. Irgendwelche getrockneten Nüsse und Früchte, was das genau ist, können wir nicht lesen, denn die Tüten sind chinesisch beschriftet. Aber man kann diese Sachen gut essen.

Gegen zehn Uhr landen wir in Xi'An. Der Flughafen ist kleiner und nicht so belebt wie der in Xi-An.

Xi'An ist eine der ältesten Städte der Welt, hat im Jahr 2009 7,16 Millionen Einwohner und ist berühmt für seine Terrakotta-Armee (alte historische Figuren als Grabbeigaben für einen Kaiser).

Wieder steigen wir am Flughafen in einen Bus. In China ist es so üblich, dass man als Reisegruppe in jeder neuen Stadt, die man besucht, einen anderen Reiseleiter haben muss. So machen wir Bekanntschaft mit M., die perfekt deutsch spricht, obwohl sie noch nie in Deutschland war. Sie hat sieben Mal den „Faust" von Goethe gelesen, so erzählt sie uns, und sie kam so zu der Ansicht, alle Deutschen sprächen so klug und so gebildet wie Goethe.

M. kann reden wie ein Wasserfall – eine Stunde ohne Unterbrechung, wir haben auf die Uhr geschaut. Sie erzählt uns historische Einzelheiten über Xi'An. Leider bin ich so müde, dass ich im Bus schlafe und vieles von ihrem Vortrag nicht mitbekomme.

Wie uns die Reiseleiter sagen, merken sie natürlich auch, dass Deutschland von der Wirtschafts- und Finanzkrise betroffen ist. Denn seit Anfang 2009 kommen weniger deutsche Reisegruppen nach China – verglichen mit den Vorjahren.

Wir besuchen die Terrakotta-Armee. In einem Museum gibt es 500 dieser lebensgroßen Soldaten aus Stein und ihre Pferde (ebenso aus Stein) zu sehen. 3.000 dieser Terrakotta-Soldaten, ihre Pferde und über 40.000 Waffen wurden seit 1974 gefunden und restauriert. Sie waren Grabbeigaben für den Kaiser Qin Shihuangdi.

Als aufständische Bauern – so erzählt man uns – die Leiche dieses Kaisers suchten, um an ihr ihre Wut auszulassen, fanden sie im Jahre 207 vor Christus diese Terrakotta-Figuren und zerstörten viele von ihnen. Deswegen müssen die meisten dieser Figuren wie Puzzleteile zu einem Ganzen zusammengesetzt werden. Das ist sehr zeitaufwändig.

Man muss sagen, dass keine Figur völlig identisch mit einer anderen ist – auch wenn man denkt, viele von ihnen sähen gleich aus, wenn man sie sieht.

Es ist nicht nur sehr zeitintensiv, die einzelnen Figuren wieder zusammen zu puzzeln – ein weiteres Problem ist, dass all diese Figuren einmal farbig waren. Wenn sie ausgegraben sind, verschwindet die Farbe schnell. In München hat man ein Verfahren gefunden, dass die Farbe beständiger gegen Luft macht. Deshalb sind zwei der Original-Terrakotta-Figuren gerade in München, damit die Wissenschaftler ihr Verfahren anwenden können.

Wenn es in Deutschland oder anderswo Ausstellungen gibt mit Terrakotta-Figuren, werden grundsätzlich Kopien der Originale auf Reisen geschickt.

Danach besuchen wir ein chinesisches Teehaus und werden in die chinesische Tee-Zeremonie eingewiesen. Zu viert oder zu fünft scharen wir uns um einzelne Tische, suchen uns diverse Teesorten aus und bekommen von eifrigen Chinesinnen die gewünschten Tees in winzigen Tässchen serviert. Nach jedem Tee werden die Tässchen mehrfach in warmem Wasser gespült, bis sie wirklich sauber und rein sind.

Anschließend wollen wir in unser Hotel fahren – nämlich ins Xi'An Le Garden Hotel in der Loadong South Road. Eine halbe Stunde wird das dauern, sagt man uns. Wir setzen uns in unseren Bus und fahren direkt in ein Verkehrschaos.

Ich möchte in China nicht mit dem Auto fahren! Wenn es in China drei Fahrstreifen gibt in eine Richtung, machen die Chinesen mindestens vier daraus. Wer sich auf einen Fahrstreifen drängeln will, der tut das auch. Vorfahrt gibt es zwar, wird aber oft nicht beachtet. Wer am lautesten hupt und sehr aggressiv fährt – so scheint es – der hat auch Vorfahrt. Oft fahren die Autos nur um Haaresbreite aneinander vorbei – und irgendwann drängelt sich noch ein Fahrradfahrer, der seinen Hausrat oder sonstiges Zeug in einem Anhänger transportiert, mitten hinein auf die Fahrbahnen, in das chaotische Gedrängel von Autos

In so einem Gedrängel stecken wir jetzt – stecken in einem Kreisverkehr, aus dem wir lange nicht rauskommen. Der Verkehr stockt. Einige aus unserer Reisegruppe „kommunizieren" mit Händen und Grimassen mit anderen Verkehrsteilnehmern.

Nach einer gefühlten halben Stunde sind wir raus aus dem Kreisverkehr und stecken auf einer Hauptstraße fest. In der Gegenrichtung herrscht dieselbe Verkehrssituation – Autos stauen sich, aus Nebenstraßen fahren weitere Autos und Radfahrer und Mopedfahrer hinein (meistens ohne Helme).

M., unsere Reiseführerin, meint: „Ich lebe schon 14 Jahre hier in Xi'An, aber so ein Verkehrschaos wie heute habe ich noch nie in dieser Stadt erlebt!"

Gegen 19:30 Uhr erreichen wir endlich unser Hotel – eigentlich wollten wir schon um 18 Uhr dort sein. Ein Abendessen wird dann um 20 Uhr serviert, gegen 20:30 Uhr machen sich einige aus unserer Gruppe auf, zum Preis von 15 Euro die Innenstadt von Xi'An zu entdecken und diverse Märkte und andere Sehenswürdigkeiten zu sehen.

Mein Mann und ich sind zu müde dazu und gehen auf unser Zimmer. Das ist kleiner als unsere „Suite" in Shanghai, aber auch gemütlich und bequem.

Am 7. März 2009 besuchen wir zuerst einmal die Wildgans-Pagode in Xi'An. Dort gibt es auch noch Mönche.

Die Wildgans-Pagode hat sieben Stockwerke. Sie ist von schönen großen Gärten umgeben, in denen wir spazieren gehen.

Diese Pagode hat ihren Namen von einer Sage, nach der hungrigen Mönchen eine tote Wildgans vor die Füße fiel. Die Mönche meinten, das sei Buddha gewesen und bauten eine Pagode für diese Gans.

Anschließend haben wir Gelegenheit, in einer Jade-Fabrik Dinge aus Jade zu erwerben. Jade ist ein Glücksstein bei den Chinesen. Uns wird gezeigt, was „echte Jade" und was „falsche Jade" ist. Echte Jade muss man gegen ein Licht halten – und das Licht scheint dort besser durch als bei falscher Jade.

Nachmittags besuchen wir die Große Moschee in Xi'An. Diese Moschee ist im chinesischen Baustil erbaut. Sie ist eine der größten Moscheen Chinas. Wir spazierten durch den Garten. In die Gebetsräume dürfen wir nicht gehen.

Danach haben wir Zeit zur freien Verfügung. Mein Mann und ich bummeln durch die Innenstadt. Wir sehen den berühmten Trommelturm, den Glockenturm und auch die Stadtmauer.

Wir gehen durch eine große Einkaufsstraße. In China ist es sehr laut in den Zentren der Großstädte. Aus einer Ecke erschallt Musik, aus der nächsten Ecke kommt ein Werbespot und auf der Straße hupen ständig Autos. Dazu kommen noch die vielen, vielen Menschen, die man auf der Straße sieht.

Mein Mann bemerkt Chinesen, die über uns lachen. Klar, für die Chinesen sehen wir „Langnasen" – wie die Chinesen die Europäer nennen - schon außergewöhnlich aus. Aber eigentlich müssen sie unseren Anblick langsam gewohnt sein.

Weil die Batterien für seine Digitalkamera ständig leer sind, will mein Mann Batterien kaufen. Aber das ist gar nicht einfach. Am liebsten würde er ein Ladegerät mit Akkus kaufen, die man dann im Hotelzimmer aufladen kann. Wir gehen in ein Kaufhaus, um uns beraten zu lassen. Der Kauf scheitert an der Sprachbarriere. Wir können mit unserem recht guten Englisch den Chinesen nicht klar machen, was wir kaufen wollen. Und sie beherrschen nicht genug Englisch, um uns zu verstehen. Wir kaufen schließlich Batterien in einem Foto-Geschäft. Das ist einfach. Die Batterien hängen an der Wand, und wir zeigen mit dem Finger darauf. Dann ist der Verkäuferin klar, was wir kaufen wollen.

Ein weiteres Problem können in China die Toiletten sein. In den Hotels und in vielen Restaurants findet man hervorragende Toiletten, so wie wir sie kennen – mit Schüssel und Sitz. Chinesische Toiletten sind aber Steh-Toiletten. Solche Steh-Toiletten kann man in den Innenstädten kostenlos benutzen. Manchmal sind die Toiletten ziemlich schmutzig, oft fehlt auch Papier und so fragt man sich, wenn man ein solches Klo sieht, ob man den Gang zur Toilette nicht auf einen späteren Zeitpunkt verschieben soll...

Nach drei Stunden treffen wir unsere Reisegruppe wieder. Nach einem Abendessen gehen wir zum Bahnhof von Xi'An, dieser ist von unserem Restaurant aus nur wenige Schritte entfernt. Wir kämpfen uns durch eine Menschenmenge vor dem Bahnhofsgebäude. M. meint, dass die Situation heute noch harmlos sei. Normalerweise würden viel mehr Menschen mit dem Zug fahren, da dauere es drei bis vier Stunden, bis man das Bahnhofsgebäude überhaupt betreten könne... Heute sei halt ein besonderer Tag, da würden nicht so viele Leute mit der Bahn fahren.

Uns kommt es trotzdem vor, als seien es sehr viele.

Im Bahnhofsgebäude ist es recht düster. Zugabfahrtszeiten und alle weiteren Informationen sind in chinesischer Sprache angezeigt. Wir würden also gar nicht wissen, wie wir auf unser Gleis kommen, wenn M. uns nicht begleiten würde.

Mit dem Schnellzug sollen wir jetzt von Xi'An nach Peking fahren. Der Zug hält auf dieser Strecke nirgends.

Wir fahren erster Klasse in Abteilen mit vier Betten (wir haben uns schon vorher in der Gruppe geeinigt, wer mit wem in ein Vierbettabteil geht) – links und rechts in einem Abteil gibt es also jeweils ein Stockbett. Jedes Bett ist mit einem Leintuch, einer dünnen Decke sowie einem Kissen ausgestattet. Außerdem gibt es die Möglichkeit, mit einem Kopfhörer Musik zu hören. Ich weiß allerdings nicht, wie das funktioniert.

Mein Mann schläft über mir im oberen Bett, er kann schlafen. Ich kann die ganze Nacht nicht schlafen, weil der Zug so laut rattert.

Und während ich nicht schlafen kann, denke ich viel nach. Unter anderem, wie ich vor vielen Jahren im Bildungszentrum in Sigmaringen ankam, um das Grundstudium zu beginnen.

10. Das Bildungszentrum in Sigmaringen

Mit meinem Arbeitskollegen Felix fuhr ich am 29. August 1983 nach Sigmaringen ins Bildungszentrum, auch kurz „BZ" genannt. Eine andere Bezeichnung dieser Fachhochschule lautete: Fachhochschule des Bundes für öffentliche Verwaltung, Fachbereich Finanzen.

Über diese Fachhochschule und deren Dozenten hatten wir in Stuttgart auf den Zollämtern schon viel gehört. Wir wollten diese Herren gerne kennen lernen. Wie gut beherrschten sie ihren Stoff? Wie gut konnten sie ihn uns vermitteln? Und vor allem – wie sahen sie aus?

Felix wohnte nicht weit weg von meiner Heimatstadt. Sein Markenzeichen war seine ständige gute Laune. Manchmal wirkte er beinahe etwas überdreht. Wir beschlossen, für unsere Wochenendheimfahrten eine Fahrgemeinschaft zu bilden.

Am späten Nachmittag erreichten wir die Kleinstadt Sigmaringen an der Donau. Ein prächtiges Schloss der Hohenzollern thronte und thront immer noch über der Stadt.

Sigmaringen war eine hübsche Stadt – irgendwo zwischen Ulm und dem Bodensee gelegen. Hier gab es alles, was man zum täglichen Leben brauchte. Einigen Leuten war Sigmaringen allerdings zu klein und zu hinterwäldlerisch.

Das Bildungszentrum – auch kurz „BZ" genannt - lag auf einer Anhöhe am Rande des Stadtteils Sigmaringen-Laiz, gerade eine Viertelstunde zu Fuß von der Innenstadt entfernt. Es bestand aus grauen, düsteren Betonblöcken. Das größte Gebäude beherbergte die Klassenzimmer. Ein kleineres, direkt angrenzendes Gebäude bot einen Zugang zur Kantine, dem „Casino" – einer Cafeteria -, einem kleinen Laden und einem Kursraum, dem so genannten „Blauen Salon".

Das „Casino" war ein gemütlicher Treffpunkt für alle Finanzanwärter. Dort bestellte man sich ein Gläschen Riesling, Trollinger, Muskateller oder ein Glas Apfelsaftschorle, scharte sich um einen der circa fünfzehn, mit weißen Tischdecken gedeckten, Tische und plauderte nach Herzenslust. Oder man nahm dort ein Mittagessen ein – genau wie die Kantine bot auch das „Casino" Menüs an. Diese kosteten ein paar Pfennig mehr als die Menüs der Kantine, schmeckten aber weitaus besser.

Wie sechs Soldaten, steif und unpersönlich, standen die Wohnblöcke aus Beton da. Sie sahen aus wie Sechslinge und waren zur Unterscheidung mit den Buchstaben A, B, C, D, E und D 1 gekennzeichnet. Nicht nur jeder Wohnblock war gleich gebaut, sondern auch die Zimmer enthielten die gleiche Einrichtung.

„Wie ein Krankenhaus!", kommentierte Felix.

„Wie eine Kaserne!", dachte ich, sprach diese Worte aber nicht laut aus.

Als Neuling verirrte man sich ab und zu in einen anderen Wohnblock oder sogar in ein anderes Zimmer, ohne es zu merken. Britta passierte das gleich in der ersten Woche. Frohgemut stolzierte sie über irgendeinen Teppichboden in fahlem Grau. In allen Unterkunftsgebäuden sahen die Teppichböden so aus. Wahrscheinlich handelte es sich um ein Sonderangebot, deswegen kaufte die Zollverwaltung diesen faden Teppich gleich tonnenweise ein. Britta stolzierte also über irgendeinen Flur, wusste aber noch nicht, dass es nicht der Flur zu unserem Drei-bettzimmer war. Nichtsahnend öffnete sie irgendeine Tür – in der Hoffnung – es sei die zu unserem Dreibettzimmer.

Verblüfft starrten ihr drei Finanzanwärter entgegen. Sie war also in einem Männerblock gelandet!

„Einer ist wohl falsch hier!", sagte sie, um irgendetwas zu sagen, um das Schweigen zu brechen, und blickte verdutzt in die Runde.

„Das musst du sein!", erwiderten die drei Herren im Chor, die Britta offensichtlich beim Kaffeetrinken gestört hatte. Sie schloss hastig die Türe. Peinlich berührt schlich sie in unseren Wohnblock.

Als wir unser Studium aufnahmen, existierte das BZ bereits seit über zehn Jahren. Ursprünglich waren die Zimmer als Zwei-bettzimmer geplant gewesen. Im Laufe der Jahre hatte sich al-lerdings die Zahl der Finanzanwärter stark erhöht. Und so wan-delte man die Zweibettzimmer in Dreibettzimmer um.

Einbettzimmer standen uns leider kaum zur Verfügung. Nur ältere Finanzanwärter, die so genannten „Aufsteiger" zum Bei-spiel, bekamen eines der seltenen, begehrten Einzelzimmer zu-gewiesen.

Als das Bildungszentrum ganz neu war, waren die Unter-bringung und auch das Essen für Finanzanwärter kostenlos. Aber das änderte sich im Laufe der Jahre. Alles kostete etwas. Für einen Platz in einem Dreibettzimmer bezahlte ich im Monat circa 75 D-Mark (umgerechnet circa 38 Euro). Ein Dreibettzim-mer brachte der Verwaltung im Monat also 225 D-Mark ein (umgerechnet circa 113 Euro) – das war für damalige Verhält-nisse nicht preisgünstig für die Studierenden.

Das Essen in der Kantine musste man ebenfalls bezahlen – egal, ob man Frühstück, Mittag- oder Abendessen zu sich nahm.

Aber nun zurück zu unserer Autofahrt. Zurück in den roten Citroen, ein Auto, das man „Ente" nennt. „Enten"-Fahrer grü-ßen sich untereinander mit Handzeichen. Mit einer „Ente" konnte man noch gemütlich über die Landstraßen zuckeln. Und Felix war sowieso der ideale Gefährte für eine Autofahrt. Nie wurde es langweilig mit ihm. Er spielte jedes Wochenende in einer Fußballmannschaft und schwärmte in den höchsten Tönen davon. Gerne fuhr er mit offenem Autodach und lauter Musik. Ich mochte seine trockenen Bemerkungen, und wir lachten sehr oft.

Das BZ erreichten wir, als die Abendsonne gerade über Sigmaringen versank. Mit unseren Gepäckstücken waren wir beladen wie Lastenesel in Griechenland und versammelten uns auf dem Schulhof und warteten. Auf wen? Das wussten wir selbst nicht.

Wir gesellten uns zu unseren Kollegen. Es war beruhigend, bekannte Gesichter zu erblicken. Aha – da stand Eberhard, der smarte 20-Jährige mit den braunen Naturlocken. Neben ihm stand Hartmut, der Finanzanwärter mit dem großen Adamsapfel. Hartmut sprach gerade mit dunkler Stimme, und bei jedem Wort, das er von sich gab, hüpfte der Adamsapfel aufgeregt hin und her. Dahinter erspähten wir Monika, die sich etwas schüchtern am Rande der Gruppe aufhielt.

Viele Dialektbrocken plätscherten an uns vorbei. Finanzanwärter aus ganz Westdeutschland waren eingetroffen und sollten nun sieben Monate hier in Sigmaringen ihr Grundstudium und den ersten Teil des „Hauptstudiums I" absolvieren.

Wir hörten Bayern und Hamburger miteinander reden, erspähten einige Hessen, Kieler und so weiter. Ein buntes Sammelsurium junger Leute aus der Bundesrepublik Deutschland.

„Habt Ihr eigentlich schon eure Zimmerschlüssel geholt?" Hartmut riss mich aus meinen Beobachtungen. „Wisst ihr, dass man sich anstellen muss, um Haus- und Zimmerschlüssel zu bekommen?"

Nein, das wussten wir nicht.

„Wo kann man diese Schlüssel bekommen?", fragte Felix und folgte mit seinem Blick Hartmuts rechtem Zeigefinger, der auf ein großes Gebäude, offensichtlich eine Turnhalle, zeigte und dazu etwas sagte. Und wieder hüpfte Hartmuts Adamsapfel wie wild hin und her.

Wir seufzten und stellten uns an. Eigentlich hatten wir uns die Ankunftsformalitäten schneller und reibungsloser vorgestellt. Aber hier galt: wer zuerst kommt, mahlt zuerst.

Eine geschlagene Stunde dauerte es, bis man uns die Schlüssel aushändigte und unsere Namen auf einer langen Liste abhakte.

Anschließend stellten wir uns in die nächste Schlange – diesmal eine Schlange mit Leuten, die Essenmarken für die Kantine kaufen wollten. Von irgendwas mussten wir ja leben, denn Vorräte von zu Hause hatten wir uns nicht mitgenommen.

Endlich konnte ich meine große braune Kunstlederreisetasche in einem Dreibettzimmer im Gebäude C auspacken. Das Dreibettzimmer, das ich mit meinen Kolleginnen Britta und Monika teilte. Unser neues Zuhause für sieben Monate.

Das Zimmer machte keinen schlechten Eindruck auf mich. Drei Stühle, drei Betten, ein Esstisch, ein Schreibtisch, drei Kleiderschränke, Regale über den Betten. Die wichtigsten Möbel waren also vorhanden – nichts musste von uns gekauft werden. Auch für die Reinigung war gesorgt: ein Team beflissener Damen saugte und putzte die Zimmer mehrmals pro Woche, während wir im Unterricht waren.

Wie winzig ein Dreibettzimmer werden konnte, das wusste ich zu diesem Zeitpunkt noch nicht. Ich war optimistisch, willensstark und anpassungsfähig. Irgendwie würden meine neuen Kollegen und ich uns schon arrangieren, dachte ich.

Britta und Monika hatte ich bereits während des Einführungspraktikums kennen gelernt. Und ich glaubte, sie gut genug zu kennen.

Aber man soll mit seinen Schlüssen niemals zu voreilig sein.

11. Der erste Tag im Bildungszentrum

Sommer war es – und kühl an diesem Septembertag in Sigmaringen im Jahre 1983. Morgens klingelte mein

Wecker, munter kroch ich aus den Federn und begrüßte Monika und Britta:

„Guten Morgen!"

Britta schaute etwas säuerlich, fast schon zerknittert, wie sie da zwischen ihren blütenweißen Kissen lag. Sie blickte mich verächtlich an – oder hatte ich mir das nur eingebildet?

Wir zogen uns an, wuschen und frisierten uns. Anschließend nahmen wir unser Frühstück in der Kantine ein. Ein großer Raum war das, mit hellen Neonleuchten und aneinandergestellten Tischen. Eben so, wie man sich auch eine Betriebskantine vorstellt.

Herr Pohl, der Direktor des Bildungszentrums in Sigmaringen, hielt danach eine Begrüßungsrede für alle Neuankömmlinge.

„Wenn Sie gleich von Anfang an den Stoff mitlernen", meinte er unter anderem, „kann Ihnen bei der Zwischenprüfung gar nichts passieren!"

Ich glaubte ihm das. Und ich wollte seinen Ratschlag unbedingt beherzigen. Man drückte uns „Neuen" ein so genanntes „Vorlesungsverzeichnis" in die Hand. Interessantes gab es dort zu lesen, wie zum Beispiel die Einführung:

„Sie haben sich für die Laufbahn des gehobenen Verwaltungsdienstes in der Bundesfinanzverwaltung entschieden. Die gestiegenen Anforderungen und Leistungserwartungen an die Angehörigen des gehobenen Verwaltungsdienstes machten die Entwicklung eines Bildungsganges notwendig, der stärkeres Gewicht auf Methodenwissen, analytisches Denken und die Erfassung gesellschaftlicher Wirk- und Gestaltungszusammenhänge legt. Diese Zielsetzung erfordert eine Ausbildung auf Fachhochschulniveau.

Um zugleich den Praxisbezug sicherzustellen, wird das Fachhochschulstudium in Form eines dreijährigen verwaltungsinternen Vorbereitungsdienstes absolviert, der zu gleichen Teilen aus Fachstudien (18 Monate) und berufspraktischen Studienzeiten (18 Monate) besteht.

Um praktische und theoretische Studienzeiten miteinander zu verzahnen, wurde der 36-monatige Vorbereitungsdienst in der Bundesfinanzverwaltung, wie folgt, aufgegliedert..."

Na, alles verstanden? Hier wurde in viel zu langen Ausführungen darüber gesprochen, dass eine Ausbildung zu Zollinspektorinnen/Zollinspektoren insgesamt drei Jahre dauerte (meines Wissens nach dauert sie immer noch drei Jahre). 18 Monate insgesamt verbrachten die Studenten in den 1980er-Jahren in Sigmaringen im Bildungszentrum – oder, genauer gesagt: auf der Fachhochschule des Bundes für öffentliche Verwaltung, Fachbereich Finanzen.

Die restlichen 18 Monate waren dafür da, praktische Kenntnisse auf diversen Zollämtern, die meistens in den Bereich unserer jeweiligen Oberfinanzdirektion gehören, zu erwerben. Aber man konnte auch im Bereich einer anderen Oberfinanzdirektion Dienst machen, beispielsweise, wenn man an einer Grenze tätig war.

Einen Monat der insgesamt 18 Monate Praktikum hatten wir bereits hinter uns – wir „Stuttgarter Finanzanwärter" hatten ihn auf dem Hauptzollamt Stuttgart-West und diversen kleineren Zollämtern verbracht, andere Finanzanwärter auf Zollämtern, die zu „ihrer" Oberfinanzdirektion gehören. So zum Beispiel die „Münchner" in München und Umgebung, die Frankfurter in Frankfurt und Umgebung und so weiter.

Vor uns lagen sieben Monate Studium in Sigmaringen. Sechs Monate davon umfassten unser Grundstudium, anschließend folgte eine Zwischenprüfung, danach noch ein Monat Hauptstudium. Anschließend waren wieder diverse Praktika auf Zollämtern vorgesehen, bevor es dann im Herbst 1984 mit dem Hauptstudium in Sigmaringen weitergehen würde.

Im Grundstudium erwarteten uns Fächer, die uns mit der Materie „Recht" vertraut machen sollten. Mit Zoll an sich haben diese Fächer sehr wenig zu tun. Aber da die Zollverwaltung eine Bundesverwaltung ist, waren die Grundstudiengänge aller Anwärter gleich.

Das heißt, wir Finanzanwärter in der Zollverwaltung lernten während dieser ersten sechs Monate Grundstudium Stoff, den auch Anwärter für die Laufbahn des gehobenen Dienstes der Arbeitsverwaltung in Köln, der öffentlichen Sicherheit in Lübeck, Wiesbaden, Köln und München, der Sozialversicherung in Berlin, der „Auswärtigen Angelegenheiten" in Bonn und anderer Bundesverwaltungen lernen mussten.

Erst seit 1979 gab es diese Fachhochschulausbildung in Sigmaringen. Vorher war – so lautete die Meinung vieler Zollbeamter – die Ausbildung zum Inspektor praxisnäher gewesen. Wie bei der Ausbildung zur Industriekauffrau/Industriekaufmann beispielsweise wurde ein Auszubildender in der Bundeszollverwaltung von Abteilung zu Abteilung geschleust und genoss berufsbegleitenden Unterricht.

Aber alle Verwaltungen des Bundes, der Länder und Gemeinden wollten sich an das allgemeine Bildungsniveau anpassen und bildeten deswegen schon seit vielen Jahren ihre Anwärter für den gehobenen Dienst in entsprechenden Fachhochschulen aus.

Mit dem Abschied der üblichen Ausbildung für den gehobenen Dienst, so hatten Skeptiker gemutmaßt, würde die Zollausbildung sterben. Zur Makulatur verfallen, in der die Mauern alter Zollämter daran erinnerten, dass da irgendwelche Doktoren und Dozenten ohne Rücksicht auf die Belange des Zollwesens ihre Idee hatten durchsetzen wollen. Doch all die Zweifler hatten nicht recht. Seit einigen Jahren hatten Juristen das Sagen in dieser Ausbildung.

Wir waren gespannt, was auf uns zukommen würde. Im Grundstudium erwarteten uns Vorlesungen über

- Allgemeine Staatslehre,
- Verfassungsgeschichte der Neuzeit,
- Politiklehre,
- Staats- und Verfassungsrecht,
- Regierungs- und Verwaltungshandeln,
- Rechtslehre,

- Besonderes Verwaltungsrecht,
- Verwaltungsrechtsschutz,
- Beamtenrecht,
- Arbeitsrecht,
- Personalvertretungsrecht
- Zivilrecht,
- Strafrecht,
- Volkswirtschaftslehre,
- Finanzwissenschaft,
- Öffentliche Finanzwirtschaft,
- Innerbehördliche Organisation,
- Datenverarbeitung.

Darüber hinaus besuchten wir Vorlesungen in Zoll- und Abgabenrecht. Das waren die beiden einzigen Fächer, deren Stoff uns bei 99 Prozent der Arbeit auf einem Zollamt helfen konnte. Leider waren sie aber für die Zwischenprüfung völlig belanglos.

An unserem ersten Tag im Bildungszentrum waren wir alle noch euphorisch. Auch ich. Die Sonne lachte, ein perfekter Spätsommertag – der perfekte Anfang für ein erfolgreiches Studium.

Der erste Tag galt der Begrüßung und der Einführung. Immerhin waren wir über 300 Finanzanwärter für das Grundstudium aus ganz Westdeutschland. Damit wir alle so viel wie möglich lernten, wurden wir in Kurse mit 20 bis 25 Teilnehmern eingeteilt. Wir lernten in Klassenzimmern wie in der Schule. Wir lebten in einem großen Internat, jedoch war der Schulbetrieb von den Internatsbeschreibungen aus Büchern von Autoren wie Enid Blyton weit entfernt.

Ein Professor und ein Sportlehrer hielten Ansprachen. Später wurden unsere Kurse eingeteilt. Wir waren wie Schulklassen, wir wählten Kurssprecher, die den Klassensprechern in einer Schule entsprachen. Wir hatten einen Tutor, also einen Dozenten, der für unseren Kurs zuständig war. Genauso wie ein Klassenlehrer für eine Klasse.

Wir zwölf Finanzanwärter aus dem Bereich der Oberfinanzdirektion Stuttgart folgten unserem Tutor, Herrn Professor Dr. Kluge, in unseren Kursraum. Ein Chemiesaal. Ein anderes Klassenzimmer hatte man wohl nicht für uns. Warum kamen ausgerechnet wir in einen Chemiesaal?

Die Bänke waren terrassenförmig angeordnet. Der Raum war groß, zu groß für 20 bis 25 Finanzanwärter. Man hörte jedes Geräusch, die Akustik war einfach zu gut. Wozu brauchte eine Fachhochschule für Finanzen einen Chemiesaal? Nie würde ein Finanzanwärter Chemieunterricht haben. Handelte es sich hierbei um eine Fehlplanung? Die Antwort erfuhr ich nie.

Natürlich waren zwölf Finanzanwärter zu wenige Personen für einen Kurs, zu wenige Personen für einen Chemiesaal. Deswegen legte man uns mit den Finanzanwärtern der Hauptzollämter in München und in Augsburg (beide gehörten zur Oberfinanzdirektion München) zusammen.

Leider hatten sich diese Leute schon die vordersten Sitze geschnappt. Uns Finanzanwärtern der Oberfinanzdirektion Stuttgart blieben nur noch Plätze in der dritten Reihe.

Herr Professor Dr. Kluge trat von einem Fuß auf den anderen.

„Ich begrüße Sie!" Seine Stimme klang dunkel, brummend. „Sie haben es sicher schon mitbekommen. Ich bin Herr Dr. Kluge – Ihr Tutor!"

Verhaltenes Kichern erklang irgendwo. Verhalten nur, denn man wollte sich nicht gleich zu Anfang das Verhältnis zum Tutor, zum Klassenlehrer, verderben. Irgendwie wirkte er lässig in seinen ausgebleichten Jeans und seinem ziemlich locker sitzenden Sweatshirt. Er wirkte desinteressiert. Desinteressiert an uns? Oder an dem Stoff, den er uns vermitteln musste?

Zuerst würde er uns in die Volkswirtschaftslehre einführen, später dann in die Fächer Finanzwissenschaft und Öffentliche Finanzwirtschaft, erzählte er uns.

Er musterte uns eingehend durch seine goldumrandete Brille. „Natürlich wünsche ich Ihnen allen einen guten Anfang!"

Lässig lehnte er sich gegen das Rednerpult aus hellem Holz, das auf dem großen gekachelten „Chemietisch" vor der großen Schiebetafel stand. Dieses Rednerpult war praktisch, diente es doch den Dozenten als „Ruhestätte", bevor sie uns mit ihren Fragen löcherten, bevor sie uns Paragraphen aus Gesetzen und Dienstanweisungen um die Ohren hauten.

„Und nun stellen Sie sich selbst vor", brummte er schließlich. „Sagen Sie, wer Sie sind, woher Sie kommen und welcher Oberfinanzdirektion Sie angehören. Wollen Sie bitte den Anfang machen?" Seine Hand zeigte auf Peter aus Bayern, den ältesten Herrn unseres Kurses, der jahrelang die Bundeswehr mit seiner Anwesenheit beglückt hatte, bevor er sich für eine Ausbildung in der Zollverwaltung entschied.

Peter saß in der vordersten Reihe, er drehte sich um zu uns, damit wir ihn alle hören und sehen konnten:

„Mein Name ist Peter Grimm, ich komme aus München, arbeitete zwölf Jahre bei der Bundeswehr und gehöre zur Oberfinanzdirektion München."

So stellten wir uns der Reihe nach vor, während Herr Professor Dr. Kluge eher gelangweilt am Rednerpult hing und den blauen Himmel durch die großen Fenster betrachtete.

Am Ende des Vormittags genossen wir unsere „erste richtige" Vorlesung: Innerbehördliche Organisation bei Herrn Hagen. Ein muskulöser rothaariger Dozent, der die Fähigkeit besaß, seinen Stoff überzeugend und klar zu vermitteln. Das war Unterricht von guter Qualität.

„Organisation – was versteht man darunter?", fragte er. „Ich werde Ihnen vermitteln, wie dieser Staat organisiert ist, wie die Zollverwaltung organisiert ist, welche Arten von Organisation es gibt. Zur Organisation gehört die Regelung des Arbeitsablaufes." Er zog ein Stück Kreide aus seiner Jackentasche und malte viele Kreise und Linien auf die Tafel. „Es gibt zwei Arten von Organisationen. Nämlich die Linien- und die Staborganisation." Quietschend fuhr die Kreide über die grüne Oberfläche der Tafel. „Linienabteilungen erhalten Anweisungen von den jeweils übergeordneten Abteilungen." Herr Hagen zeichnete einen Pfeil von einem oberen Kreis zu einem unteren Kreis. „Dagegen arbeiten Stabsabteilungen nur mit der Abteilung zusammen, der sie zugeordnet sind, und erhalten von dieser ihre Anweisungen. Selbst dürfen sie keine Anweisungen erteilen, sondern erarbeiten Vorschläge, beraten und unterstützen die Abteilung, der sie unterstellt sind."

Dies alles hörte sich fremd und neu an für unsere Ohren, jedoch leuchtete es auch ein. Fieberhaft übertrugen wir die Kreise und Pfeile auf Blätter, die wir in Ordner legen würden. Wir sollten lernen, was ein „Organigramm" ist, welche Eigenschaften Funktions- und Matrixorganisationen haben, was man unter „Brainstorming" versteht und vieles mehr.

Auch wenn dieser Vorlesungsstoff eher exotisch klingt, so machte er mir doch Spaß. Denn alles klang logisch. Auch wenn die Verwaltung nicht so funktionierte. Der Staat war nämlich in den 1980er-Jahren nicht perfekt organisiert, lernten wir. Das wurde jedem klar, der die Vorlesungen in „Innerbehördlicher Organisation" besuchte.

Es gab und gibt im Staat sehr lange Dienstwege – ein Antrag wandert von einem Beamten in niedrigerer Position zum nächsthöheren, dann zu dessen Vorgesetzten und so weiter. Bis er endlich beim zuständigen Beamten landet. Unser Staat, unsere Behörden bestanden und bestehen oftmals immer noch aus einem großen Verwaltungsapparat, den es Stufe für Stufe zu durchlaufen gilt.

Aber warum – so fragte ich mich – mussten wir die Grundlagen der perfekten Organisation lernen, wenn unser Staat und die Behörden nicht bereit waren, diese Grundsätze auch anzuwenden? Eigentlich war „Organisationslehre" totes Wissen für einen Beamten!

An diesem Tag wurde außerdem ein vorläufiger Kurssprecher bestimmt – Peter aus Bayern.

„Ich schlage vor, einen Ordnungsdienst für das Klassenzimmer einzurichten", bemerkte er – und war deswegen bei uns erst einmal „unten durch". Denn wer hatte schon Lust auf Arbeiten wie Tafelwischen und den Kursraum sauber zu halten?

Peter wollte wohl die Grundsätze von der Bundeswehr bei uns anwenden? Davon hielten wir überhaupt nichts und straften ihn erst einmal mit Verachtung.

Nach diesem ersten Vormittag verließen wir unser Klassenzimmer mit gemischten Gefühlen. Wir aßen zu Mittag in der Kantine und fanden das Essen mittelmäßig. Was – für diesen „Fraß" sollen wir pro Tag fünf D-Mark (circa 2,50 Euro) hinblättern? Auch als Finanzanwärter besaßen wir (noch) keinen Goldesel, und so trafen viele von uns die Entscheidung, die Kantine künftig zum Mittagessen zu meiden und uns mittags anderweitig zu versorgen.

Nachmittags wurden wir Neuankömmlinge dazu „verdonnert", den Vortrag des Herrn Dr. Alfredo di Torpedo zum Thema „Ist unser Staat noch regierbar?" über uns ergehen zu lassen. Aber was Herr Dr. Alfredo di Torpedo vorne an seinem Rednerpult in der großen Sporthalle von sich gab, klang viel zu kompliziert. Und außerdem hatte keiner von uns Lust auf diesen Vortrag.

Schon bald wurden einige Zuhörer unruhig, rutschten auf ihren Plätzen hin und her und begannen, sich zu unterhalten. Der Geräuschpegel schwoll an, hallte durch die Turnhalle – aber Herr Dr. Alfredo di Torpedo schwafelte unbeirrt weiter. Scheinbar unbeirrt. Das Ganze wirkte so lächerlich wie eine Szene aus einem Loriot-Film.

Einige Finanzanwärter hatten einem Kameraden einen Schuh ausgezogen und warfen diesen unter allgemeiner Belustigung anderen Leuten zu. Der Schuh wanderte durch viele Hände in der Sporthalle. Ob dieser Finanzanwärter später seinen Schuh wiederbekommen hat? Ich weiß es nicht.

Auf jeden Fall wurde die Stimmung zu der in einem Festzelt mit lauter Blasmusik während des Oktoberfests in München – sie hatte mit der Stimmung, die der Rede eines höheren Staatsdieners gebührt, nichts mehr zu tun.

Herr Dr. Alfredo di Torpedo verstrickte sich in komplizierte Satzgebilde, warf mit Fremdwörtern umher wie ein Kind, das zum ersten Mal wild in einem Schaumbad planschte. Außerdem stellte er hochgeistige Thesen auf, die viele Finanzanwärter in der Sporthalle nicht interessierten. Und diejenigen, die sich dafür interessierten, bekamen vor lauter Lärm nichts mit.

„Was ist mit unserem Staat los?", sinnierte er beispielsweise.

Es dauerte nicht lange, bis er von politischen und praktischen Erwägungen zur Darlegung seiner Thesen überging. Viel Vertrauen legte er in die von ihm selbst verfassten Argumente und bedauerte zutiefst, dass er hier vor jungen Leuten sprach und nicht zu seinen Altersgenossen. Er nickte aufmerksam, während er seinen Vortrag herunter ratterte und wild mit den Armen fuchtelte.

Plötzlich fingen einige Finanzanwärter lautstark zu klatschen an.

Herrn Dr. Alfredo di Torpedo stand die Verwunderung deutlich im Gesicht geschrieben. Was war passiert? Noch vorher hatten diese Finanzanwärter sich überhaupt nicht für das interessiert, was er sagte. Was war also an seinen Darlegungen so außergewöhnlich, dass man sich auf einmal für ihn interessierte? Warum riefen diese solche Beifallsstürme hervor?

„Unser Staat, meine Damen und Herren", spann Herr Dr. Alfredo di Torpedo seinen Vortrag weiter. „Unser Staat hat sich im Laufe der Jahrhunderte gewandelt. Von der Monarchie..."

Weiter kam er nicht, denn schon wieder klatschten etliche Leute, grölten und johlten. Herr Dr. Alfredo di Torpedo schüttelte den Kopf, versuchte aber, seine Beherrschung zu wahren.

Eine Stunde dauerte dieser Vortrag. Für uns war er eine Qual. Erleichtert verließen wir danach die Sporthalle. Zurück blieb ein aufgepeitschter und verwirrter Herr Dr. Alfredo di Torpedo, dem viele Fragen im Kopf herumspukten, wie zum Beispiel: „Was habe ich an dieser und jener Stelle so Besonderes gesagt, dass so viele Leute auf einmal applaudierten?"

Ob der Staat regierbar war oder ist oder noch sein würde und wenn ja, warum, haben die wenigsten von uns mitbekommen.

Abends lernten wir unsere Kollegen der Oberfinanzdirektion Stuttgart aus dem Hauptstudium I 2 (also Hauptstudium I, Teil 2) kennen. Sie waren bereits ein Jahr Finanzanwärter, hatten also exakt am 1. August 1982 mit der Ausbildung begonnen. Heute hatten sie uns zu einer Grillparty am Waldrand eingeladen.

Wir mochten diese Kollegen sofort. Lauter sympathische Leute, die kein Blatt vor den Mund nahmen. Einige von ihnen waren das, was man als „recht abgebrüht" bezeichnen konnte. Paul zum Beispiel, der Aufsteiger, der stets zweideutige Witze auf Lager hatte. Oder Franz, der Nachdenkliche. Und viele andere.

Der Abend senkte sich über den Wald, die Bäume waren nur noch als schwarze Schatten erkennbar – und wir genossen Bratwürste mit Brötchen und Salat. Dazu Bier oder Cola oder Limonade oder Mineralwasser. Wir ließen es uns gut gehen, schmausten, tranken und erzählten.

Ich unterhielt mich angeregt mit Franz.

„Die Zwischenprüfung ist tierisch!", erzählte er. „Ich hatte wirklich sehr viel gelernt, aber bin gerade noch so ‚durchgerutscht'."

„Wie kann so etwas passieren?" Ich schüttelte verwundert den Kopf. „Da muss doch etwas falsch gelaufen sein!"

Wie kann jemand, der fleißig ist und den Stoff verstanden hat, mit Hängen und Würgen durch die Zwischenprüfung kommen? Sicherlich kämpfte Franz mit einem Problem, das er mir nicht mitteilen wollte.

„Du wirst es selbst erleben", entgegnete er müde auf all meine Einwände und machte eine abwehrende Handbewegung. Das Thema war – zumindest für den heutigen Abend – für ihn erledigt.

Andere Finanzanwärter aus anderen Teilen Deutschlands feierten noch ihren „Einstand" im Bildungszentrum Sigmaringen, und zwar auf diversen Stockwerken der Wohnblöcke. Britta und ich hörten Gegröle und laute Musik, als wir müde in unser Dreibettzimmer zurückkehrten.

Monika war nicht zur Grillparty erschienen. Sie lernte in unserem Zimmer auf ihre bevorstehende Prüfung zur Fremdsprachenkorrespondentin. Genau wie ich besuchte sie vor ihrem Ausbildungsbeginn in der Bundeszollverwaltung eine Fremdsprachenschule.

Einige Tage später bekam sie zwei Tage Sonderurlaub, fuhr zu ihrer Prüfung und bestand sie auch. Glücklich kehrte sie als Fremdsprachenkorrespondentin ins Bildungszentrum nach Sigmaringen zurück.

12. In Peking

Kurz vor halb acht Uhr am Morgen des 8. März 2009 fährt der Nachtzug von Xi'An in Peking ein. Davor haben wir Kaffee bekommen – er hat 20 Yuan gekostet (das sind circa zwei Euro) und ist viel zu dünn. Es ist der schlechteste Kaffee, den ich je in China getrunken habe!

Peking ist die Hauptstadt Chinas mit (im Jahr 2009) 16 Millionen Einwohnern (2007 waren es noch 13 Millionen). Es ist eine sehr sichere Stadt, da viele Polizisten und Soldaten besonders im Zentrum herumstehen. Außerdem haben die Chinesen durch Reisen ins Ausland unterdessen gelernt, dass viele europäische Städte sauber sind – und haben versucht, viele ihrer Städte genauso sauber zu halten. Das ist ihnen recht gut gelungen.

In Peking lernen wir unseren Reiseführer für dort kennen – Herr W., Mandschurai-Chinese (Angehöriger einer Minderheit – die meisten Chinesen sind Han-Chinesen) und deswegen berechtigt, in China zwei Kinder haben zu dürfen. Er spricht immer besonders laut, lacht gerne und hetzt uns durch die Sehenswürdigkeiten mit Sprüchen, wie „Hallo – hallo – kommen Sie, kommen Sie!"

Zuerst aber gehen wir in das Hotel Best Western Olympic Hotel Beijing in der Datun Road in Peking, wo wir frühstücken können. Das Frühstück gibt es – wie in den anderen Hotels, die wir bisher besucht haben, von einem reichhaltigen Büffet mit Wurst, Käse, Marmelade, Müsli, Bratkartoffeln, Auflauf und so weiter.

Anschließend besuchen wir einen Lama-Buddha-Tempel (Lamaismus muss – so verstehe ich es – eine Glaubensrichtung aus dem Buddhismus sein). In diesem Tempel findet man den größten Holz-Buddha der Welt.

Fotografieren dürfen wir in diesem Tempel nicht. In den Buddha-Tempeln fällt immer auf, dass der Buddha in der Mitte sitzt – und seitlich sitzen seine vier Wächter, davon ist einer ganz schwarz. Alle sind ziemlich große Figuren.

Anschließend besichtigen wir den Konfuzius-Tempel in Peking. Er wurde 2007, als ich zuerst in China war, renoviert und einige Monate später neu eröffnet. Jetzt sieht er neu und schön aus.

Konfuzius muss ein hässliches Baby gewesen sein, das von seinen Eltern in den Bergen ausgesetzt wurde. Er überlebte das – und wurde später Philosoph (das hat die Reiseleiterin 2007 der Gruppe erzählt, mit der ich 2007 unterwegs war). Er hat sehr viele Lehren entwickelt und diese seinen Anhängern weitergegeben.

Am frühen Nachmittag besuchen wir die Anlage des Sommerpalastes. Dieser diente einst der Kaiserwitwe Cixi als Ort zum Ausspannen während der Sommermonate.

Wir betreten den Park, der in den Westbergen liegt, durch den Hintereingang. Dort speisen wir in einem Restaurant zu Mittag. Anschließend jagt uns Herr W. durch die schöne Gartenanlage, in dem es viele Paläste, Tempel und Pavillons gibt. Erwähnenswert ist auch das große Marmorschiff. Zwei Drittel dieses Parks bildet nämlich der Kungming-See. Wir schreiten durch den Wandelgang im Sommerpalast, dessen Deckenmalereien wunderschön sind.

Weil Herr W. uns so gehetzt hat, sehen wir nicht die malerischen Häuser am See am Eingang des Parks – die habe ich vor zwei Jahren schon gesehen, aber warum sehen wir sie jetzt nicht? Ich frage Herrn W. später, er entschuldigt sich mit seinem üblichen dunklen Lachen bei mir.

Abends haben wir die Möglichkeit, zum Preis von zehn Euro in die Wan Fu Zing Road in die Innenstadt zu fahren und in der Garküchenstraße auch typisch chinesische Gerichte (zum Beispiel Seidenraupen) zu essen. Ich aber bin zu müde, mein Mann ist es auch (er hätte von mir aus gerne mitgehen dürfen). Ich habe die Innenstadt von Peking ausführlich schon 2007 besucht.

Nach einem guten Frühstück vom Büffet im Hotel besuchen wir den Kaiserpalast, auch die „Verbotene Stadt" genannt. Der Name kommt daher, weil es lange nicht erlaubt war, dass außer dem Kaiser, seinen Konkubinen und seinen Eunuchen auch andere Leute diese Palastanlage besuchen durften.

Wir betreten den Kaiserpalast/die Verbotene Stadt durch den Hintereingang. Die Anlage ist sehr groß und beeindruckend – sie besteht aus vielen Tempeln und Palästen. Man läuft über Marmorboden und Marmorstufen. Für den Besuch dieser Sehenswürdigkeit sollte man also mindestens einen halben Tag einplanen!

Wir verlassen den Kaiserpalast/die Verbotene Stadt durch das so genannte „Tor des Himmlischen Friedens" – den Eingang.

Leider ist der Platz des Himmlischen Friedens – auch Tianmen-Platz genannt – heute abgesperrt, da im Volkskongress (das ist das chinesische Parlament) eine Sitzung von Politikern aus ganz China stattfindet.

Wir fahren zum Mittagessen und anschließend in eine Klinik für chinesische Medizin. Dort können wir ein warmes Fußbad nehmen, anschließend werden uns die Füße von Auszubildenden zu Fußmasseuren massiert. Danach geben wir ihnen ein Trinkgeld.

Einige aus unserer Gruppe kaufen Medikamente, die ihnen von Ärzten, die jedem von uns den Puls fühlten und die Zunge anschauten, empfohlen wurden.

Am Nachmittag besuchen wir den Himmelstempel. Einige meinen, er sei das schönste Gebäude Chinas. Unterhalb von diesem Tempel gibt es noch einen kleinen Tempel, der genauso aussieht wie sein „großes Ebenbild". Außerdem noch einige Hallen, die ebenfalls sehenswert sind.

Abends nach dem Abendessen ist ein Besuch der Peking-Oper geplant. Interessant, diese Oper findet im selben Hotel statt, in dem ich vor zwei Jahren schon eine Peking-Oper-Aufführung gesehen habe.

Wir sehen eine Stunde und zehn Minuten aus der Oper „Die Reise nach dem Westen". Die ganze Oper dauert drei Tage. Links und rechts neben der Bühne gibt es Anzeigen, auf denen das, was die Darsteller singen, in (fehlerhaftes) Englisch übersetzt wird.

In dem Teil der Oper, die wir sehen, geht es um eine junge Dame, die jemanden heiraten soll, und um ihr Jadearmband.

Nun, was soll ich zur Peking-Oper sagen? Sie ist sehr gewöhnungsbedürftig für uns Westeuropäer, da mit hohen Stimmen gesungen wird. Die Instrumente klingen für uns, als spielten sie oft falsch. Für die Chinesen jedoch ist es eine Kunstform, und ich weiß, dass Schauspieler, die in einer Peking-Oper mitspielen wollen, den Beruf „Darsteller in einer Peking-Oper" in einem harten Studium erlernen müssen.

13. Besuch der Chinesischen Mauer

Unser letzter Urlaubstag in China ist angebrochen – der 10. März 2009. Es ist geplant, die Chinesische Mauer in Badaling zu besuchen. Badaling liegt ungefähr 80 km von Peking entfernt.

Die Chinesische Mauer ist das größte Bauwerk der Welt und war ursprünglich als Grenzmauer gedacht.

Wir haben die Möglichkeit, nach dem Treppenaufgang zur Mauer entweder links oder rechts die Mauer entlang zu gehen. Links laufen weniger Leute – aber der Aufstieg ist steiler.

Geht man rechts nach oben auf die Mauer, ist der Aufstieg zwar angenehmer, da er nicht so steil ist, allerdings begegnet man dann Massen von Touristen.

Mein Mann und ich gehen mal in die eine, mal in die andere Richtung.

Nach einem Mittagessen besuchen wir die Ming-Gräber in der Nähe von Peking. Hier sind 13 Ming-Kaiser begraben. In einer großen Halle kann man in Glaskästen Nachbildungen der Grabbeigaben der Ming-Kaiser bestaunen – zum Beispiel Kopfbedeckungen, Seidenjacken, Schmuck, Geschirr.

Abends haben wir die Möglichkeit, an einem Pekingenten-Essen für 15 Euro pro Person teilzunehmen. Dort wird auch Wein serviert, der in China selten und daher teuer ist. Da wir uns das Geld aber sparen wollen, suchen wir einen Supermarkt auf und kaufen dort sehr günstige und sehr gute Vollkornkekse und leckeren Joghurt.

Am 11. März 2009 heißt es Abschied nehmen von Herrn L. (der wieder nach Shanghai zurückfliegen wird) und von Herrn W. – und von China.

Wir fliegen vom Flughafen in Peking – dem Beijing Capital International Airport - nach Frankfurt mit einer großen deutschen Fluglinie. Die Flugzeit beträgt 9 Stunden und 40 Minuten.

Gegen 15 Uhr (Ortszeit Deutschland) erreichen wir den Frankfurter Flughafen. Von dort aus fahren wir mit der Bahn in unsere Heimatorte.

Zu Hause erfahren wir, dass es in Deutschland eine Katastrophe gegeben hat. In Winnenden gab es an einer Realschule einen Amoklauf.

14. Was ich über China gelernt habe

Wenn ich wieder nach China reise, werde ich mir über die Visum-Zentrale das Visum besorgen.

Manchmal schickt aber auch der Reiseveranstalter die Reisepässe der Teilnehmer einer Gruppenreise direkt zur Visum-Zentrale. Die Visum-Zentrale besorgt die Visa, schickt dem Reiseveranstalter die Pässe wieder zurück – und der Reiseveranstalter sendet sie an die Reiseteilnehmer.

Ich könnte aber auch direkt zur chinesischen Botschaft fahren und mein Visum dort – gegen Zahlung einer Gebühr – abholen. Das Antragsformular für das Visum kann man problemlos im Internet abrufen und dann ausdrucken lassen.

Das ausgefüllte Formular und den Reisepass sollte man mindestens circa fünf Wochen vor Abflug an den Reiseveranstalter schicken oder das Unternehmen, das die Visa für diese Reise besorgen wird.

Zahlungsmittel: Die Chinesen kennen auch den Euro, und so kann man – in den großen Städten zumindest – Euro auch leicht in die Landeswährung Yuan (RMB) umtauschen lassen. Es ist egal, ob man im Hotel Geld umtauscht oder auf einer Bank – überall gelten dieselben tagesaktuellen Umtauschkurse.

Als ich im März 2007 in China war, galt: 10 RMB (Yuan) entsprachen einem Euro. Im März 2009 galt: 10 RMB (Yuan) entsprachen 0,80 Euro

Ich werde genug Bargeld mitnehmen. Es gibt nicht viele Möglichkeiten, sich über die Mastercard/Eurocard Geld zu holen bei den Banken. Manche Hotels haben auch einen Geldautomaten, der mit EC-Karte funktioniert.

Natürlich muss ich daran denken, dass ich genug Geld für Trinkgelder dabeihabe. Es gibt einen Richtwert, der 2009 besagte: ein Reiseführer bekommt 15 Yuan (circa 1,50 Euro) pro Tag Trinkgeld von jeder Person einer Gruppe, ein Busfahrer zehn Yuan (circa ein Euro). Vielleicht haben sich diese Richtwerte in der Zwischenzeit erhöht.

In China kann man sich in den großen Städten auf Englisch verständigen. Denn Leute sprechen ein bisschen englisch in China. Will man jedoch irgendwelche technischen Unterhaltungen auf Englisch führen in Kaufhäusern oder anderswo, scheitern die oft an der Sprachbarriere. Man sollte dann doch gut chinesisch sprechen können – oder versuchen, mit einem deutsch sprechenden Reiseleiter, der in Chinesisch dolmetscht, das Gespräch zu führen.

Es gibt viele Bettler in China. Aber, wenn man ihnen nett sagt, dass man nichts geben will, gehen die meisten weg. Dasselbe gilt für die Kartenverkäufer sowie Leute, die Uhren oder andere Dinge verkaufen wollen.

Ansonsten – wenn man Dinge kaufen will, empfiehlt es sich zu handeln! Besonders, wenn man auf Märkten ist oder bei einem Fabrikverkauf.

China ist immer noch kommunistisch – auch wenn man in vieler Hinsicht seit einigen Jahrzehnten „marktwirtschaftlicher" denkt und handelt. Deswegen: wer eine Bibel auf eine China-Reise mitnehmen will, packt sie bitte in den Koffer. Auch Karten mit Sprüchen oder Lesezeichen mit christlichen oder philosophischen oder anderen Sprüchen könnten missverstanden und sollten nach China nicht mitgenommen werden. Das hat man uns ausdrücklich vor Reiseantritt gesagt.

Fotografieren darf man in China fast alles – außer Polizisten, und in manchen Gebäuden (zum Beispiel in den Räumen einiger Tempel) darf nicht fotografiert werden. Das sagt der Reiseführer ausdrücklich, wenn man an diese Orte kommt.

Postkarten verschickt man am besten nicht in China – sondern nimmt sie mit nach Hause nach Europa und verschickt sie dann dort. Ich habe im März 2007 zehn Postkarten von Peking aus an diverse Freunde geschickt – diese Postkarten kamen nie an.

Ich würde nicht mehr vorschnell Dinge in Hotelshops kaufen, dort ist nämlich vieles ziemlich teuer – es herrschen eben Touristenpreise. Billiger bekommt man vieles (Ansichtskarten, Fotobücher und andere Souvenirs) beispielsweise auf Märkten oder auch von den Straßenhändlern.

Natürlich werde ich nach China einen warmen Anorak mitnehmen, es kann kühl sein. Im März sind die Temperaturen in China so wie in Deutschland.

Wenn man auf der Chinesischen Mauer herumläuft, kann es außerdem besonders kräftig ziehen. Am besten sollte man als Tourist dann auch an eine Kopfbedeckung denken!

Wer nach China reist, sollte gute Schuhe mitnehmen! Die Schuhe sind am besten bequem und fest. Also Schuhe, in denen man nicht umknicken kann. Denn – wenn man beispielsweise in der „Verbotenen Stadt" herumläuft, gibt es hier und da Stellen, an denen man sich leicht die Füße „vertreten" kann. Auf der Chinesischen Mauer sind die Steine glatt – und im März kann Schnee liegen (das war der Fall, als ich 2007 in China war).

In Shanghai ist es normalerweise wärmer als in Peking, da Shanghai südlicher liegt. In Hong Kong ist es noch wärmer im März – da habe ich mir 1995 meinen ersten Sonnenbrand im Frühling geholt.

Das Essen, das wir in den großen Städten in China bekamen, entsprach von der Qualität her den Speisen, die wir aus China-Restaurants in Deutschland kennen.

Man isst in China am runden Tisch. Es ist ein Tisch, der aus zwei runden Platten besteht – und natürlich den Tischbeinen. Die unterste Platte ist größer als die obere. Auf der unteren Platte werden Teller, Suppenschüsseln, Besteck, Servietten und Trinkgläser der Gäste platziert. Auf der oberen Platte, die drehbar ist, werden die einzelnen Gerichte aufgestellt. Es gibt Gerichte mit Huhn, mit Fisch, Rindfleisch, viele Gemüsesorten und Reis. Und natürlich auch eine chinesische Suppe, die meistens recht scharf ist.

Durch das Drehen der oberen Platte sollen alle Gäste an einem runden Tisch von allen Speisen nehmen können. Die Teller haben absichtlich die Größe von Untertellern (also Tellern, auf denen Kaffeetassen stehen) – denn man kennt die Touristen, vor allem die Deutschen, sehr gut. Viele Touristen häufen sich bei einem Büffet den Teller übervoll und lassen dann Reste stehen, die man später wegwerfen muss. Das will man in China nicht haben. Auf einem kleinen Teller kann man sich ein paar Sachen drauflegen – von vielen Gerichten jeweils ein bisschen

– ja, das geht! – und wenn man aufgegessen hat, kann man sich wieder Nachschub holen.

Wir sind alle satt geworden.

Ein Getränk durften wir uns pro Essen bestellen – das war im Preis enthalten. Wir durften wählen zwischen Cola, Mineralwasser und Bier (ja, die Chinesen haben eigenes Bier – und es soll gut sein, habe ich mir sagen lassen. Ich selbst trinke ja kein Bier).

Viele Leute fragen sich: Isst man Hunde und Katzen in China als Tourist? Meine Antwort lautet: Nein, ich habe noch nie Hunde und/oder Katzen gegessen, als ich in China war.

In Hong Kong durfte man 1996 – als es noch Britische Kronkolonie war – keine Hunde und Katzen in Restaurants servieren. 1996 war ich in Hong Kong – deswegen weiß ich das.

Unsere Reiseleiterin in Peking 2007 sagte uns, es gäbe unterdessen einige Tierschützer, die versuchen, Politik gegen den Verzehr von Hunden und Katzen zu machen. Ein Chinese isst auch nicht sein Haustier – die Hunde und Katzen, die die Chinesen essen, werden auf Farmen gezüchtet.

Viele Menschen fragen sich auch: Gibt es noch die Ein-Kind-Politik in China?

Ich kann diese Frage so beantworten: Seit einigen Jahren gibt es diese Politik nicht mehr. Vorher durften die meisten Paare nur ein Kind haben. Bekamen sie ein zweites Kind, wurde eine Strafe von circa 3.000 Euro fällig. Das ist sehr viel Geld für chinesische Verhältnisse!

Außerdem wurde dieses zweite Kind in der Gesellschaft oft gemobbt und ausgegrenzt.

Natürlich gab es Ausnahmen. Wenn ein Mann und eine Frau aus jeweils einer Ein-Kind-Familie stammen, war es ihnen erlaubt, zwei Kinder zu haben.

Weiterhin durften Paare zwei Kinder haben, wenn ein Partner aus einer Minderheitengruppe kommt – so durfte unser Reiseleiter in Peking, der Mandschurai-Chinese ist, zwei Kinder mit seiner Frau haben. Die meisten Chinesen sind so genannte „Han-Chinesen".

Also: wie schon erwähnt: die Ein-Kind-Politik gibt es in China nicht mehr.

15. Mit Volldampf ins Studium

Der Ernst kam bald für uns Finanzanwärter im Herbst 1983. Wir besuchten Vorlesungen und lernten Recht im Schnelldurchgang. Wie viele Gesetze gibt es, wie viele Dienstanweisungen dazu und viele andere Rechtsgrundlagen! Alles zusammengefasst in vielen Ordnern. Für uns Finanzanwärter wurde eine „Auslese" getroffen – ein dicker orangefarbener Ordner im Din-A-5-Format, in dem die Rechtsgrundlagen versammelt waren, die wir für unser Grundstudium brauchten.

In Rekordzeit hämmerten wir uns die Stofffülle in unsere Gehirne, zu der Jurastudenten zwei Jahre Zeit haben. Uns blieben dafür gerade sechs Monate! Und das bedeutete nicht, dass die Qualität unseres Grundstudiums besser war als ein Jurastudium!

Wie sagt man in der Schule? „Mut zur Lücke" heißt es da, wenn die Stofffülle unüberschaubar wird, wenn Schüler eine Auswahl treffen müssen darüber, was sie für welches Fach lernen wollen, und darüber, was sie aus Zeitmangel nicht lernen können, und dann hoffen, dass der nicht gelernte Stoff nie in einer Klassenarbeit abgefragt wird. In Sigmaringen wurde der Spruch „Mut zum Krater" geprägt....

Jede Woche bekamen wir einen neuen Stundenplan. Wir hatten nur vormittags Vorlesungen – oder besser gesagt: Unterricht. Denn das, was wir hier „Vorlesungen" nannten, erinnerte eher an den Unterricht in einer Schule. Wir sollten mitarbeiten, wir sollten einen Arm in die Höhe strecken, wenn wir etwas zu sagen hatten. Wir sollten strecken, wenn wir eine Antwort wussten. Und wir wurden aufgerufen, wenn wir uns gerade nicht meldeten, damit die Dozenten merkten, ob wir den Stoff auch verstanden hatten.

Nachmittags sollten wir den Stoff noch einmal durchgehen. Allerdings waren viele Finanzanwärter der Meinung, sich zumindest in den ersten beiden Monaten noch keinen Stress antun zu müssen. Sie besuchten den Unterricht am Vormittag und vergnügten sich am Nachmittag und am Abend.

Wie konnte man sich in Sigmaringen überhaupt vergnügen? Das Stadtzentrum kannten wir ziemlich bald, spektakulär war es nicht – eben kleinstädtisch.

Es gab eine Diskothek, genannt „Museum", sauber und gemütlich, in der man gut tanzen konnte. Oder eine Diskothek in der nahe gelegenen Kleinstadt Mengen – wie diese Diskothek hieß, habe ich vergessen.

Der Bodensee ist nicht allzu weit entfernt, auch die Schweiz nicht. Manche Finanzanwärter fuhren mit dem Auto einen halben Tag weg, gleich nach dem Unterricht am Vormittag. Auch in Sigmaringen und Umgebung gab es Möglichkeiten zum Spazierengehen und Wandern.

Ich lernte, so oft es ging. Ich folgte dem Ratschlag von Herrn Pohl, dem Direktor des Bildungszentrums. Sobald wie möglich mit dem Lernen anfangen, dann wäre die Zwischenprüfung kein Problem.

Je mehr Unterricht wir Finanzanwärter hatten, desto mehr fragten wir uns: Die meisten Vorlesungen hatten mit Zoll absolut nichts zu tun. Warum wurden sie uns dann nahegebracht? Und warum prüfte man ein halbes Jahr später anhand dieser Kenntnisse, ob man für die gehobene Laufbahn in der Zollverwaltung geeignet war oder nicht? Das war absurd - wir hatten uns für die Laufbahn in der Zollverwaltung beworben, Juristen wollten wir nicht werden. Aber die Verwaltungen des Bundes setzten vor einigen Jahren ihren Willen durch: Jede Frau und jeder Mann, die oder der eine Laufbahn im gehobenen Verwaltungsdienst einer Bundesbehörde absolvieren wollte, musste einen allgemeinen Juristenkurs im Schnelldurchgang über sich ergehen lassen. Egal, ob sie oder er in der Bundeszollverwaltung, der Bundesvermögensverwaltung oder einer anderen Bundesverwaltung tätig war.

Schade, dass Zollrecht nur „nebenher" unterrichtet wurde und keinerlei Bedeutung für die Zwischenprüfung hatte. Monika gefiel dieses Fach auf Anhieb, und sie vergrub sich gerne in ihren Vorlesungsunterlagen zu diesem Gebiet. Unser Dozent für Zollrecht war ein gutmütiger Cuxhavener, der viele kuriose Dinge zu erzählen wusste.

„Stellen Sie sich vor..." Sein sonst lächelndes Gesicht wurde ernst. „Nach dem Krieg klaute ein Zollbeamter einen Kohlkopf von einem Feld und versteckte ihn unter seinem Mantel. Damals gab es wenig zu essen, und der Zollbeamte freute sich, das Mittagessen für sich und seine Familie organisiert zu haben. Leider hatte er Pech." Der Dozent fuhr sich bedauernd über seinen grauen Haarschopf. „Er wurde erwischt. Und – wissen Sie, was dann geschah?"

Nein, das wussten wir nicht. Aber wir waren neugierig auf das Ende dieser Geschichte.

„Dieser Mann wurde nie wieder befördert. Er blieb das, was er war – ein Zollinspektor. Egal, wie er sich anstrengte. Egal, wie gut er seine Arbeit erledigte. Andere, die nach ihm in die Zollverwaltung kamen, stiegen auf – wurden Zollinspektoren, Zollamtsleute und so weiter. Nur dieser Mann blieb Zollinspektor – sein Leben lang. Nur, weil er nach dem Krieg in einer Zeit, in der es wenig zu essen gab, einen Kohlkopf klaute. Das war bitter, aber so waren und sind die Strafen für Beamte, die stehlen."

Ein anderes Erlebnis aus dem reichen Erfahrungsschatz dieses Dozenten klang und klingt immer noch sehr ekelhaft:

„Als ich noch auf dem Zollamt in S. arbeitete, durften wir Zollbeamte mittags in der Kantine einer anderen Behörde speisen. Eines Tages gab es Bratkartoffeln." Der Dozent grinste plötzlich. „Mein Kollege P. nahm den Deckel von seinem Teller und blickte auf die dampfenden Kartoffeln. Darüber lagen Zwiebeln. Und – stellen Sie sich vor, auf einmal fingen die Zwiebeln an zu laufen! Ich fragte mich: ‚Was ist denn das? Laufende Zwiebeln?' Natürlich waren das keine Zwiebeln – sondern Kakerlaken!"

„Igitt!", schrien die meisten aus unserem Kurs. Ekelhafte Vorstellung, aber der Dozent lachte aus vollem Halse. Komischerweise habe ich diese Geschichte nie vergessen.

Leider waren wir Finanzanwärter im Grundstudium mit zollfremden Fächern so überlastet, dass wir Zollrecht nicht ernst nahmen. Wir mussten Fächern unsere Aufmerksamkeit widmen, die für unsere spätere Tätigkeit nie wichtig sein würden, aber für die Zwischenprüfung. Und – wer durch die Zwischenprüfung flöge, würde gefeuert werden. Also fügten wir uns.

Wer denkt, dass wir uns während der Vorlesungen berieseln ließen, irrte. Mitarbeit war gefragt, wie in der Schule. Unaufmerksamkeit und Schwätzen während des Unterrichts wurden gerügt. Wer etwas wusste, meldete sich. Wer nicht mitarbeitete, wurde irgendwann von einem Dozenten aufgerufen. Viele Leute in unserem Kurs arbeiteten gut mit.

16. Drei Egoistinnen

Es macht einen Unterschied, ob man Kolleginnen und Kollegen nur während eines Arbeitstages trifft, in den Pausen mit ihnen redet und dann vor Feierabend zu ihnen „tschüss" sagt oder ob man seine Arbeits- und Freizeit mit ihnen in einem engen Raum verbringen muss.

Britta, Monika und ich befanden uns ab September 1983 in einer solchen Situation. Für mich war sie total neu. Ich hatte bisher nur mit meinen Schwestern ein Zimmer geteilt – aber mit zwei Kolleginnen? Nein! Einerseits musste ich nun lernen, mehr auf andere Menschen einzugehen. In anderer Hinsicht wurde ich egoistischer. Aber nicht nur ich – Monika und Britta wurden ebenfalls egoistischer.

So verteidigte ich das kleine Radio-Kassettengerät. Immerhin gehörte es mir, ich hatte es mitgebracht.

Britta spielte die „höchste Vollendung eines weiblichen Morgenmuffels" – und jeder musste gefälligst darauf Rücksicht nehmen. Wehe dem, der das nicht tat! Morgens durften

Monika und ich keinen Ton von uns geben. Darauf passte Britta auf wie ein Luchs. Eigentlich hatte ich sie mir toleranter vorgestellt. Immerhin war sie die einzige von uns Dreien, die bereits in einem Internat gewesen war, also nicht zum ersten Mal mit „fremden Damen" ein Zimmer für einen längeren Zeitraum teilte.

An einem trüben Morgen wagte ich „Es regnet!" zu sagen. Diese Worte warf mir Britta beim Frühstück vor:

„Vicky, du hast heute Morgen ,Es regnet!' gesagt! Du weißt doch ganz genau, dass ich es nicht will, dass morgens gesprochen wird! Im Internat hat jeder darauf Rücksicht genommen. Wenn du noch einmal morgens sprichst, dann werfe ich dir meine Schuhe an den Kopf!"

Ich saß da wie belämmert. Die Finanzanwärter, die mit uns in der Kantine frühstückten, schauten ebenfalls verdattert, grinsten aber kurze Zeit später vor sich hin: sie versuchten, sich eine ganze Menge Schüler im Speisesaal eines Internats vorzustellen, die morgens keinen Ton sprachen, nur weil Britta das nicht ertragen konnte. Gab es so viel Rücksicht auf einem Haufen überhaupt?

Nach Brittas Rüge ging unsere Morgenroutine so vor sich:

Wir standen auf, keine von uns sagte ein einziges Wort. Wenn Britta ihren Bademantel übergestreift hatte, verschwand sie mit ihrem Kulturbeutel im großen Waschraum am Ende des Stockwerks. Erst dann wagten Monika und ich, uns mit einem „Guten Morgen!" zu begrüßen.

Monika schlief meistens länger. Morgens trank sie warme Milch. Als ich Monika besser kennen lernte, setzte ich immer einen Topf Milch auf und ließ ihn warm werden, noch bevor Monika aufstand. Wir hatten eine Kochplatte im Zimmer. Das war eigentlich nicht gestattet, aber beinahe in jedem Zimmer gab es irgendwann eine Kochplatte. Irgendein Finanzanwärter brachte eine von zu Hause mit. Man duldete diese Kochplatten. Von irgendwas mussten wir Finanzanwärter ja leben, und das schlechte Essen in der Kantine war uns zum Preis von fünf Mark einfach zu teuer. Viele Finanzanwärter kochten auf den

Zimmern. Wir wollten gut, günstig und gesund essen. All diese Eigenschaften erfüllte das Kantinenessen leider nicht.

In diesen Dreibettzimmern entwickelten wir uns auch zu Wohngemeinschaften. Jedem Finanzanwärter stand ein kleines Kühlschrankfach auf dem Stockwerk „seines" Zimmers zur Verfügung. So kauften wir Lebensmittel für drei Personen ein und teilten uns die Kosten. Nur „persönliche Lebensmittel" - wie zum Beispiel Brittas Schoko-Müsli, das sie absolut unverzichtbar fand – bezahlte jede von uns selbst.

Jede von uns brachte Küchengeräte und Geschirr für unseren kleinen Haushalt mit.

Das Dreibettzimmer war ein notwendiges Übel, das wir durchstehen mussten. Besonders Damen bekamen sich in diesen Zimmern am meisten „in die Haare". Herren vertrugen sich besser untereinander, sie konnten besser Kompromisse schließen. Diesen Eindruck hatte ich jedenfalls. Vielleicht wurden sie deswegen bei der Bundeswehr in Acht-Bett-Zimmern untergebracht.

Aber Britta, Monika und ich gingen durch harte Prüfungen. Britta war nicht nur ein weiblicher Morgenmuffel, sondern auch eine „Rose mit vielen Dornen" – also: ein sehr schwieriger Mensch.

Monika lernte gerne in der späten Nacht. Aber das Licht störte Britta und mich nicht. Und, verglichen mit Britta, war Monika wirklich „pflegeleicht"!

17. Unterwegs in spezieller Mission

Jahre später bin ich im Auftrag eines Nachhilfeinstituts in Malta unterwegs. Ein deutsches Institut möchte in Malta Filialen bilden, und ich soll nach passenden Räumlichkeiten Ausschau halten.

Da ich Malta sehr mag und gut kenne, ist das kein Problem für mich.

Es gibt zwei Gruppen von Malta-Besuchern:

a) Gruppe A ist komplett begeistert von diesem Inselstaat, zu dem die Inseln Malta, Gozo, Comino und vier andere, die unbewohnt sind, gehören. Diese Besucher reisen immer wieder auf eine oder mehrere dieser Inseln, wenn es ihnen möglich ist. Zu dieser Gruppe gehöre ich. Wenn ich geschäftlich unterwegs bin, ist mein Mann nicht dabei. So auch 2018.

b) Gruppe B mag diese Inseln nicht. Solche Besucher begeben sich einmal dorthin - und danach nie wieder. Sie finden diese Inseln schmutzig und ungemütlich.

Aber ich muss eines sagen: diese Inseln sind nicht schmutziger als andere. Die Tatsache, dass sie vom Mittelmeer umgeben sind und es ab und zu mal Wind gibt und ab und zu dann Sand auf die Straßen weht, ist gegeben. Andere Inseln liegen auch im Mittelmeer und in anderen Meeren oder Seen - und da herrscht dieselbe Situation.

Man kann es eben nicht jedem Urlauber recht machen. Das schafft keine Insel...

Malta ist ein Staat, der im Mittelmeer liegt - und zwar 93 Kilometer unterhalb von Sizilien (Italien) und 288 Kilometer vom Kontinent Afrika entfernt. Seine Fläche beträgt 316 Quadratkilometer.

Malta ist ein europäischer Staat. Er zählt ungefähr 425.000 Einwohner. Zu Malta gehören noch die Inseln Gozo, Comino und vier sehr kleine Inseln, die nicht bewohnt sind.

Die größte dieser maltesischen Inseln ist Malta, dessen Hauptstadt Valletta ist. Gozo ist die zweitgrößte Insel mit seiner Hauptstadt Victoria - auch Rabat genannt.

Comino ist die drittgrößte maltesische Insel. Auf ihr befindet sich nur eine Hotelanlage. Comino ist berühmt geworden wegen seiner "Blauen Lagune".

Die offiziellen Sprachen auf Malta sind Maltesisch und Englisch. Meine Brieffreundin Miriam, die ich schon zweimal auf Malta getroffen habe, erzählte mir, dass die Menschen auf Malta (man nennt sie übrigens "Malteser") zweisprachig aufwachsen. Sie lernen schon von Kindheit an Maltesisch und Englisch - und haben diese Sprachen auch in der Schule als Fächer.

Seit 2008 ist die Währung im Staat Malta der Euro. Vorher war es das maltesische Pfund. Malta war einst britische Kolonie - deswegen herrscht dort auch immer noch Linksverkehr.

1964 erreichte Malta seine Unabhängigkeit, und 2004 wurde Malta Mitglied der Europäischen Union. Malta ist ebenfalls Mitglied des Commonwealth.

Malta hat dieselbe Uhrzeit wie Deutschland. Wer also von Deutschland nach Malta reist (meistens passiert das mit dem Flugzeug), muss seine Uhr weder vor- oder nachstellen.

Ich wäre gerne vom Flughafen Stuttgart (Leinfelden-Echterdingen) aus geflogen. Von dort aus gibt es aber keine Linienflüge nach Malta.

Vom Flughafen in Frankfurt am Main aus gibt es Linienflüge nach Malta. Es fliegen beispielsweise ein großes deutsches Flugunternehmen sowie eine Fluglinie des Staates Malta.

Im Februar 2018 habe ich meine Reise im Reisebüro gebucht. Wegen der immer wiederkehrenden Pilotenstreiks bei einer großen deutschen Fluglinie habe ich mich entschieden, mit der maltesischen Fluglinie von Frankfurt am Main aus zu fliegen.

Die Flugzeuge fliegen direkt von Frankfurt am Main bis nach Valletta - der Hauptstadt von Malta. Die reine Flugzeit beträgt zwei Stunden und fünf Minuten.

Es gibt Menschen, die in Malta Urlaub machen. Sie gehen in ein Hotel, baden im Mittelmeer, entspannen sich - aber erkunden auch Malta und Gozo. Zu sehen gibt es viel.

Andere Menschen nehmen an Englisch-Sprachkursen teil. Es gibt einige Sprachschulen für Englisch dort, die Kurse für Anfänger, Fortgeschrittene und Profis anbieten. ich habe am Flughafen einen Deutschen getroffen, der schon einige Englisch-Kurse auf Malta besucht hat - und immer wieder mit Be-geisterung welche besucht.

Es gibt tatsächlich Menschen, die sich Malta als Altersruhesitz ausgewählt haben. Vorwiegend sind es Briten. Auf ihrer Insel (Großbritannien) regnet es zu viel - und der Inselstaat Malta bietet eben, dank seiner Lage, viele Sonnentage.

Im Juli und August kann es unerträglich heiß werden auf diesen Inseln. Und in manchen Orten ist es dann so laut wie am Ballermann in Mallorca - in San Pawl/Buggiba beispielsweise.

März - so sagte meine Brieffreundin Miriam - sei der kälteste Monat auf Malta, also noch kälter als Dezember, Januar und Februar. Aber jetzt – im März 2018 - finde ich es nicht so kalt dort. Vielleicht ist der Grund dafür, weil ich warme Kleidung dabei- habe und sie auch trage.

Die Preise finde ich normal auf Malta - also nicht teurer als in Deutschland. Man kann auf Malta viel Geld ausgeben für Luxusartikel und Parfüms und andere kostspielige Dinge.

Aber auch für den schmalen Geldbeutel gibt es Einkaufsmöglichkeiten (so habe ich beispielsweise einen Ein-Euro-Shop in Mellieha gesehen).

Wer nach Malta reist, muss sich auf Täler und Anhöhen/Berge gefasst machen sowie auf einen rutschigen Bodenbelag/Pflastersteine. Stöckelschuhe sind also für Maltabesucher absolut ungeeignet. Man sollte zu guten und festen Schuhen greifen.

Wer einen Mietwagen mietet sollte wissen: Nach den maltesischen Gesetzen darf nur die Person den Mietwagen fahren, auf die der Mietwagenvertrag läuft! Man sollte sich also genauestens überlegen, auf welche Person ein Mietwagen gemietet werden soll!

Die Straßen auf Malta erinnern mich an die Straßen auf Mallorca. Genauso eng sind sie wie dort, viele Autos haben Schrammen. Und es grenzt schon an ein Wunder, wie Busse durch diese engen Straßen kommen, ohne ein Auto zu rammen, ohne an einem der niedrigen Häuserbalkone hängenzubleiben, ohne ein Haus an einer anderen Stelle zu rammen - ohne irgendeinen Schaden anzurichten.

Ich weiß schon: Busfahrer sind Könner. Im Staate Malta sind sie wahre "Mega-Könner"...

Aber nicht nur die Straßen sind eng - die Gehsteige sind es auch. An vielen Gehsteigen ist es unmöglich, dass zwei Personen, die aus verschiedenen Richtungen kommen, aneinander vorbeilaufen können. Es geht einfach nicht! Eine Person muss dann immer vom Gehsteig auf die Straße gehen. Vorher hat sie natürlich auf die Straße geschaut, ob kein Auto kommt! So kommen zwei Fußgänger aneinander vorbei.

Für Menschen mit Gehproblemen (ältere Leute beispielsweise, die einen Rollator brauchen, um sich fortzubewegen) ist ein Besuch in Malta keine gute Idee!

In Malta gibt es keine Eisenbahn. Warum auch? Es gäbe keinen Platz für eine Eisenbahn, da die bewohnten Inseln recht dicht besiedelt sind.

Dafür gibt es Busse, die regelmäßig verkehren. An Werktagen - also von Montag bis Freitag - fahren Busse in viele Richtungen zweimal pro Stunde, an Samstagen und Sonntagen einmal pro Stunde.

Die alten gelben Busse waren Kult. Mein Mann und ich sind in viele dieser Busse eingestiegen, als wir 1998 in Malta waren. Kennzeichen dieser Busse waren alte, abgesessene Sitzplätze und eine sehr holprige Fahrweise. Aber die Fahrpreise waren sehr günstig. Mein Mann und ich bezahlten umgerechnet 80 Pfennig (40 Cent) für eine Fahrt von Mellieha nach Valletta pro Person - Fahrtzeit immerhin eine Stunde.

Seit einigen Jahren gibt es neue Busse. Sie sind weiß-blau und sehr modern. Leider bestechen sie immer noch durch eine oft holprige Fahrweise. Das liegt zum einen an der schlechten Beschaffenheit der Straßen in Malta (ja, die Straßen sind oft noch schlechter als die schlechten Straßen in Deutschland!), zum anderen an der oft aggressiven Fahrweise der Busfahrer. Sie RASEN oft über diese Insel, wenn es möglich ist.

Im März 2018 steige ich immer in Mellieha zu - dort wohne ich in einem Hotel. Ich bin oft zuversichtlich, noch einen Sitzplatz ergattern zu können, denn der Bus ist ja in Cirkewwa, zwei oder drei Stationen vor meinem Zustieg, gestartet. Aber nein, ich habe oft kein Glück mit einem Sitzplatz. Alle Sitzplätze sind oft schon belegt, wenn ich in den Bus steige - und ich muss stehen. Eingequetscht zwischen anderen stehenden Fahrgästen.

„Wie ist das dann im Sommer, wenn die Hauptsaison ist und noch mehr Touristen in Malta sind?“, frage ich mich.

Ein Busfahrer in Malta lässt nur so viele Fahrgäste in den Bus, die sich im Bus so hinstellen können, damit die gute Sicht des Busfahrers nicht versperrt ist. Also: es gibt keinen Fahrgast, der in einem maltesischen Bus vor der Bustür steht. Und für die Menge an Fahrgästen, die aussteigt, darf nur dieselbe Menge an Fahrgästen wieder zusteigen. Der Busfahrer tut dies durch lautes Geschrei kund. Also: hält er an einer Haltestelle und ein Fahrgast steigt aus, dann darf nur EIN EINZIGER Fahrgast zusteigen - was durch ein lautes "ONE!" (übersetzt: "einer") in die Reihe der draußen wartenden Fahrgäste geschrien wird.

Natürlich kann es deswegen passieren, dass ein Bus an Haltestellen vorbeifährt, weil er voll ist und gerade kein Fahrgast aussteigen will. Die Leute an einer Bushaltestelle in Malta müssen also oft Geduld mitbringen, bis ein Bus kommt, der Platz hat und sie mitnehmen kann.

Wer mit dem Bus fährt, sollte auch Kleingeld dabeihaben. Denn wer einem Busfahrer einen 20-Euro-Schein entgegenhält, darf gleich wieder aussteigen. Der Busfahrer ist nicht gewillt, solche großen Scheine zu wechseln.

Erwähnen sollte ich auch, dass immer wieder Fahrscheinkontrollen in den öffentlichen Bussen durchgeführt werden. Eine Person steigt an einer Haltestelle in den Bus und kontrolliert die Fahrscheine der Leute, die im Bus sind. Meistens steht der Bus während dieser Kontrollphase.

Wer in Malta mit dem Bus fährt, sollte STANDFEST sein und sich gut festhalten können (an Stangen und Schlaufen, die von der Decke hängen, ist das möglich). Leute mit einem Handicap/einer Behinderung sollten sitzen dürfen/können. Denn der Bus rast über die Straßen, man wird oft herumgeschleudert.

Ich habe mir durch "Busfahren in Malta" wieder die Fähigkeit erworben, in einer Achterbahn auf einem Rummelplatz mitfahren zu können!

Für das Überleben im Grundstudium in Sigmaringen hätten mir diese Kenntnisse allerdings nicht gereicht.

Grundsätzlich zwei Wecker läuteten an jedem Morgen von Montag bis Freitag. Britta und ich krochen müde aus unseren Federn. Monika schlief noch. Totenstille herrschte im Dreibettzimmer.

Britta und ich zogen uns an – nur das Rascheln unserer Kleidungsstücke war vernehmbar. Man konnte einen Floh husten hören – so leise war es. Manchmal verschwand Britta anschließend im Duschraum. Ich duschte immer abends.

Um 6.30 Uhr schritten Britta und ich schweigend nebeneinander her in die Kantine.

Franz, Arno und Paul vom Hauptstudium I 2 genossen bereits ihre erste Tasse Kaffee und kauten eifrig an ihren Frühstücksbrötchen. Britta und ich setzten uns zu ihnen. Wir brauchten das Frühstück in der Kantine am frühen Morgen in Gesellschaft dieser drei äußerst netten, attraktiven und witzigen Finanzanwärter.

Bis Weihnachten frühstückten wir täglich mit ihnen.

Monika pflegte immer auf dem Zimmer eine Kleinigkeit zu essen.

„Wie bist du eigentlich auf die Idee gekommen, die gehobene Ausbildung beim Zoll zu absolvieren?", fragte ich den munteren Paul.

Dieser schluckte einen Bissen seines Marmeladenbrotes hinunter. „Ich habe zehn Jahre im mittleren Dienst als Zollbeamter gearbeitet." Er nahm einen Schluck Kaffee. „Mein Vorgesetzter war so begeistert von mir und fragte, ob ich nicht Lust hätte, in den gehobenen Dienst aufzusteigen und eine Ausbildung zum Zollinspektor zu machen. Er legte dann ein gutes Wort für mich ein." Paul grinste. „Aber – so tierisch ernst nehme ich diese Ausbildung nicht. Ich bin sowieso schon Beamter auf Lebenszeit. Sollte ich die Inspektorenprüfung nicht bestehen, kehre ich an einen Arbeitsplatz im mittleren Dienst zurück." Er zuckte mit den Schultern. „Meine Noten hier im Bildungszentrum sind eher mäßig bis saumäßig... Aber das ist kein

Wunder, ich lerne kaum. Und am Wochenende kümmere ich mich lieber um meine Frau und die Kinder. Ich sehe sie während der ganzen Woche nicht. Da ist die Freude natürlich groß, wenn ich am Freitag zu Hause aufkreuze."

Ich nickte. Pauls Verhalten war verständlich. Jedoch hätte ich an Pauls Stelle ein schlechtes Gewissen gegenüber der Verwaltung gehabt. Diese bot ihm doch die Chance, Karriere zu machen und aufzusteigen.

Nicht viele Leute können in den Verwaltungen aufsteigen. Die Aufsteigerplätze sind begrenzt. Als Beamter im mittleren Dienst, der seine Arbeit vorbildlich erledigt, braucht man einen Vorgesetzten, der bei einer höheren Stelle ein gutes Wort einlegt. Einen Vorgesetzten, der einen Beamten im mittleren Dienst aufsteigen lässt.

Alle diese Gedanken schossen mir durch den Kopf. Aber ich sprach sie nicht laut aus.

Für die ersten beiden Vorlesungsstunden war Volkswirtschaftslehre bei Herrn Dr. Kluge angesagt. Heute steckte er in einem mindestens fünf Jahre alten grünen T-Shirt, das sicher schon etliche Male gewaschen worden war. Sein Blick hinter den Brillengläsern wirkte streng. Auf seinem Gebiet war er eine Kapazität, und das wusste er nur allzu gut. Warum sonst hatte er einen Doktortitel? Seine sprichwörtlichen „Schäfchen" hatte er „im Trockenen", aber wir leider noch nicht.

„Was versteht man unter ‚Markt'?", dozierte er heute.

Felix hatte im Wirtschaftsgymnasium bereits alle Grundkenntnisse in Volkswirtschaft erworben und streckte seine rechte Hand in die Höhe.

Herr Dr. Kluge nickte ihm zu. „Ja, Herr Linder?"

„Auf dem Markt bildet sich das Verhältnis von Angebot und Nachfrage. Der Preis entsteht auf dem Markt!"

Felix glänzte mit überragenden Vorkenntnissen, und wir wurden fast alle bleich vor Neid. Aber noch war nicht alles verloren, wir konnten all diese Kenntnisse nachholen, wenn wir fleißig lernten!

Herr Dr. Kluge war zufrieden, nickte Felix anerkennend zu und malte etwas auf die grüne Schiebetafel hinter ihm.

Plötzlich fiel ein Radiergummi auf den Boden. In unserem großen Kursraum, der eigentlich ein Chemiesaal war, klang dieses Geräusch, als ob 100 Radiergummis gleichzeitig auf den Boden fallen würden.

Gequält drehte sich Herr Dr. Kluge um und schaute in unsere Runde.

„Sie sind der schlimmste Kurs hier im Bildungszentrum! In keinem Kurs ist es so laut wie bei Ihnen!"

Wieder drehte er sich zur Tafel, zeichnete und schrieb mit bunter Kreide.

Jemand schnäuzte sich. Es klang wie ein Orkan.

„Euch mache ich fertig!" Herr Dr. Kluge drehte sich wieder um, Wut lag in seinem Blick. Er fletschte die Zähne. „Wartet nur bis zur Zwischenprüfung!"

Wen Herr Dr. Kluge gar nicht mochte, waren wir Finanzanwärter. Diesen Eindruck hatten zumindest viele von uns. Hasste er uns? Wir glaubten, diesen Hass zu spüren.

Leider war Herr Dr. Kluge sehr lärmempfindlich. Wir waren ein Kurs von 31 Leuten in diesem Chemiesaal, in den mindestens dreimal so viele Leute hineinpassten. Dieser Raum war eher für Großveranstaltungen, zum Beispiel Filmabende, gemacht, aber nicht für uns. Und dieser Raum sollte unser Verhängnis werden. Dieser Raum machte uns zum "schlimmsten Kurs des Bildungszentrums" – so sagten es zumindest einige Dozenten. Denn man hörte das kleinste Geräusch in diesem Raum...

Jedes Geräusch entlockte Herrn Dr. Kluge ein gequältes Grinsen oder eine boshafte Bemerkung.

Leider bekamen wir von anderen Dozenten ebenfalls den Eindruck, dass sie Finanzanwärter nicht leiden konnten. Wie sehr schätzte ich auf einmal das kameradschaftliche Verhältnis zwischen Lehrern und Schülern in der Sprachenschule! Hier am Bildungszentrum gab es nicht die Spur von Hilfsbereitschaft der Dozenten gegenüber den Finanzanwärtern. Finanzanwärter und die meisten Dozenten schienen eher Rivalen zu sein, sie waren Feinde von Anfang an. Die meisten Dozenten liefen mit finsteren Gesichtern durch die Gegend – sie sahen aus, als müssten sie jeden Tag einige hundert Zitronen pur essen. Es schien uns so, als würden die Dozenten es als schlimme Strafe empfinden, uns Finanzanwärter zu unterrichten. Wir waren wie Wachs in ihrer Hand, sie konnten uns hochheben oder auch fallen lassen. Ihrer Meinung nach bildeten wir wohl den „Abschaum der Verwaltung".

Nur sie hatten die Macht – in ihren Händen lag es, ob wir in der Verwaltung bleiben durften oder nicht. Nur von ihrem Gutdünken und ihrem Wohlwollen waren wir abhängig, nicht von der Meinung der Zollbeamten, die uns während der Praktika sehen würden.

Dennoch war Herrn Dr. Kluges Unterricht sehr informativ und klar aufgebaut. Viele Leute beteiligten sich, sie streckten ihre Hände nach oben.

Felix war ein Finanzanwärter in unserem Kurs, der stets intelligente Antworten gab. Auch Kurt Guldner aus Bayern und andere leisteten hervorragende Beiträge. Das war der richtige Zollnachwuchs – Kandidaten für die Führungskräfte von morgen. Leute, die das Zeug hatten, die Ausbildung zum Zollinspektor gut abzuschließen.

Nach Volkswirtschaftslehre standen zwei Stunden Rechtslehre mit Herrn Dr. Probst auf dem Stundenplan. Herr Dr. Probst war ein netter und freundlicher Dozent mit Brille und kastanienbraunen Haaren. Er war einer der wenigen Dozenten, die keine Abneigung gegen Finanzanwärter offen zeigte. Vielleicht lag das daran, dass er neu war am Bildungszentrum. Er brachte uns die Grundlagen des Rechts bei. Sein Unterricht gefiel mir gut.

„Was ist ‚Rechtsfähigkeit'?" Fragend schaute Herr Dr. Probst in unsere Runde. „Ja, Herr Guldner, Sie haben sich gemeldet?"

„Rechtsfähig ist jedermann", antwortete Kurt. „Schon als Baby ist man rechtsfähig. Aber noch nicht geschäftsfähig!"

„Richtig!" Herr Dr. Probst war zufrieden. „Wobei wir schon beim nächsten Punkt wären", spann er seinen Faden weiter. „Noch ein Wort zur ‚Rechtsfähigkeit'. Rechtsfähig ist jeder, der Träger von Rechten und Pflichten sein kann. Und – wie Herr Guldner schon andeutete: Die Rechtsfähigkeit eines Menschen beginnt mit der Geburt und endet mit dem Tod."

Eifrig kritzelten wir das Gehörte in unsere Hefte oder Blätter, die wir in Ordner abheften würden.

Herr Dr. Probst putzte seine Brille. „Nicht jeder, der rechtsfähig ist, kann auch Rechtsgeschäfte abschließen. Das trifft für ein Baby und für ein Kleinkind zu. Wenn man Rechtsgeschäfte abschließen kann, ist man ‚geschäftsfähig'. Wann erreicht man die volle Geschäftsfähigkeit?"

Peter meldete sich: „Wenn man volljährig wird, also 18 Jahre alt, gilt man als ‚voll geschäftsfähig'."

„Richtig!" Herr Dr. Probst nickte. „Und wann ist man ‚beschränkt geschäftsfähig'? Ja, bitte – Herr Meiser?"

„Im Alter zwischen sieben und 18 Jahren!", antwortete Hartmut.

So ging der Unterricht weiter. Wir begannen mit Rechtsgrundlagen für das tägliche Leben.

In der fünften und sechsten Vorlesungsstunde hielt Herr Dr. Miesbach Unterricht über allgemeines Verwaltungsrecht.

Wir wälzten unsere Paragraphensammlung „Lepper-Rempe", von Felix liebevoll „Schlepper-Rempel" genannt. Angeblich standen zwei Dozenten am Bildungszentrum Pate für diesen denkwürdigen Namen, einer hieß Lepper, der andere Rempe.

Der hakennasige Herr Dr. Miesbach mit seiner Krächzstimme führte uns ins „Um-Die-Ecke-Denken" der Beamten ein.

„So bearbeitet man einen Rechtsfall." Mit seinem rechten Ellenbogen lehnte Herr Dr. Miesbach am Rednerpult, mit der linken Hand fuchtelte er in der Luft herum. „Nehmen wir einmal folgenden Fall: Der Zollbeamte Z bekommt am 13.12.1985 eine Mahnung für eine Rechnung der Brauerei B in der Stadt S. Diese Rechnung war allerdings schon am 10.10.1983 fällig. Der

Zollbeamte Z weigert sich, die Rechnung zu bezahlen. Hat er recht?"

In der Schule hätten wir ganz einfach mit „ja" geantwortet. Bei der Verwaltung mussten wir alles ausführlicher erklären. Herr Dr. Miesbach fuhr fort:

„Eine Lösung zu einem Fall wie diesem beginnt man mit den Worten: ‚Es ist zu prüfen, ob dieser oder jener Paragraph zutrifft!' So lautet der grundsätzliche Satzanfang für Ihre Lösungen bei Rechtsklausuren jeglicher Art! Also schreiben Sie auf:..."

Unsere Stifte flogen über das Papier, während uns Herr Dr. Miesbach diktierte:

„Es ist zu prüfen, ob § 196 BGB (Bürgerliches Gesetzbuch) zutrifft. Laut § 196 BGB verfallen Ansprüche von Kaufleuten an Nichtkaufleute, der Gastwirte, der Lohn- und Gehaltsanfänger, der freien Berufe und so weiter nach zwei Jahren.

Im vorliegenden Fall erhält der Zollbeamte Z am 13.12.1985 die Mahnung für eine Rechnung vom 10.10.1983. Diese Rechnung liegt also schon über zwei Jahre zurück. Es ist also unzweifelhaft richtig, dass der Zollbeamte Z im Recht ist und diese Rechnung nicht mehr bezahlen muss."

In solchen Vorlesungsstunden lernten wir einen Grund, warum der Staat und unsere Behörden so schwerfällig waren und es oft noch sind. Und warum es oft Monate dauerte, bis die einfachsten Anträge bearbeitet wurden: Die Beamten waren es gewohnt, umständlich zu denken. Sie wurden schon während der Ausbildung für ein solches Denken trainiert. Man arbeitete also nach dem Motto: Warum einfach, wenn es auch umständlich geht?

In der Schule wurden wir dazu angehalten, kurze, prägnante Antworten zu geben. In der Zollverwaltung wehte ein anderer Wind. Wir mussten versuchen, eine Tatsache, die man in einem Satz erläutern konnte, auf zwei DIN-A-4-Seiten oder noch mehr breitzutreten. Erst dann waren wir wirklich gut.

Alle in Frage kommenden Paragraphen verschiedenster Gesetze mussten nach und nach durchgeprüft werden, ob sie für einen Sachverhalt zutrafen. Und so quälte sich ein Finanzanwärter Seite um Seite, prüfte jeden Paragraphen, der ihm in den Sinn kam.

Kein Wunder, dass vielen Finanzanwärtern die Ausbildung beim Zoll nicht schmeckte! Mir jedoch gefiel alles, ich wollte endlich einmal ein Hochschulstudium absolvieren und deswegen ging ich von Anfang an mit Begeisterung und voller Eifer an jede Aufgabe. Ich begriff alles, wiederholte den Stoff und löste Fälle, die auf Aufgabenblättern standen, am Nachmittag in unserem Dreibettzimmer nach dem Unterricht.

Im Unterricht selbst arbeitete ich kaum mit. Irgendwie getraute ich mich nicht, meinen Finger in die Höhe zu strecken. Ich war eher schüchtern und zurückhaltend.

Mit Unterrichtsmaterialien wurden wir regelrecht überhäuft. Außer unseren eigenen Aufschrieben wurden Skripte verteilt. Diese Skripte bestanden aus mehreren DIN-A-4-Seiten, mehrere dieser Seiten wurden also zu Büchern – zu „Skripten" – zusammengeleimt und uns dann ausgeteilt. Sie boten eine Zusammenfassung des Vorlesungsstoffes, Fallbeispiele und Lösungsvorschläge. Zum Schluss der sechs Monate Grundstudium und eines Monats Hauptstudium an der Fachhochschule des Bundes in Sigmaringen zählte ich sieben dicke Ordner voller Skripte und eigener Aufschriebe – wobei die Papiermasse der Skripte eindeutig überwog!

Nach dem heutigen Unterricht stapften wir, in angeregte Unterhaltungen vertieft, in unsere Zimmer.

Britta, Monika und ich wollten „Ratatouille" kochen. Monika kannte das Rezept, sie wusste, welche Zutaten wir brauchten.

„Ratatouille" ist eine Gemüsesuppe aus Frankreich. Sie schmeckte uns vortrefflich.

Monika hatte unterdessen eine Kochplatte zu unserem Haushalt beigesteuert, und so konnte man uns als „autark" bezeichnen. Wir waren autark – wir waren unabhängig von der Kantine, wir konnten uns die Gerichte kochen, die wir wollten. Wir erprobten also mittags und auch sonst nach Herzenslust unsere Kochkünste.

Nach jedem Essen marschierten zwei von uns zum Abwasch in den großen Waschraum am Ende des Flurs. Dazu packten wir das schmutzige Geschirr in Brittas Weidenkorb.

Heute waren Britta und ich an der Reihe. Britta schleifte den Korb, ich war mit einer Flasche Spülmittel und Geschirrtüchern bewaffnet.

Im Waschraum ließen wir Wasser in eines der Waschbecken laufen und begannen mit dem Geschirrspülen. Britta spülte, ich trocknete ab und legte das Geschirr wieder vorsichtig in den Korb.

„Hallo!" Tinas frecher Pagenkopf lugte um die Ecke. „Was gab es bei euch heute zum Mittagessen?"

„Ratatouille!", antwortete ich. „Und bei euch?"

„Wieder mal Nasi Goreng. Das ist Sonjas Lieblingsspeise!" Tina knuffte Sonja, die plötzlich hinter sie getreten war.

Britta sagte keinen Ton. Sie konnte die Berlinerinnen Tina und Sonja nicht leiden. Irgendwie schienen sie ihr zu primitiv zu sein. Ich dagegen unterhielt mich gerne mit den beiden. Sie wohnten auf unserem Stock, waren lustig, nett und natürlich. Und sie taten mir leid, weil sie nur einmal pro Monat – am so genannten „langen Wochenende" – nach Hause fahren konnten. Ihre Zimmer waren vollgestopft mit Zeug, damit ihnen die Decke besonders an den Wochenenden nicht auf den Kopf fiel.

Tina und Sonja belegten ein anderes Waschbecken mit ihrem Geschirr. Munter plappernd ließen sie Wasser in das Becken einlaufen. Britta und ich kehrten schweigend in unser Zimmer zurück. Monika saß auf ihrem Bett und las.

Britta ließ sich auf ihr Bett fallen

„Ich habe Felix und Annette zum Kaffeetrinken eingeladen!", sagte sie und streifte sich ihre Stöckelschuhe von den Füßen, die beim Ausziehen gegeneinander klapperten und auf den Teppichboden fielen.

„Annette – wer ist denn das?" Ich blickte sie entgeistert an. Nichts mit Lernen heute! Aber warum sollte nicht auch ich einen Nachmittag lang ausgiebig das Leben genießen? Andere Finanzanwärter taten das jeden Tag.

„Du wirst sie kennen lernen. Sie kommt aus Köln und ist bereits im Hauptstudium." Britta setzte sich auf und kämmte ihre blonden Haare mit einem Kamm mit großen Zinken. Sie kämmte sich oft ihre Haare. Genauso oft, wie sie sich im Spiegel begutachtete.

Felix und Annette kamen gegen halb drei. Ich betrachtete die beiden. Ein hübsches Paar. Beide waren blond. Annette fand ich gleich sympathisch. Sie warf ihre blonden, schulterlangen Haare mehrmals nach hinten und lachte gerne.

Felix fiel wieder durch seine „coolen" Sprüche auf.

Wir erlebten einen amüsanten Nachmittag.

Um 17 Uhr konnte ich endlich ein bisschen lernen. Doch nicht lange – um 18.30 Uhr hatten wir Stuttgarter Finanzanwärter vom Grundstudium uns mit Archibald im „Casino" verabredet. Archibald von und zu der Hühnerhütte stammte aus einem alten Adelsgeschlecht im Hunsrück. Seine Großeltern waren nach Stuttgart gezogen und dort fühlte er sich wohl. Er war ebenfalls Finanzanwärter, aber bereits aus dem Hauptstudium II. Er wollte sich uns vorstellen. Gut kannte er sich in der Zollverwaltung aus und war eine Art „Vertreter der Finanzanwärter."

Archibald saß auf der Kante seines Stuhls und wippte mit seinem linken Bein. Er wartete, bis wir „neuen" Finanzanwärter uns auf unseren Plätzen häuslich niedergelassen hatten, und ergriff das Wort.

„Ich weiß, wie viel ihr zu tun habt. Das habe ich nämlich auch!", sagte er mit einem humorvollen Blick. Aber nur Britta, kam ihm mit dem erwarteten Gelächter zur Hilfe.

‚Das wird keine einfache Besprechung werden', dachte er sich.

Laut fuhr er fort:

„Darum werde ich Euch auch nicht lange aufhalten. Ich dachte nur..." Er hielt inne und trommelte mit dem Bleistift auf den Tisch, während Siegmar geräuschvoll seinen Stuhl aus der Sonne rückte.

„Fertig?", fragte er mit etwas verkniffenem Lächeln.
„Schön, dann wollen wir also noch einmal von vorne anfangen.
Wie ich soeben bemerkte, haben wir hier alle sehr viel zu tun,
aber trotzdem schien es mir an der Zeit, einmal zu einem kurzen
Treffen zusammenzukommen. Ich bin nun eine Woche in Sigmaringen, und obwohl ich am liebsten mit jedem einzelnen von
euch persönlich ein paar Worte wechseln würde, ergreife ich
heute die Gelegenheit, dass wir uns alle zusammensetzen und
in groben Zügen besprechen, was wir vorhaben."

Keiner seiner Zuhörer äußerte ein Wort oder machte eine
Geste der Zustimmung. Tatjana, die sich noch daran erinnerte,
wie sie Archibald im Hauptzollamt-Stuttgart-West getroffen
hatte, als sie auf dem Weg zur Damentoilette war und er aus
der Herrentoilette kam, schien zu denken:

,Er hat nicht ganz den richtigen Ton. Er begreift nicht, dass
er es bei uns neuen Finanzanwärtern mit tieferen Bindungen zu
tun hat. Bindungen an die Welt des Staatsrechts und der inner-
behördlichen Organisation.'

Wie sie mir später erzählte, verspürte sie beinahe Lust, ihn
mit einer Bemerkung herauszufordern, aber der Respekt vor einem Finanzanwärter, der ihr zwei Jahre voraus war, war zu
stark in ihr.

Aufgeregt fragte uns Archibald:

„Wisst ihr eigentlich, dass die Bezüge für Finanzanwärter
gekürzt werden sollen?"

Wir sahen uns verdutzt an. Noch nicht lange waren wir in
der Verwaltung und wurden bereits mit solchen Fragen kon-
frontiert! Viel verdiente ein Finanzanwärter nicht! Warum
wollte man also seine Bezüge kürzen?

„Bezüge" haben übrigens in diesem Fall nichts mit Bettwä-
sche zu tun. Denn „Bezüge" nennt man auch die Gehälter der
Beamten. Diese Gehälter werden oft am Monatsanfang über-
wiesen und nicht – wie in vielen Industriebetrieben üblich – erst
am Monatsende.

„Was tut die Zollgewerkschaft – der BDZ – dagegen?",
wollte Hartmut wissen. Sein großer Adamsapfel hüpfte dabei
aufgeregt hin und her.

„Gar nichts!" Archibald schüttelte bekümmert den Kopf.
„Das ist es ja – es ist ihnen egal, es lässt sie kalt!"

Wir schauten betreten drein. War es vielleicht ein großer
Fehler gewesen, dem „Bund deutscher Zollbeamten" (BDZ) bei-
zutreten, wenn die Herrschaften nicht einmal gewillt waren,
sich um unsere Belange zu kümmern?

„Ich sehe nur einen einzigen Weg!" Archibald nahm einen
Schluck seines Mineralwassers. „Falls die Bezüge tatsächlich gekürzt werden sollten, wird es das Beste sein, unverzüglich aus
dem BDZ auszutreten..."

„Das würden im Ernstfall sicherlich alle hier Anwesenden
tun", sagte Tatjana mit tiefer Stimme. Ihre Vermutung bestä-
tigte sich: Archibalds momentane Unsicherheit war verflogen,
denn er hatte ein Thema gefunden, in dem er sich richtiggehend „auslassen" konnte. Ihre Bemerkung hatte ihn im kriti-
schen Augenblick wieder auf die rechte Spur gebracht.

Dafür versuchte nun Hartmut, ihn aus dem Konzept zu bringen. Er raschelte mit einer Zeitschrift, die er vorhin gekauft
hatte und flüsterte Siegmar hörbar zu:

„Was will er uns heute Abend eigentlich sagen? Er sollte lieber sagen, was er mit uns vorhat!"

Aber es war zu spät. Er hatte die richtige Gelegenheit verpasst. Archibald runzelte lediglich die Stirn, und es war Siegmar,
der nun mit hochroten Wangen dasaß, nicht wusste, wie er re-
agieren sollte und sich eine Zigarette anzündete.

„Wie ihr wisst", fuhr Archibald fort, und ich konnte am lauten, trompetenhaften, hohltönenden Klang seiner Stimme erkennen, dass er den zuversichtlichen Handelsvertreter spielte,
der völlig in der Traumwelt großartiger Projekte aufgeht, „stehen in den folgenden Jahren bahnbrechende Veränderungen in
der Europäischen Union und somit auch in der deutschen Zollverwaltung an. Ich bin in keinerlei Hinsicht so fachkundig wie
die EU-Kommissare, aber das ist vielleicht der Grund, warum

mich das Hauptzollamt Stuttgart-West auserkoren hat, mit euch zu sprechen. Ihr Wunsch ist es, dass neben all den klugen und erfahrenen Leuten im Hauptzollamt noch ein Mann mit organisatorischer Erfahrung aus dem Hauptstudium II, die Dinge im Ganzen überblicken kann – und mehr – wie soll ich sagen – in die Weite als in die Tiefe denken kann. Das ist der Grund, dass sie mich geholt haben. Aber ich will euch nicht das Geringste vormachen." Während er eine Locke seines braunen welligen Haares aus der Stirn zurückwarf, blickte er uns an. „Ich brauche eure Hilfe, denn ohne den Beistand meiner Kolleginnen und Kollegen kann ich selbst nichts ausrichten."

Felix krümmte sich kaum merklich. Man merkte, wie er sich das Lachen verbiss. Die theatralische Pose Archibalds und die Lautstärke seiner Stimme gingen uns auf die Nerven. Und außerdem spürte Felix an den Beinen, dass es zog.

Felix erzählte mir später, dass er den Eindruck hatte, Archibald rede wie ein Prediger.

„Meine Kolleginnen und Kollegen sind mir in den letzten Wochen eine große Hilfe gewesen", fuhr Archibald fort, „wirklich eine große Hilfe. Ich möchte nicht verheimlichen, dass ich – als ich in die Zollverwaltung kam – zuerst eine Heidenangst hatte. Viele Kolleginnen und Kollegen auf den Hauptzollämtern in Stuttgart waren schon seit Jahren dort. Sie kannten die Verwaltung vorwärts und rückwärts, Sie hatten Ihre eigenen Arbeitsmethoden, und vor allem hatten sie einige Jahre Berufserfahrung. Ich dachte oft, dass jeder neue Finanzanwärter ein Eindringling für diese erfahrenen Kollegen sei - ich war mir sicher, dass ich an ihrer Stelle genauso reagiert hätte."

Die Gesichter der vor ihm Sitzenden blieben völlig unbewegt.

‚Mit solchen sentimentalen Anbiederungsversuchen wird er nichts erreichen", dachte ich. ‚Wir sind doch alle Idealisten und das ist schwer für ihn.'

‚Diese verdammten Schafsköpfe', schien Archibald zu denken. Laut sagte er:

„Ja, die Zollverwaltung muss sich fragen: Will sie mit den Jahren veralten – und zu einer Art Museum werden – oder will sie sich modernisieren? Wir haben den Schlüssel dafür in der Hand, wir Finanzanwärter sind die erfahrenen und klugen Beamten von morgen. Aber manche Leute wollen einfach nicht mittun. Na schön, wenn sie nicht sehen können, in welcher Richtung ihre eigene Zukunft liegt, dann sollen sie wenigstens meine Zukunft nicht blockieren. Entweder müssen sie sich anpassen – also Finanzanwärter so entlohnen, damit diese auch weiterhin motiviert sind, für die Verwaltung zu arbeiten. Oder sie verschwinden." Seine Stimme wurde ein wenig schärfer und verlor ein bisschen von ihrer Gutwilligkeit und Freundlichkeit.

Ein großes Problem wurde hier vor uns ausgebreitet – so erschien es uns in diesem Augenblick. Aber noch viel größere Probleme sollten uns beinahe erschlagen. Probleme, die uns das „Problem mit den Bezügen" und das „Problem mit der Verjüngung der Zollverwaltung" vergessen lassen würden.

19. Felix

Jedes Wochenende fuhr ich mit Felix nach Hause. Er wohnte ja nicht weit von meinem Elternhaus entfernt. Natürlich zahlte ich ihm einen Beitrag zu den Benzinkosten.

Alle vier Wochen hatten wir samstags Unterricht, dafür an einem Montag im Monat unterrichtsfrei. So konnten auch Finanzanwärter aus den Bundesländern Berlin, Hamburg, Bremen, Schleswig-Holstein, Niedersachsen und anderen weit entfernten Orten einmal im Monat nach Hause fahren.

Über meine Ausbildung erzählte ich viel zu Hause. Immer noch waren meine Eltern stolz auf mich.

Manchmal an den Heimfahrtstagen – egal, ob diese auf einen Freitag oder Samstag fielen – ließen einige Dozenten Finanzanwärter bereits um 12.30 Uhr anstatt um 12.45 Uhr „springen". Wenn unser Unterricht bei solchen Gelegenheiten nicht gerade früher aufhörte, beobachtete und kommentierte Felix das Treiben auf dem Schulhof mit großem Interesse.

„Schaut mal – die gehen schon!" Mit dem Zeigefinger zeigte er nach draußen, um unseren Dozenten milde zu stimmen. Vielleicht würde uns der Dozent, der vorne an der Tafel stand, früher gehen lassen? Manche Dozenten ließen sich umstimmen, andere nicht.

Felix war witzig und ein leidenschaftlicher Fußballspieler. Er kickte in der zweiten Mannschaft seines Heimatortes.

Sonntags oder an den Montagen nach einem langen Wochenende holte er mich immer mit seiner „Ente" – einem Citroen – von zu Hause ab. Nach dem Kicken feierten er und sein Team grundsätzlich – egal, ob man gesiegt oder verloren hatte. Feiern macht Spaß, deswegen feierte man auch ein verlorenes Match.

Felix – dieser Name steht für einen coolen Blonden, der immer einen flotten Spruch auf Lager hatte. Und den „Entengruß" nahm er sehr genau! Immer, wenn wir einem anderen „Enten-Fahrer" begegneten, streckte Felix eine Hand aus dem Autofenster.

Felix verfügte über ein enormes Wissen und arbeitete im Unterricht grundsätzlich gut mit.

Ich mochte ihn, ich konnte mir aber nicht vorstellen, mit ihm eine tiefere Freundschaft einzugehen. Er war fair und kameradschaftlich, aber er war auch ein Luftikus, der jedem „Rock" hinterher schaute. Felix war ein Schmetterling, der von Blüte zu Blüte flog.

Im BZ ging er viele Beziehungen ein. Beziehungen, die allerdings schnell zerbrachen. Und in Windeseile konnte er durch sämtliche Stimmungen ziehen – vom übermütigen Clown über den verständnisvollen Psychologen bis hin zum eisig schweigenden, stummen Fisch. Alle diese Rollen beherrschte er meisterhaft und setzte sie je nach Bedarf ein. Felix – ein guter Schauspieler?

Es war Felix, der mir den Spitznamen „Rauschkugel" verpasste. Nämlich, weil ich von alkoholischen Getränken schnell beschwipst wurde.

„He, Rauschkugel!", begrüßte er mich an vielen Sonntagabenden. Dann drehte er sein Autoradio so laut auf, dass die „Ente" erbebte und beinahe aus den Nähten zu platzen drohte und mir die neusten Discorhythmen um die Ohren flogen.

„Ich glaube, ich muss dich heute wieder einmal aufhängen!", meinte er während der Fahrt auf der Landstraße und zerrte an meinem Halstuch. Seine starke rechte Hand zog es pfeilgerade nach oben, während die linke Hand immer noch sicher die „Ente" lenkte. Er strangulierte mich beinahe.

„Nicht doch!" Ich versuchte, mich zu befreien und steckte nach einigem Hin und Her mein Halstuch in die Handtasche.

Als „Entenfahrer" konnte Felix mich noch während der Autofahrt ärgern. Als er ein schnelleres Auto fuhr, war das zum Glück nicht mehr möglich. Dann brauchte Felix all seine Konzentration, sein Reaktionsvermögen, um das Auto sicher zu lenken.

In der Bundeszollverwaltung wurde ich erwachsen. Meine Ausbildung begann ich als „Kriecherin" – ich beendete sie als „Rebellin". Felix war eine der Personen, die mir dabei half, mehr aus mir herauszugehen. Ich legte endlich meine hinderliche Schüchternheit ab und wurde mutiger. Felix provozierte mich mit Bemerkungen – und ich lernte, ihm contra zu geben. Ich lernte, schlagfertig zu werden.

Zoll war – zumindest für mich - Lebensschule.

20. Stadtbummel in Valletta

Ich fühle mich in Malta keinen Moment unsicher - auch als ich alleine unterwegs bin. Eine gewisse Vorsicht ist allerdings immer nützlich - egal, wo man ist! -, denn Taschendiebe und andere Gauner gibt es (leider) überall.

Valletta ist die Hauptstadt des Staates Malta. Sie zählt zum UNESCO-Weltkulturerbe, denn sie bietet viele historische Kirchen und Paläste.

Ich war schon mehrfach in Valletta. Nicht nur beim Start und nach der Landung des Flugzeugs aus Deutschland.

Von Mellieha aus, wo ich diesmal in einem Hotel untergebracht bin, komme ich mit Bussen der Linien 27, 41 und 42 nach Valletta. Die Fahrtzeit dauert ungefähr eine Stunde.

Wer mit dem Bus nach Valletta fährt, steigt am Busbahnhof (Bus Terminus) aus. Man läuft am Triton-Brunnen (Triton Fountain) vorbei und kommt direkt in die Republikstraße (Republic Street/Triq IR-Repubblika).

Das ist eine lange Einkaufsstraße in Valletta. Hier findet man unter anderem viele Kleiderläden, Parfümshops, einen Buchladen, aber auch Souvenirshops und Restaurants und Imbissbuden.

Wer ein Mac-Donalds-Restaurant sucht, kann es hier finden - ein Burger-King-Restaurant ist ebenfalls vorhanden.

Die Seitenstraßen bieten ebenso viele Läden und Restaurants. Einige von ihnen führen zu den beiden Häfen. Auch die Touristeninformation ist in der Nähe. Sie bietet viele Prospekte und Wanderführer - vieles ist kostenlos für die Touristen, auch in deutscher Sprache gibt es einiges Material. Natürlich bekommt man hier auch einen Stadtplan von der Innenstadt Vallettas.

Wer den so genannten "Barrakka-Garten" besucht, kann einen atemberaubenden Blick auf den Hafen von Valletta genießen. Außerdem sieht man auf die Städte Vittoria und Senglea.

Den Barrakka-Garten erreicht man, wenn man die South Street (übersetzt: Südstraße) rechts nach oben geht. Die South Street kreuzt die Republic Street.

Wer die Republic Street entlang geht, gelangt irgendwann an einen Platz, in dem es einige Paläste gibt. Einer davon ist der Großmeisterpalast. Er wird von zwei Wachleuten bewacht. Diese stehen in zwei Häuschen und erinnern mich an die

Wachen vor dem Buckingham Palast in London. Aber auch in Athen gibt es solche Wachleute.

Die Uniformen, die diese Wachleute tragen, scheinen einer anderen Zeit zu entstammen. Antik sehen sie aus - mittelalterlich. Diese Wachleute haben auch Gewehre neben sich stehen.

Ich habe schon beobachtet, dass gegen 14.40 Uhr zum Beispiel drei andere Wachleute hintereinander aus dem Palast kommen. Der erste dieser drei stellt sich vor einen der Wachleute draußen vor dem Haus und schreit ihn an. Um das Gesagte zu bekräftigen, stampft er mit seinem Bein auf den Steinfußboden. Was genau hier geschrien wird, kann man schlecht verstehen - auch wenn man gut Englisch versteht. Und warum der eine Wachmann den anderen anschreit, ist auch nicht klar. Denn der schreiende Wachmann löst den wachhabenden Wachmann nicht ab, sondern geht mit seinen zwei Wachleuten, mit denen er gekommen ist, nach seinen Befehlen wieder in den Palast zurück.

Die Touristen finden das meistens lustig und filmen diese Szene oder machten Fotos.

Wer die Republic Street bis zum Ende entlanggeht, gelangt irgendwann in das Hafengebiet. Dort kann es manchmal sehr windig sein! In Hafennähe kann man sehr gut spazieren.

Wer möchte, kann durch die Innenstadt Vallettas auch mit der Pferdekutsche fahren. Was das kostet, weiß ich nicht.

In Malta – in einem Stadtteil in der Nähe des Hafens -, gibt es einen leerstehenden Laden, den man durchaus als Nachhilfeinstitut umfunktionieren könnte. Er bietet vier Räume – einen für ein Büro und drei für die Nachhilfe. Außerdem eine kleine Küche. Eine Bushaltestelle ist ganz in der Nähe. Ebenfalls ist die Miete bezahlbar. Das ist optimal.

Ich notiere mir die Anschrift und Telefonnummer und versuche, Kontakt mit dem Inhaber aufzunehmen. Auf meinen Anruf reagiert niemand, also schicke ich ihm eine SMS.

Anschließend fotografiere ich den Laden und schicke das Foto per SMS an den Inhaber der Nachhilfeinstitute.

21. In Marsaxlokk und St. Paul/Buggiba

W enn ich sonntags in Malta bin, besuche ich manchmal mit meiner Freundin Miriam Marsaxlokk.

Der Name dieses Küstenorts wird "Marsaschlock" ausgesprochen.

Der Ortsname stammt teilweise aus dem Arabischen. Man sollte nicht vergessen: nicht nur der Apostel Paulus hat einst Malta besucht und versucht, die Einwohner zum Christentum zu bekehren. Nein, auch Araber waren auf der Insel. Sie versuchten, die Bewohner zu islamisieren. Letztendlich siegte das Christentum - als Resultat gibt es in Malta mehr als 300 Kirchen.

Von der einstigen Anwesenheit der Araber zeugen noch einige Ortsnamen, beispielsweise Marsaxlokk und Xlendi.

Marsaxlokk ist nicht nur bekannt wegen seines malerischen Hafens mit farbig bemalten Fischerbooten, sondern auch wegen eines Marktes, der immer sonntags stattfindet. Man kann dort Teppiche, Halstücher, Tees, Bonbons, Fisch, Nahrung in Konserven und vieles andere kaufen. Es gibt dort fast alles - außer Möbel, Häuser und Autos.

Mit Miriam fahre ich ab Valletta mit dem Bus der Linie 18 in diesen Ort. Die Fahrt von Valletta nach Marsaxlokk dauert ungefähr eine Stunde. Das kostet 2,00 Euro (Stand 2018). Da ich meine Fahrkarte vom selben Tag von Mellieha nach Valletta noch im Geldbeutel habe und noch keine zwei Stunden vergangen sind, seitdem ich aus Mellieha aufgebrochen bin, kann ich diese Fahrkarte auch für die Fahrt nach Marsaxlokk verwenden!

Marsaxlokk ist ein wunderschöner Ort mit beigefarbigen Gebäuden und Kirchen. Anfangs, als wir dort waren, war es schwierig, ein Café zu finden. Die meisten Lokale dort wollen, dass man ein Gericht bei ihnen bestellt. Wer nur Kaffee trinken will, darf gleich rausgehen!

In einem Lavazza-Café dürfen wir zum Glück auch nur Kaffee trinken - Preis: circa 3 Euro. Das ist akzeptabel.

Marsaxlokk ist ein schöner Ort, den man auch mit einer geführten Ausflugsfahrt besuchen kann. Das kostet dann ab 27 Euro ab Mellieha. Ich bin froh, dass ich weiß, wie ich den Ort auf eigene Faust besuchen kann.

"San Pawl" ist ein maltesischer Name, der auf Englisch "St. Paul" heißt. Wer eine Bar an der anderen sucht, wer eine Shoppingmeile außerhalb von Valletta sucht, wer ein bisschen "Ballermann-Feeling" (der "Ballermann" ist eine "Sauf- und Rauschmeile" auf Mallorca) auf Malta braucht, dem kann ich San Pawl und Buggiba durchaus empfehlen! Es handelt sich hier um zwei Orte, die nebeneinander liegen - ein Ort geht quasi in den anderen über.

Im Juli und August sollte man dort nicht Urlaub machen - denn schlaflose Nächte sind hier durchaus möglich.

Ich bin ab und zu samstags in St. Paul, wenn ich in Malta bin.

Die Strandpromenade ist wunderbar - ein Lokal neben dem anderen, eine Eisdiele neben der anderen und Shops, soweit das Auge reicht! Ja, diesen Ort muss man sich unbedingt genauer ansehen. Es lohnt sich schon, einen halben Tag mindestens dort zu verbringen.

Wer die Strandpromenade entlang schlendert, sollte gut zu Fuß sein. Sie ist lang, die Gehsteige sind eng, gutes Schuhwerk ist unbedingt erforderlich. Ein Shop neben dem anderen, ich habe viele Shops besucht.

Auch gibt es gute Restaurants, Bars und Cafés dort. Der Kaffee schmeckt auf Malta in den meisten Cafés dort – außer in dem Café in der Nähe des Busbahnhofs von Buggiba, an dem man mit Bussen nach Rabat und Mdina weiterfahren kann. Der Kaffee war so schlecht dort – schmeckte wie Wasser mit einer ganz leichten Kaffeenote. Seitdem meide ich dieses Café.

In St. Paul kann man gut Pizza essen – aber auch andere Gerichte. Es kommt darauf an, worauf man Wert legt.

Wer will, kann also gut und gerne einige Stunden in San Pawls/St. Paul und Buggiba verbringen.

Meine Suche nach einem Ort für ein Nachhilfeinstitut läuft auch hier ganz gut. Ich finde einen ehemaligen Modeladen in der Nähe des Busbahnhofes in Bugiba und lasse ihn mir von den Vermietern zeigen.

Drei Räume und einen Raum für ein Büro. Man kann hier Einzelnachhilfe und Nachhilfe für Gruppen bis zu drei Schülern geben. Die Schüler sollten vom Alter und den zu unterrichtenden Fächern zusammenpassen.

Es gibt Nachhilfeinstitute großer Institutsketten, die fünf und noch mehr Schüler in einen Kurs stecken. Das finde ich nicht gut. Der Lerneffekt bleibt auf der Strecke – aber das Institut macht viel Gewinn, denn – ob ein Nachhilfelehrer einen Schüler unterrichtet oder fünf, fällt ja nicht ins Gewicht. Sein Gehalt – das ohnehin niedrig ist – ist dasselbe.

Das Nachhilfeinstitut, für das ich tätig bin, ist besser – persönlicher und vor allem fairer zu den Nachhilfelehrern. Sie werden besser bezahlt als in vielen anderen „Nachhilfeketten" und außerdem sind die Kurse mit bis zu drei Schülern pro Kurs nicht zu groß. So kann man qualitätsmäßig gute Nachhilfe bieten.

22. Die Bayern

Unsere Kurskollegen des Kurses Nummer fünf an der Fachhochschule des Bundes für öffentliche Verwaltung, Fachbereich Finanzen, gehörten 1983 und 1984 – im Grundstudium also - der Oberfinanzdirektion München an und waren während ihrer praktischen Ausbildung auf die Hauptzollämter München und Augsburg verteilt.

Wir Finanzanwärter von der Oberfinanzdirektion Stuttgart verstanden uns ausgezeichnet mit unseren bayerischen Kurskolleginnen und Kurskollegen.

Hartmut, der Kollege mit dem wild hüpfenden Adamsapfel, dessen Traum stets eine Tätigkeit bei der Zollfahndung war, fand sehr bald an seinen bayerischen Kolleginnen Gefallen. Aber nur auf freundschaftlicher Ebene. Oft verbrachte er seine

Freizeit mit ihnen, sie bummelten durch Sigmaringen, sie machten Ausflüge in die Umgebung und gingen abends in irgendeine Diskothek.

Britta, Monika und mir stieß es bitter auf, wenn Hartmut oder auch zwei andere unserer „Stuttgarter Gentlemen" mit den Bayerinnen ausgingen.

Was hatten sie, was wir nicht hatten? Warum wurden wir nicht auch gefragt, ob wir mitkommen wollten? Wenigstens Annette aus Köln fragte uns ab und zu, wenn sie sich ebenfalls den abendlichen Streifzügen anschloss.

Beate, Sabine und Robert wohnten in Sigmaringen oder nicht weit davon entfernt. Einerseits schloss diese Tatsache sie von unseren abendlichen Aktivitäten aus, andererseits war es auch ein großer Vorteil, nach den Vorlesungen nach Hause in eine gewohnte, ruhige Umgebung zurückzukehren. Wir dagegen mussten uns täglich in unseren Dreibettzimmern irgendwie „zusammenraufen".

Die Bayern gestalteten unseren Unterricht farbiger. Sie waren nette und lustige Kollegen – aber keiner von uns ärgerte absichtlich die Dozenten. Unser hellhöriger Kursraum bot den Dozenten Ärgernis genug – das reichte uns!

Oft stieß Richard, der aus der Nähe von München kam, zu Beginn einer Unterrichtsstunde einen Jodler aus. Oder einen „Jauchzer" – ganz wie man es betrachtete. Dieser Laut hatte etwas Volkstümliches an sich, er erinnerte uns an die Alpen, an Lederhosen, Schuhplattler oder die oberbayerischen Seen. Dieser Laut war wie der Gongschlag zu einer vollen Stunde und kündigte den Vorlesungsbeginn an.

Bald bildete unser Kurs Nummer fünf eine tolle Gemeinschaft. Wir verstanden uns, wir hörten uns gegenseitig zu, jeder zeigte Verständnis für die Probleme der anderen. Wir saßen alle in einem Boot, und wir ruderten zusammen durch viele Stürme.

Wenn wir erholsame Stunden erleben konnten, beschlossen wir, diese oft miteinander zu erleben. Zum Beispiel, indem wir unsere Geburtstage miteinander feierten.

„Jeder stiftet fünf Mark (circa 2,50 Euro)", schlug jemand vor. „Wir organisieren dann eine Feier mit Getränken, Chips, Salzstangen und weiteren Snacks in einem der Aufenthaltsräume!"

Die Idee klang gut. Und von da an gab es Partys. Wir genossen sie, Partys förderten unser Zusammengehörigkeitsgefühl, wir lernten uns gegenseitig besser kennen.

Andere Kurse feierten ebenfalls Partys. Aus den gleichen Gründen wie wir.

Man musste einen Aufenthaltsraum eines Unterkunftsgebäudes schon einige Tage vorher reservieren, indem man einen Zettel wie ein Schild an dessen Türe anbrachte. Zum Beispiel: „Der Kurs X feiert am 10. Oktober 1983 ab 19.30 Uhr in diesem Raum eine Fete." Wenn man wollte, erwähnte man, dass auch Gäste jederzeit willkommen seien – vielleicht lernte man nämlich auf diese Weise Leute aus anderen Kursen kennen.

Feten auf den Gängen, so genannte „Gangfeten, waren ebenfalls beliebt. Sie fanden auf einem Stockwerk eines Unterkunftsgebäudes statt – entweder mit fest eingeladenen Gästen oder auch Leuten, die nur einfach Lust zum Feiern haben.

Oft beschrieb ich meinen Freunden, mit denen ich in Briefwechsel stand, die Partys. Leider entstand dadurch ein falscher Eindruck von dem Leben eines Finanzanwärters im Bildungszentrum in Sigmaringen. „Ihr feiert ja sehr viel!", staunten meine Freunde. Nein, so war es nicht.

Das Leben eines Finanzanwärters war nicht nur eitel Sonnenschein – mit Partys, netten Leuten, Friede, Freude und Eierkuchen. Nein, das Leben eines Finanzanwärters in Sigmaringen bedeutete vorwiegend Studium, Studium, Studium – und viel Frust. Wir brauchten kleine Sonnenstrahlen – in Form von Partys beispielsweise -, um dieses Studium und diesen Frust zu überleben.

Manche Finanzanwärter luden Dozenten zu unseren Partys ein. Manche von ihnen kamen, andere nicht.

Peter, unser Kurssprecher oder Klassensprecher, der auf uns zuerst einen schlechten Eindruck machte, war unterdessen voll in unsere Kursgemeinschaft integriert. Er war ein dufter Kumpel, mit dem man Pferde stehlen konnte. Wider Erwarten verstand er uns jüngere Kurskollegen, besaß ein seelsorgerliches Einfühlungsvermögen und versuchte, jedes Problem äußerst diplomatisch zu lösen. Auch dann, als er nicht mehr unser Kurssprecher war.

Ja, unser Kurs fünf war ein toller Kurs. Wir waren eine gute Gemeinschaft. Wir hielten zusammen wie Pech und Schwefel. Und das war – so erschien es uns - vielen Dozenten ein Dorn im Auge.

„Sie sind der lauteste Kurs" oder „Sie sind der schlimmste Kurs", hörten wir nur zu oft.

Dabei waren wir nicht lauter als andere Kurse. Uns hatte man nur in den falschen Raum gesteckt. Aber das wollten die Dozenten nicht wahrhaben. Nach ihrer Meinung waren wir die allein Schuldigen an dieser hervorragenden Akustik eines Chemiesaales – und nicht der Architekt, der – aus welchem Grund auch immer – diesen Saal in das Bildungszentrum integrierte.

Und weil wir schuldig sein sollten, hörten wir Drohungen. Wir hörten Drohungen, dass die Dozenten nicht davor zurückschrecken würden, uns bei der Zwischenprüfung das Fürchten beizubringen.

23. Vorstellung und Wirklichkeit

Viele Finanzanwärter des Grundstudiums bemerkten bald erschreckt, dass ihnen ihre Ausbildung nicht gefiel. Allgemeine Staatslehre, Verfassungsgeschichte der Neuzeit, Politiklehre, Rechtslehre - das sollte Zoll sein? Man stellte sich unter „Zoll" etwas anderes vor – bisher jedenfalls. Ein Beruf, den man mehr als 40 Jahre ausübt, sollte schon Spaß machen.

Mein Wunsch, meine Sprachkenntnisse in Englisch und Französisch in der Zollverwaltung anwenden zu können, war zu 95 Prozent reine Utopie. Um das tun zu dürfen, hätte ich viele

Jahre in der Verwaltung arbeiten und anschließend einen Für-
sprecher finden müssen, der mich für eine Arbeit bei der Europäischen Union in Brüssel vorschlug. Zumindest sagte man mir
das.

Dennoch beschloss ich, in der Bundeszollverwaltung zu
bleiben. Ich konnte dieser Ausbildung andere positive Aspekte
abgewinnen.

Die Sicherheit beim Staat – soziale Sicherheit und der
Schutz vor Arbeitslosigkeit beispielsweise – klang und klingt immer noch verlockend.

80 Prozent aller Finanzanwärter gefiel ihre Ausbildung
nicht, wie ich feststellte. „Zu trocken" oder „eintönig" gaben sie
als Begründung an. Vielleicht jedoch würde man ihnen nach der
Ausbildung ein interessantes Sachgebiet auf einem Zollamt an-
vertrauen. Man soll ja bekanntlich die Hoffnung nie aufgeben.
Und mit dieser Hoffnung im Herzen fuhren viele mit ihrer Ausbildung fort.

24. Die Diktatorin

Britta mochte mich nicht. Sie konnte mich nicht aus-
stehen. Das merkte ich nur zu bald. Ich war ihr zu
umständlich, zu schüchtern und zu ruhig. Sie wollte
mich fertig machen.

Was war aus der netten Britta geworden, die ich in Stuttgart kennen gelernt hatte? Oder besaß sie schon immer diese
Charakterzüge, die sie nicht zeigte, als wir uns in Stuttgart von
halb acht bis 16 Uhr trafen?

Lernt man einen Menschen erst dann richtig kennen, wenn
man mit ihm ein Zimmer teilt?

Erschreckt bemerkte ich, dass ich mich mit einem Phantom
angefreundet hatte. Einer Figur, die nur in meinen Träumen
existierte. Die Wirklichkeit jedoch sah anders aus – und sie war
hart.

Britta machte sich schnell zur Alleinherrscherin in unserem Dreibettzimmer. Wenn sie morgens keine Gespräche haben wollte, dann hatten Monika und ich gefälligst zu schweigen. Wenn wir das nicht taten, drohte sie, einen ihrer hochhackigen Pumps nach uns zu werfen.

Lud sie Gäste ein, so hatten wir das gefälligst zu akzeptieren. Egal, ob wir lernen wollten oder nicht.

Wollte sie nachmittags ein Nickerchen machen, dann hatten wir ebenfalls zu schweigen. Jegliche Zuwiderhandlungen wurden mit eisigen Bemerkungen oder einer bitterbösen Miene bestraft.

Oder Britta drohte: „Gleich fliegt was!" und fuchtelte gefährlich mit einem ihrer hochhackigen Pumps herum.

Zum Glück flog nie „etwas". Um des lieben Friedens willens fügten Monika und ich uns zähneknirschend. Aber ganz unterordnen wollte ich mich nicht. Ich wurde im Laufe der Monate immer aufmüpfiger.

Wollte ich dagegen nachmittags ein Nickerchen machen, polterte Britta rücksichtslos herum. Wollte ich abends ins Bett gehen und sie hatte noch Besuch, zog ich mich unter der Bettdecke aus und um. Rücksicht gegenüber anderen Menschen kannte Britta nicht.

Während der ersten Wochen im Bildungszentrum in Sigmaringen versuchte Britta, Monika auf ihre Seite zu ziehen. Sie umgarnte sie, sie ging abends mit ihr weg. Britta versuchte, Monika gegen mich aufzuhetzen.

Warum nur? Ich hatte keiner der beiden etwas getan! Hatte ich überhaupt eine Chance, mich neben dieser Diktatorin zu behaupten?

25. Im Bildungszentrum im Oktober 1983

Felix und Tatjana tauschten im Unterricht Zärtlichkeiten aus. Sie hielten Händchen und lächelten. Ihre Augen strahlten – voller Verliebtheit und Zärtlichkeit.

Britta knuffte mich.

„Siehst du, was die da treiben? Neben mir solche Zärtlichkeiten – das gefällt mir nicht! Die beiden brauchen doch nicht so zu übertreiben!"

Ich stimmte Britta zu. Allerdings dachte ich: ,Britta ist eifersüchtig. Denn sie hat selbst ein Auge auf Felix geworfen! Momentan ist Britta solo. Dass Felix mit Tatjana herumknutscht, passt ihr überhaupt nicht.'

In den ersten beiden Vorlesungsstunden des heutigen Dienstags referierte Herr Dr. Häfele über Staatsrecht. Dieser mittelalterliche Dozent mit Pilzkopffrisur hatte eine Vorliebe für Rollkragenpullover. Rote und schwarze, jeden Tag eine andere Farbe, Hauptsache aus Baumwolle. Er musste diese Dinger wohl abonniert haben. Mit diesen Rollkragenpullovern poppte er seinen langweiligen grauen Anzug auf.

Im Um-die-Ecke-Denken bekamen wir immer mehr Übung. Einfache Unterrichtsthemen wie „Rechtsfähigkeit", "Rechte und Pflichten eines Beamten" und „Der Markt" gehörten schon längst der Vergangenheit an. In einem atemberaubenden Tempo rasten wir durch die Gesetzeslandschaft. Wir fischten in Gesetzen, von deren Existenz wir vorher noch nie gehört hatten, und handelten sie schnellstens ab.

Jede Unterrichtsstunde brachte uns neue Fallbeispiele, forderte unsere Fähigkeit, umständlich zu denken und verlangte ein ausgeprägtes Gefühl für Rechtskunde und Gesetze. Ein Gefühl, das viele von uns allerdings nicht besaßen, da es auf den meisten Gymnasien nicht unterrichtet wurde.

Die Dozenten liebten folgende Aufgabenstellungen: „Der Zollbeamte Z sitzt auf dem Amt A und..."

Die Antwort „Es ist zu prüfen, ob §... zutrifft" war stets DIE passende Einleitung.

Wir waren auf dem Weg, uns zu wirklich guten Beamten zu entwickeln!

Nachmittags fragte mich Astrid aus Augsburg:

„Hast du nicht Lust, einen Ausflug zu machen? Hartmut ist dabei, dann noch ein paar andere aus unserem Kurs. Wir wollen nach Beuron fahren und anschließend zum Petersfelsen wandern."

Ich hatte große Lust dazu und freute mich schon auf den Ausflug. Ohne Führerschein und ohne Auto war ich hier recht aufgeschmissen. Mit Freude nahm ich also jedes Angebot, einen Ausflug in das malerische Umland zu machen, an.

Zu zehnt tourten wir durch das Donautal nach Beuron. Wir waren fasziniert von der dortigen Kirche, die wir besichtigten. Anschließend rannten wir übermütig durch den Wald. Bunte Blätter raschelten unter unseren Füßen. Kichernd rannten wir, riefen wir uns Dummheiten zu und atmeten die frische Luft ein.

Irgendjemand hatte gehört, es gäbe eine Höhle. Aber wo? Plötzlich fand sie Hartmut. Sie lag oben auf einem Berg. Alle kraxelten hinauf. Nur ich nicht.

„Vicky, willst du nicht kommen?", schrie jemand.

„Nein!" Ich lehnte dankend ab. „Hier ist es mir zu steil. Ich vertrete mir sehr leicht den Fuß."

Später wanderten wir zum Petersfelsen, ließen Bäume und Sträucher hinter uns. Vom Petersfelsen aus hatten wir eine schöne Aussicht auf Wälder, Berge und umliegende Dörfer, aufs Donautal und auf Beuron. Das Tal leuchtete in Grüntönen, durchbrochen von einigen Tupfen gelber und roter Herbstfarben. Ich war fasziniert von dieser Farbenpracht und schoss einige Fotos.

Plappernd machten wir Witze und traten gegen 16 Uhr den Rückweg an. Hartmut und Siegmar, ein anderer Stuttgarter Kollege, neckten und zwickten die bayerischen Damen, die kreischend auseinanderstoben. Wie unbändige, ausgelassene junge Rehe. Sie hatten noch den Reiz des Neuen und waren für unsere „Stuttgarter Jungs" daher umso interessanter. Monika und ich waren schon zu „abgedroschen", wir waren uninteressant geworden. Und vor Britta nahm sich sowieso jedermann in Acht.

Wie sehr bedauerten Hartmut, Siegmar und einige andere Finanzanwärter der Oberfinanzdirektion Stuttgart, dass die bayerischen Kolleginnen bereits einen Freund hatten! Jedoch existierten diese Freunde nur am Wochenende – im Bildungszentrum hatten Hartmut, Siegmar und einige andere den Vorsatz gefasst, sich ausführlich um die hübschen Bayerinnen zu kümmern.

Vor dem Abendessen blieb mir noch ein wenig Zeit zum Lernen. Ich hatte bereits meinen dritten dicken Ordner angeschafft und war dabei, meine Notizen und neuen Skripte unterzubringen.

Um 20 Uhr wurde ein Videofilm in unserem Kursraum gezeigt. Meistens liefen die Videofilme dienstags oder mittwochs.

Felix winkte mir zu, als ich den Raum betrat. „He, Vicky, setz' dich zu uns!"

Ich holte mir einen Stuhl und quetschte mich neben Felix und Tatjana. Die beiden tauschten liebevolle Blicke aus, berührten sich und küssten sich. Ihre Gesichter waren rot und glänzend vor Freude und Aufregung. Mich störte das nicht. Die Geste, mir einen Platz neben ihnen anzubieten, fand ich total nett.

An diesem Abend sahen wir den Film „Eis am Stiel, Teil drei" an. Es ist kein Film, den man lange im Gedächtnis behält, aber sehr lustig. Ein Film, den man schnell wieder vergisst. Wir hielten uns die Bäuche vor Lachen.

Ein Hamburger Finanzanwärter aus dem Hauptstudium I 2 (ausgesprochen: „Hauptstudium eins zwei") rannte jede Woche in eine Videothek in Sigmaringen und lieh Filme aus, die dann hier im Bildungszentrum gezeigt wurden. Am besten in unserem Kursraum, dem Chemiesaal, weil dort die Sitze treppenförmig nach oben gingen – wie in einem Kino.

Der gerade erwähnte Hamburger Finanzanwärter versuchte, bekannte Filme für jeden Geschmack aus der Videothek auszuwählen.

Wie dieser Finanzanwärter genau hieß, erfuhr ich nie. „Hein" nannte ihn Felix, „Packman" riefen ihn einige andere. Seine abstehenden Ohren erinnerten an Prinz Charles. Vor jeder Filmvorführung ermahnte er uns:

„Verlasst diesen Raum ordentlich! Wer Getränke mitbringt, fliegt raus!"

Gegröle war die Antwort. Andererseits waren wir froh, neue Videofilme anschauen zu können. Wenn „Packman" sich nicht darum kümmerte, wer würde es dann tun? Man versuchte, uns Abwechslung zu bieten. Denn wir brauchten auch einmal Pause vom Lernen.

Übrigens war jeder Kursraum mit einem Fernseher ausgestattet, zusätzliche Fernseher standen in den Aufenthaltsräumen. Kabelfernsehen gab es 1983 in Sigmaringen noch nicht.

Im Bildungszentrum waren wir eine große Familie – zusammengepfercht wie Legehennen in einer Hühnerfarm auf engstem Raume. Über siebenhundert Finanzanwärter in einer großen Tunfischdose aus Beton, bestehend aus den Kursräumen und unseren Unterkunftsgebäuden. Aber jeder von uns war, für sich gesehen, ebenfalls ein Einzelkämpfer, ein Egoist. Wir mussten Gemeinschaftssinn praktizieren und gleichzeitig Egoisten sein, um uns zu behaupten – um zu überleben.

26. Boris

Die Zeit schritt unaufhaltsam weiter – die Tage verflogen und damit auch die Wochen.

Die Liebe zwischen Tatjana und Felix zerbrach so schnell, wie sie entstanden war. Tatjana machte Schluss mit der Beziehung, und sie hatte sich alles reiflich überlegt. Ihren Freund in Sigmaringen wollte sie nicht aufgeben. Felix schien das Ende dieser Liebe wenig zu stören. Er sah gut aus, und er wusste das. Bald würde er wieder eine neue Freundin haben.

Oder überspielte er nur seinen Liebeskummer mit witzigen Bemerkungen?

Vorlesungen wie Rechtskunde, Volkswirtschaftslehre oder Beamtenrecht endeten, andere, schwierigere Vorlesungen, rückten in den Vordergrund. Wir hörten Informationen über „Öffentliche Finanzwirtschaft" und wurden in das „Haushaltsrecht des Bundes" eingeweiht. Wir lernten einiges über Arbeits- und Sozialrecht – eigentlich Wissen, das für einen Zollbeamten in den 1980er-Jahren kaum praxisnah war.

Im Unterricht notierte ich viel mit. Meistens in Steno, genauer gesagt der so genannten „Eilschrift". Britta, die neben mir saß, ärgerte sich darüber:

„Mensch – das kann ich doch nicht lesen!" Ihre Empörung spuckte sie laut während des Unterrichts aus sich heraus, so dass einige Kurskollegen sich nach uns umdrehten.

Seufzend wiederholte ich flüsternd das Geschriebene, und Britta übertrug es in ihr Heft. Dadurch bekam ich einige der nachfolgenden Bemerkungen der Dozenten natürlich nicht mit. Sie hatten keine Zeit. Die Zwischenprüfung rückte näher, und bis dahin sollten wir noch so viel wie möglich lernen.

„Wenn ich dich nicht hätte!", lobte mich Britta, als sie meine Steno-Notizen glücklich in Schreibschrift in ihr Heft übertragen hatte. Sie schenkte mir einen liebenswürdigen, fast ehrfürchtigen Blick. Ob dieser von Herzen kam, wagte ich jedoch stark zu bezweifeln.

Ich verstand den Lehrstoff problemlos – das Leben im Bildungszentrum war für mich zur Routine geworden.

Eines Nachmittags erschien Boris, ein Berliner Finanzanwärter, in unserem Dreibettzimmer. Ausnahmsweise hatte ihn diesmal Monika eingeladen.

„Wo hast du ihn kennen gelernt?", wollte ich wissen.

„Bei einer Party!" Monikas Augen strahlten. Man merkte: sie war verliebt. „Irgendwie haben wir uns sofort gut verstanden. Und – stelle dir vor, er will mit mir einen Rock'n'Roll-Kurs machen!"

Monika freute sich, auch einmal im Mittelpunkt des Interesses zu stehen. Neben Britta wirkten sowohl Monika als auch ich farblos. Wobei das nicht an Brittas Aussehen lag, sondern an ihrem übersteigerten Selbstbewusstsein.

„Berlin ist dufte!", prahlte Boris beim Kaffeetrinken. Er war ein durchtrainierter Mann, drahtig, sportlich, der mich ein bisschen an Arnold Schwarzenegger erinnerte. Genüsslich knabberte er an einem Stück Kuchen, das Brittas Mutter am Wochenende gebacken hatte.

„Kannst du tanzen?", fragte Britta interessiert.

„Ja, klar!" Boris machte eine wegwerfende Handbewegung, die uns sagen sollte:

„Wie kann man nur einem Mann von Welt solch eine läppische Frage stellen?"

„Ich habe alle Grundkurse mitgemacht, dann noch den Silber- und Goldkurs. Nur der Rock'n'Roll-Kurs fehlt mir noch!", sagte Boris.

Lässig schlug er ein Bein über das andere und lächelte Monika an. „Aber dafür habe ich ja nun die geeignete Partnerin gefunden!"

Das stimmte allerdings. Monika konnte gut tanzen und übte selbst im Zimmer zur Musik einige Tanzschritte. Hätte Monika die Möglichkeit gehabt, an einem Stepptanz-Kurs teilzunehmen, hätte sie das getan. Mit Vorliebe versuchte sie, auf Steinböden zu steppen und stellte sich dabei äußerst geschickt an.

Noch nie sah ich Monika so glücklich wie an diesem Nachmittag. Sie blühte richtiggehend auf.

Boris lud sie nach dem Kaffeetrinken in den Videofilm „Kentucky Fried Movie" ein, und sie nahm diese Einladung gerne an.

Der Rock'n'Roll-Kurs begann, und Monika hatte viel Spaß daran. Sie und Boris tanzten offensichtlich hervorragend. Der Himmel hing voller Geigen, und Monika war glücklich.

An einem Abend jedoch fühlte sie sich depressiv.

„Ich weiß nicht, was mit Boris los ist. Auf einmal ist er so komisch. Manchmal frage ich mich, ob er den Rock'n'Roll-Kurs mit mir noch fortsetzen will", grübelte sie laut.

„Keine Sorge!", riet Britta. „Männer fliegen auf geschminkte Frauen! Lege doch einfach etwas Schminke auf – das macht dich viel respektvoller. Du wirst sehen, Boris wird wie umgewandelt sein."

Das glaubte ich nicht, aber sagte es nicht.

Britta schien meine Gedanken zu lesen und warf mir einen verächtlichen Blick zu. Sie verschwand mit Monika im Waschraum und half ihr beim Schminken.

Zugegeben, Britta verstand etwas von diesem „Handwerk"! Monika sah geschminkt wirklich umwerfend aus. Der grüne Lidschatten betonte ihre tiefblauen Augen, der Lippenstift passte hervorragend zu ihrem Teint, und die Haare wirkten attraktiv und ordentlich.

Zuversichtlich stand Monika auf, nachdem sie sich in unserem Dreibettzimmer noch einmal zufrieden im Spiegel betrachtet hatte. Dann machte sie sich auf den Weg zu Boris.

„Ich frage ihn gleich, ob ihn etwas an mir stört. Dann können wir sofort Schluss machen. ,Halbe Sachen' mache ich nicht!", meinte sie selbstbewusst.

Monika lächelte uns noch zu, winkte und schloss die Türe. Auch Britta hatte Pläne für diesen Abend und verschwand wenig später. Ich blieb im Zimmer, aß zu Abend und hing meinen Gedanken nach.

Plötzlich schreckte ich hoch – die Türe öffnete sich leise. Monika trat ein, sie war völlig verstört. Tränen rannten ihr die Wangen hinunter, zerstörten das vorher noch sorgfältig aufgetragene Make-Up. Aber das war nun nicht mehr wichtig. Hastig schlüpfte sie in ihren Schlafanzug und murmelte nur:

„So viel Feigheit!"

Ich fragte nicht, was ihr passiert war. Ich wartete, bis sie mir es von selbst erzählte.

Im Laufe dieses Abends bekam sie sich tatsächlich wieder in die Gewalt und erzählte mir folgendes:

„Stelle dir nur vor – Boris hatte sich bereits eine andere Partnerin für den Rock'n-Roll-Kurs gesucht und sie gefunden! Ganz plötzlich und ohne Vorwarnung! Und – weißt du was?" Sie schluchzte. „Er hat es nicht einmal fertiggebracht, mir das zu sagen! Was für ein Feigling, was für ein mieser, kleiner Feigling!"

Ich sagte nichts. Jede Bemerkung dazu konnte falsch sein, konnte Monikas Zorn auf mich laden.

„Schuldgefühle hatte er nicht", sinnierte Monika. „Er bemitleidete nur sich selbst. Sag' mal – verhält sich so in deinen Augen ein richtiger Mann?"

„Nein! Sei froh, dass du ihn los bist. Wenn er sich so dir gegenüber verhalten hat, ist es besser, wenn eure Beziehung so schnell wie möglich auseinandergeht!", antwortete ich.

Monika nickte. Aber ich erkannte den Schmerz in ihren Augen. Den Schmerz, abgewiesen worden zu sein.

So, als wolle sie sich trösten, griff Monika zu ihrer Mundharmonika und begann zu spielen. Eine leise, traurige Melodie, die durch den Raum schwebte und sich in unsere Herzen eingrub. Es war die Melodie des Schmerzes, des inneren Kampfes, des Vergessen-Wollens.

Monika nahm nie mehr an einem Rock'n'Roll-Kurs teil. Und für Britta und mich war Boris von nun an Luft. Wir ignorierten ihn, egal, wo er uns begegnete. Boris – der Feigling und Herzensbrecher – er wurde für uns zum schlechten Beispiel für einen Mann.

27. Unterwegs in Rabat

Menschen, die gerne antike Bauten, Kirchen und Paläste ansehen wollen und nicht nur Zeit haben, um sich auf dem Inselstaat Malta die Hauptstadt Valletta anzusehen, kann ich Mdina durchaus empfehlen. Ich habe diese Stadt schon oft besucht.

Diese Stadt liegt auf einem Berg. Ihr gegenüber liegt die Stadt Rabat. Eigentlich war Rabat ein Vorort von Mdina – ist aber unterdessen größer als Mdina.

Man kann an einem Tag Mdina und Rabat besuchen.

Von Mellieha aus fahre ich mit dem Bus zum Busbahnhof in Buggiba. Von dort aus wechsele ich in den Bus in Richtung Flughafen, der auch in Rabat und Mdina hält.

Ich finde es sehr ungeschickt von den öffentlichen Buslinien, als Endstation für den Bus nach Rabat und Mdina den

Flughafen zu wählen! Dadurch ist es leider der Fall, dass der Bus fast immer voll ist, Sitzplätze findet man kaum und viele Leute sind mit Gepäck im Bus unterwegs. Die Flughafen-Besucher mischen sich also mit den Besuchern von Mdina und Rabat, das ist blöd. So kann es sein, dass man in einen Bus gar nicht hineinkommt, weil er überfüllt ist, und muss auf den nächsten Bus warten. Die Busse fahren jede halbe Stunde.

Ich habe mich schon gefragt: Wenn die Busse schon im März auf Malta so voll sind, wie sieht es dann im Sommer in der Hauptsaison aus?

Mdina ist eine schöne mittelalterliche Stadt, die zu Fuß leicht durchwandert werden kann. Die Straßen sind eng, die Gehsteige ebenso. Immer wieder gibt es einen Souvenirladen oder ein Café am Straßenrand - die Stadt wirkt aber nicht überladen mit "Konsumtempeln", also Läden. Das empfinde ich immer als sehr angenehm.

Ich habe bisher noch keines der Museen besucht, die in Mdina besichtigt werden können (beispielsweise das Aviation-Museum und das Cathedral-Museum), sondern bin die Villegaignon-Straße entlanggelaufen. Diese ist gesäumt von Palästen und Kirchen. Ich stand vor dem Casa Inguanez - das ist ein altes Herrenhaus - und habe die Kathedrale „St. Peter & Paul" besichtigt.

Ich stieg auf den Bastion Square und genoss von dort aus einen fantastischen Blick auf Malta.

Man sollte wissen, dass zu Zeiten der Römer Mdina und Rabat eine einzige Stadt bildeten - nämlich Melita. Die Römer teilten diese Stadt Melita in zwei Teile: die Zitadelle Mdina und das übrige Stadtgebiet Rabat.

Ich habe Rabat schon oft besucht, nachdem ich Mdina besucht hatte.

Läuft man am Ortseingang (durch das Greek's Gate - das ist ein Tor) von Mdina über einen Zebrastreifen - also vorbei an dem Busbahnhof - so ist man in Rabat.

Leider hat meine Kamera diesmal ihren Dienst versagt. Der Akku ist leer. Meine Kamera ist nicht so problemlos, dass sie wieder funktioniert, wenn ich neue Batterien hineinstecke. Nein, ich muss sie mit einem Kabel aufladen - und das Kabel habe ich heute im Hotel gelassen (Pech gehabt).

Dabei haben sich mir wunderbare Fotomotive geoffenbart, als ich durch Rabat streifte. Die "Triq San Pawl" - also die St.-Paul-Straße in der Innenstadt - ist festlich geschmückt mit Säulen aus Holz, die bunt bemalt sind. Sie stehen am Straßenrand der Hauptstraße.

Außerdem hängen an verschiedenen Stellen Tücher und Fahnen. Warum man die Stadt so geschmückt hat, weiß ich nicht. Ich habe - als ich wieder in Deutschland angekommen bin - im Internet danach gesucht, fand aber nichts. Selbst die offizielle Homepage des Staates Malta schwieg und schweigt sich darüber aus. Vielleicht waren es Vorbereitungen für das Osterfest.

Das Domus Romana - also ein römisches Haus - habe ich nicht besichtigt. Hier kann man sehen, wie die Römer gelebt haben. Ich habe darüber genug im Lateinunterricht gehört und gelesen.

Auch besuchte ich nicht die Katakomben. Denn das Wetter war schön und sonnig - ich wollte lieber draußen herumlaufen.

In Mdina ist es unmöglich, wegen der engen Gassen einen geeigneten Ort für ein Nachhilfeinstitut zu finden. Aber in Rabat werde ich fündig. Ein Stockwerk, in dem einst ein Büro untergebracht war und das in der Nähe einer Kirche liegt, scheint mir gut geeignet. Ich mache ein Foto und schicke es an den Inhaber des Nachhilfeinstituts, in dessen Auftrag ich unterwegs bin.

28. Mellieha – ein vertrauter Ort

Wann immer ich nach Mellieha reise, reise ich mit dem Bus dorthin.

Mellieha ist eine Stadt im Norden Maltas. Der Ort Cirkewwa, von wo aus man mit der Fähre nach Gozo fahren kann, ist nur fünf Minuten mit dem Bus davon entfernt.

Mein Mann und ich waren 1998 in Mellieha Bay untergebracht. Das ist quasi die Verlängerung des Ortes Malta, an dem
es auch den längsten Sandstrand von Malta gibt.

Und weil mein Mann und ich schon 1998 Mellieha Bay und
Mellieha schön fanden, hatte ich auch nichts dagegen, dort in
einem Hotel in einem Einzelapartment zu wohnen. Vom Flughafen bis nach Mellieha fuhr ich circa 50 Minuten mit einem
Kleinbus ins Hotel.

Mellieha verfügt über eine Einkaufsstraße, wobei diese
weit spärlicher ausgestattet ist mit Läden, Restaurants und Cafés als beispielsweise eine Einkaufsstraße in Heilbronn.

Man findet die wichtigsten Läden in Mellieha für Drogerieartikel (viele Apotheken führen auch Drogerieartikel), Lebensmittel gibt es in Supermärkten (wobei diese sehr klein sind und
altmodische Kassen haben, deren Kassenschublade auch mal
klemmen kann), eine Poststelle ist da - und natürlich diverse
Souvenirshops. Maltesische Souvenirs sind nicht nur Postkarten und Reiseführerbücher, sondern auch Magnete, die an
Kühlschränken haften und mit schönen Motiven versehen sind,
und Halstücher.

Wer die Gelegenheit hat, sollte unbedingt die Kirche St.
Marija besichtigen. Mein Mann und ich waren 1998 drin - als
ich alleine nach Malta reiste, war die Kirche immer verschlossen. Egal, wann ich dort hineingehen wollte. Das ist schon merkwürdig.

Malta finde ich so schön, dass ich dort auch die Ruhe habe,
meine alten Manuskripte über meine Zeit in der Bundeszollverwaltung zu überarbeiten. Ja, damals beim Zoll, im Bildungszentrum in Sigmaringen geschahen interessante Dinge.

29. Clemens und Dagmar

Auch als angehende „Rechtsverdreher" blieben wir
Finanzanwärter während unserer Ausbildung im
Grundstudium 1983/1984 immer noch Menschen.

Und nur allzu Menschliches passierte täglich in unserer großen „BZ-Familie" – im Bildungszentrum in Sigmaringen. Lustiges, Tragisches und Nachdenkliches.

Eberhard, einem von uns Stuttgarter Finanzanwärtern, ging ein Hauptgewinn „durch die Lappen". Er unterhielt sich in einer Disco in der Kleinstadt Mengen mit einem netten Herrn an der Bar und schenkte diesem schließlich seine Eintrittskarte mit einer Losnummer, als er gehen wollte. Zufällig traf Eberhard aber einen Bekannten vor dem Ausgang und unterhielt sich mit diesem. Unterdessen startete die Verlosung – Eberhards Los, das jetzt einem anderen gehörte, gewann den Hauptpreis: zwei Wochen Urlaub in Paris...

Derselbe Eberhard brach sich Wochen später beim Kegeln den kleinen Finger, als dieser zwischen zwei der großen Kugeln geriet. Eberhard trottete von nun an mit dem verbundenen Finger herum, und wir schmunzelten, wenn wir nur daran dachten, dass er sich den Finger beim Kegeln gebrochen hatte.

Pech hatte auch der jüngste Finanzanwärter aus unserem Kurs. Er hieß Klaus-Dieter, aber keiner nannte ihn so. Er stammte aus Bayern, und wir nannten ihn scherzhaft „Spätzle".

Eines Abends wurde „Spätzle" vor einer Disco vom Schäferhund des Besitzers in die Hand gezwickt. Er musste sofort zum Notarzt, um sich eine Tetanusspritze verpassen zu lassen. Leider reichte dieser Impfschutz nicht aus, denn die Tollwutimpfung des Hundes war gerade abgelaufen. Das bedeutete für Spätzle: Zur Sicherheit musste er sich sechs Tollwutspritzen verpassen lassen, die ihm in gewissen zeitlichen Abständen verabreicht wurden. Spätzle mied natürlich Schäferhunde von nun an – wer konnte es ihm verdenken?

Nach einigen Wochen Leben im Bildungszentrum in Sigmaringen kannten wir Finanzanwärter uns untereinander ziemlich gut. Deswegen konnten wir unseren Kurssprecher wählen. Peter, der nur von unserem Tutor Herrn Professor Dr. Kluge bestimmt worden war, wurde von unserem demokratisch gewählten Kurssprecher Clemens abgelöst.

Clemens war der Aufsteiger der Oberfinanzdirektion München. Er war 29 Jahre alt, eine sympathische, lässige Erscheinung und bei Finanzanwärtern und Dozenten gleichermaßen beliebt und respektiert. Außerdem verfügte er über ein gutes Allgemeinwissen und arbeitete vorbildlich im Unterricht mit.

Clemens war ein Mann zum Vorzeigen, gut sah er aus, er war intelligent und anständig. Seine Verlobte wohnte in der gemeinsamen Wohnung in seinem Heimatort irgendwo in Oberbayern. Die beiden kannten sich bereits seit zehn Jahren und schmiedeten Heiratspläne. Sie lebten in einer offensichtlich heilen Welt. Solange, bis Dagmar kam.

Dagmar stammte aus einer anderen Ecke Bayerns, sie war Einzelkind und zeigte uns täglich, wie wohlhabend sie war. Oft erschien sie in einem weißen Pelzmantel und in aufreizenden Röcken. Außerdem nannte sie einen flotten Porsche ihr Eigen. Dagmar besaß den schönsten Augenaufschlag, den ich jemals gesehen habe.

Dagmar bewegte sich anmutig wie eine Katze, sie strahlte Liebreiz und Affektiertheit gleichzeitig aus. Ihre Sprechweise erschien uns oft sehr undeutlich – Worte flossen ineinander, vermischten sich zu einem Wort. Wir mussten gut zuhören, um sie zu verstehen.

Auf der Tanzfläche war sie unschlagbar – ein Blickfang mit ihren weichen, fließenden Bewegungen. Einer Schlange gleich wand sie sich zur Musik, schien mit ihr zu einer Einheit zu verschmelzen, kein Körperteil verharrte lange an einer Stelle. Vollendete Grazie, unbeschreiblich weiblich.

Ihren Charme versuchte sie an Clemens. Er war der Mann, den sie haben wollte, der ihr sofort gefiel. Zu Hause hatte sie allerdings einen festen Freund, einen Mann, dem sie Treue versprochen hatte, jemand, der jedes Wochenende treu auf ihre Heimkehr wartete. Diesen Freund sah sie allerdings – seitdem sie während der Woche auf dem Bildungszentrum studierte – nur als Zeitvertreib für das Wochenende an. In Sigmaringen wollte sie nicht wie eine Nonne leben. Sie brauchte ihren Spaß.

Die Beziehung zwischen Clemens und Dagmar entwickelte sich langsam, aber stetig. Zuerst unterhielten sich die beiden nur. Dann bemerkten wir verstohlene Berührungen und Küsschen.

Clemens bewohnte eines der begehrten Einzelzimmer im Bildungszentrum, und Dagmar besuchte ihn oft. Aus Stunden voller Zweisamkeit wurden Nächte.

Niemand kontrollierte die beiden, sie gaben sich ihren Träumen und Gefühlen hin. Mit dunklen Ringen unter den Augen erschien Dagmar nach solchen Nächten morgens im Waschraum. Sie wohnte auf dem gleichen Stockwerk wie Britta, Monika und ich. Ihre beiden Zimmerkolleginnen gewöhnten sich schnell daran, dass Dagmar über Nacht oft nicht erschien. Im Waschraum schrubbte sie sich dann gründlich die Spuren der vergangenen Nacht von ihrem Körper und schminkte sich sorgfältig.

Dagmar war eine Larve. Was fand Clemens nur an ihr? Wir fanden es nie heraus – sie war nicht ganz „unser Typ". Dagmar wirkte sehr verlebt und älter, als sie eigentlich war. Aber wozu gab es denn Make-Up? Dagmar schien es tonnenweise zu verwenden.

Monate später erfuhren wir, dass Clemens sich von seiner Verlobten getrennt hatte. Wir reagierten erschrocken. Wie konnte er nur so herzlos sein? Uns tat dieses unbekannte Mädchen, das traurig versuchte, in seiner Wohnung in Oberbayern sein Leben in den Griff zu bekommen, leid.

Von da an war Clemens nur noch für Dagmar da. Er hatte sich für sie entschieden. Die beiden sonderten sich in der Pause ab, suchten einen stillen Ort, um Zärtlichkeiten auszutauschen. Jeder im Bildungszentrum merkte, dass sie ein Paar waren.

Dagmar plante den Abschied von ihrem Freund in der Heimat sorgfältig. Im November 1983 strickte sie ihm ein Abschiedsgeschenk – einen Pullover in aufregenden Farben und komplizierten Mustern.

Ich fragte sie in einer kurzen Pause:

„Strickst du den Pullover für dich? Er ist wunderschön!"

„Nein!" Dagmars Blicke wanderten verträumt in die Ferne, schließlich beschämt auf den Boden. „Dieser Pullover ist für meinen Freund!"

Das Wort „Freund" verschluckte sie fast, und ich fragte sie nicht weiter. Ein Abschiedsgeschenk also für einen Mann, den sie einst liebte und nun verlassen wollte. Kann man überhaupt einen Mann noch „Freund" nennen, wenn man sich bereits innerlich von ihm gelöst hat?

Clemens und Dagmar stehen für viele Beziehungen, die unter den Finanzanwärtern während des Studiums in Sigmaringen entstanden. Beziehungen aber, die bei anderen Menschen in der Heimat gebrochene Herzen verursachten. Wir waren meistens über 700 Finanzanwärter gleichzeitig im Bildungszentrum. Und wir wollten nicht wie in einem Kloster leben.

Clemens und Dagmar waren 1983 und 1984 glücklich miteinander. Haben sie jemals geheiratet? Ich habe es nie erfahren.

30. Guidos Geburtstag

Guido wurde im Oktober 1983 22 Jahre alt. Er stammte aus der Nähe des Bodensees und war ein rothaariger quirliger Mann mit einer übersprudelnden Kreativität. Er malte zauberhafte Bilder und ließ sich auch im Bildungszentrum nicht davon abhalten.

Die Esoterik zog ihn magisch an wie einen Honigtopf die Wespen. Auch ich war 1983 noch an Esoterik interessiert – ich las beispielsweise mit großem Interesse die Bücher von Dr. Joseph Murphy.

Aber Guido wusste viel mehr über diese geheimen Wissenschaften – wie sich die Esoterik auch gerne nennt. Er kannte sich aus in Astrologie, Handlesen und anderen okkulten Lehren. So gut, dass mir beinahe schwindlig wurde.

„Du bist anders, als du dich gibst", versuchte er mir weiszumachen und blickte mir geheimnisvoll ins Gesicht. „Sei so, wie du bist und verstelle dich nicht!"

Guido – hochintelligent, vielseitig interessiert, aber nicht bindungsfähig. Er begann eine Freundschaft mit Annette aus Köln.

„Das Traumpaar schlechthin", dachten wir, aber nur wenige Wochen später trennten sich die beiden.

Am Nachmittag seines Geburtstages hatte Guido uns Stuttgarter Kollegen zu sich auf sein Zimmer eingeladen. Er servierte eifrig Kaffee und Kuchen. Er war ein perfekter Gastgeber – umsichtig und liebenswürdig.

Zwei Tage später feierte Guido seinen Geburtstag mit mehr Leuten im Aufenthaltsraum des Gebäudes D. Auch „Spätzle" wollte seinen Geburtstag am selben Abend feiern – warum also keine „Doppelfete" organisieren? Wir waren Feuer und Flamme für diese Idee und zogen uns plappernd und lachend zu diesem Anlass um.

Um 20 Uhr fanden wir uns am Ort des Geschehens ein. Jemand hatte einen Kassettenrekorder in den Aufenthaltsraum gebracht, der die neuesten Hits spielte.

„Herr Dr. Probst ist auch anwesend!" Fast schon wütend blickte ich Monika an, obwohl sie nichts dafürkonnte. „Wer hat denn DEN eingeladen?"

„Spätzle!", antwortete Monika. „Aber was hast du gegen Herrn Dr. Probst? Er ist einer der nettesten Dozenten hier!"

Monika hatte Recht, das musste ich zugeben. Vielleicht lag es daran, dass Herr Dr. Probst das erste Jahr hier am Bildungszentrum unterrichtete. Eine Abneigung gegen Finanzanwärter konnte er also noch nicht so entwickelt haben wie seine Kollegen, die schon länger hier waren.

Bei guter Musik entstand schnell das, was man in der Umgangssprache als „eine mega-geile Stimmung" bezeichnen würde. Wir fühlten uns pudelwohl, räkelten uns in den Sesseln und auf der Couch. Wir prosteten uns mit Sekt zu, lachten und unterhielten uns angeregt.

„Spätzle" freute sich über sein Geschenk, einen Plüschvogel.

Später tanzten wir ausgelassen im Raum herum.

Das war eine der Feten, die uns Kraft gab, den Stress im Bildungszentrum durchzuhalten.

31. Verachtung

An einem Donnerstag im Oktober rannte Monika geschäftig in unserem Dreibettzimmer hin und her und stellte den Topf mit dampfendem Kartoffelbrei auf den Tisch.

„Die Soße ist etwas zu flüssig geworden!", entschuldigte sie sich und platzierte die Schüssel daneben.

Britta lümmelte sich gelangweilt auf einem Stuhl, löffelte dann aber aufmerksam ihr Essen. Monika setzte sich schweigend neben sie.

Irgendwer – Britta oder Monika, ich weiß es nicht mehr so genau – hatte mir einen flachen Teller gedeckt, weil kein tiefer mehr verfügbar war. Mein Löffel kämpfte mit der Soße, die ein wenig auf die Tischdecke schwappte.

„Sag' mal, kannst du nicht anständig essen?" Verächtlich legte Britta ihren Löffel zur Seite und blickte mich feindselig an. Wenn Blicke töten könnten, hätte ich tatsächlich tot auf meinem Stuhl zusammensacken müssen!

Aber nein, ich lebte noch!

„Doch – natürlich kann ich essen!", protestierte ich. „Aber auf einem flachen Teller Soße essen, ist der komplette Blödsinn! Ich habe mir diesen Teller nicht gedeckt!"

„Du hast einfach keine Essmanieren!" Britta wischte meine Entschuldigung rigoros mit einer Handbewegung weg.

Monika äußerte sich nicht dazu.

Wie sehr ich Britta verabscheute! Am liebsten hätte ich sie an die Wand geklatscht wie eine lästige Stubenfliege! Täglich suchte sie Streit! Und wieder einmal verwünschte ich das

Schicksal, das uns zusammen in ein Dreibettzimmer gesteckt hatte. Ich beneidete aus ganzer Seele Tatjana, Sabine und Robert aus unserer Stuttgarter Gruppe, die nicht weit weg vom Bildungszentrum entfernt wohnten und jeden Tag mit dem Auto zum Unterricht fuhren und sich anschließend wieder in die eigenen vier Wände zurückziehen konnten!

Die Luft zwischen Britta und mir wurde immer dicker – zum Schneiden dick. Nach dem verpatzten Mittagessen räkelte sich Britta auf ihrem Bett und machte ein Nickerchen. Wehe dem, der sie dabei störte!

Viele Gedanken schossen mir durch den Kopf. Sternschnuppen, Gedankenblitze, Ideen. Bisher wandte ich nur Zeit, Kraft und Energie auf, um Britta zu gefallen. Aber nun war ich erschöpft, ausgebrannt wie eine kaputte Glühbirne. Ich konnte nicht mehr! Und Britta war zu einem Frieden nicht bereit. Sie mochte mich nicht und machte keine Anstalten, diesen Zustand ändern zu wollen. Das musste ich jetzt einfach akzeptieren. Um mich selbst zu schützen, beschloss ich, von jetzt an kein Wort mehr mit Britta zu wechseln.

An einem Sonntagabend platzte dann die sprichwörtliche „Bombe". Britta hatte zwei der drei Stühle in unserem Dreibettzimmer restlos mit ihren Sachen belegt.

„Würdest du bitte einen Stuhl für mich frei machen?", fragte ich sie.

„Du kannst das ruhig in einem anderen Ton zu mir sagen!" Britta sprang auf, packte ihre Klamotten und warf sie hastig auf ihr Bett.

„Es tut mir wirklich leid!", rief ich.

„Das brauchst du mir nicht zu sagen. Du meinst es doch nicht ernst!" In ihrer Stimme schwang ein hässlicher Unterton mit.

„Da hast du allerdings recht!" Ich belegte den frei gewordenen Stuhl mit meinen Sachen, und Britta verließ wortlos das Zimmer.

„Giftspritze!", zischte ich ihr hinterher.

Monika äußerte sich nicht zu dieser Szene. Sie blieb auch kühl, als ich mit ihr eine Unterhaltung beginnen wollte.

Was war denn los mit Monika? Was hatte ich ihr getan? Ich durchschaute sie nicht, ich verstand sie nicht.

Manchmal erschien sie mir wie ein Fisch, der mich stumm aus einem Aquarium anstarrte. Manchmal erschien sie mir wie eine Wand, gegen die ich erfolglos redete.

Hatte Britta sie schon zu sehr auf ihre Seite gezogen? Begannen die beiden jetzt einen kalten Krieg gegen mich?

Britta und ich redeten tagelang keinen Ton miteinander. Wir straften uns gegenseitig mit eisigem Stillschweigen, mit giftigen Blicken, mit tiefer Verachtung.

Monika war das einzige Sprachrohr zwischen uns – unsere „Dolmetscherin". Sie wusste selbst noch nicht, auf wessen Seite sie stand. Auf der einen Seite wollte sie Brittas Sympathien nicht verlieren, auf der anderen Seite fand sie mich immer sympathischer. Was sollte sie also tun?

32. Nachdenken über Psychologie am BZ

In dem Hotel PAPAYA in Mellieha, in dem ich wohne, habe ich Zeit, mich weiteren Kapiteln aus meiner Zollzeit zu widmen.

Beispielsweise den Kursen im Fach „Psychologie", die wir in Sigmaringen belegen mussten.

Das Vier-Sterne-Hotel PAPAYA in Mellieha, das sich über fünf Stockwerke einen Berg hinauf erstreckt, bietet mir die erforderliche Ruhe, mich mit meinen Zollerinnerungen zu befassen.

Dieses Hotel wurde in den 1980er-Jahren erbaut. Es hat 91 Zimmer.

Außerdem gibt es fünf (!!!) Aufzüge im Hotel verteilt.

Ich habe Halbpension in einem Einzelzimmer gebucht - also Frühstück und Abendessen.

Bis zur Fähre nach Gozo, die vom Ort Cirkewwa abgeht, hat man mit dem Bus nur fünf Minuten Fahrtzeit.

Vom Hotel aus geht man zu Fuß ungefähr fünf Minuten zur Bushaltestelle. Von dort aus verkehren viele Busse - auch nach Valletta. Von Mellieha bis Valletta benötigt man ungefähr eine Stunde mit dem Bus. Von Valletta aus sind viele andere Orte auf Malta mit dem Bus erreichbar.

Vom Flughafen bis nach Mellieha war ich circa 50 Minuten unterwegs.

Verlasse ich das Hotel und gehe ich bei der vorher genannten Bushaltestelle über die Straße (es gibt einen Zebrastreifen, vor dem manche Autos halten, manche aber auch nicht), befinde ich mich in einer Einkaufsstraße. Dort gibt es aber nicht so viele Shops wie in den Einkaufsstraßen in Valletta. Ich finde die wichtigsten Läden in Mellieha für Drogerieartikel (viele Apotheken führen auch Drogerieartikel). Lebensmittel kann ich in kleinen Supermärkten kaufen, eine Poststelle befindet sich in dieser Einkaufsstraße - und natürlich diverse Souvenirshops.

Unterdessen gibt es auch am Stadtrand von Mellieha ein Einkaufszentrum mit einem großen Supermarkt. Der Bus in Richtung Valletta hält dort.

Im Hotel wird der Euro als Zahlungsmittel akzeptiert - denn Malta hat den Euro. Andere Währungen als Bargeld werden ebenso akzeptiert. Welche das genau sind, weiß ich nicht, denn ich habe immer mit Euro bezahlt.

Auch eine Bezahlung mit der Eurocard oder Mastercard oder Visacard ist möglich.

Ich bezahle meine Getränke nach dem Abendessen immer bar in Euro. Das erledige ich direkt an der dafür vorgesehenen Kasse im Speisesaal.

Meiner Meinung nach ist das Hotel für Geschäftsreisende, aber ebenfalls für allein reisende Touristen und Ehepaare geeignet.

Auch Familien sind als Gäste willkommen. Es gibt einige Angebote für Familien - beispielsweise Spielzimmer.

Behindertenfreundlich finde ich das Hotel nicht. Aber ich finde Mellieha - und auch Malta generell - nicht behindertenfreundlich. Die Insel ist bergig, die Gehsteige sind schmal, viele Wege sind uneben, es gibt viele Treppen in Mellieha - im Hotel ebenfalls.

Hoteleigene Parkplätze gibt es nicht - auch kein Parkhaus.

Ich empfehle sowieso, zu dem Hotel nicht mit Mietwagen oder eigenem Fahrzeug zu reisen. Wie auf Mallorca sind viele Straßen in Malta eng und Parkplätze sind rar. Deswegen ist eine Anreise mit öffentlichen Verkehrsmitteln (Bus) oder auch Flughafenzubringer absolut zu empfehlen.

Das Hotel hat drei Eingänge – nämlich drei Glastüren. Eine geht auf Adenau-Straße hinaus. Geht man durch sie hindurch, kann man die Adenau-Straße entlang gehen oder in den Ort über eine lange Steintreppe, die man hinuntersteigt. Diese Steintreppe ist nicht mehr ganz neu.   Man kommt an diese Eingangstüre, wenn man an der Rezeption vorbeigeht.

Die zweite Eingangstür ist mitten auf einer Treppe. Ich habe sie oft benutzt, wenn ich vom Ort kam und auf mein Zimmer gehen wollte. Von dieser Türe ist der Weg zum Zimmer kürzer, als wenn ich den Weg von ganz oben - an der Rezeption vorbei - nehme.

Die dritte Eingangstür liegt ganz unten neben der Treppe. Man kann sie verwenden, wenn man einen vierstelligen Zahlencode eingibt. Tritt man dann durch die Türe, geht es mit einem Aufzug nach oben in andere Bereiche des Hotels.

In der Eingangshalle stehen viele Sitzgruppen, die zum Ausruhen einladen. Man kann dort auch Leute treffen. So habe ich vor einigen Tagen eine Dame einer Reiseagentur getroffen, die mir erklärt hat, welche bezahlten Ausflüge ich buchen könnte. Bei ihr habe ich eine Tour nach Gozo gebucht.

Gozo ist die zweitgrößte der maltesischen Inseln - sie gehört zum Staat Malta. Es lohnt sich durchaus, einen Tagesausflug auf die Insel zu machen. Fähren fahren ab Cirkewwa dorthin. Man kann den Tagesausflug auf eigene Faust unternehmen - aber auch eine geführte Reise dorthin machen.

Damit die Eingangshalle des Hotels PAPAYA gemütlich ist, hängen farbenfrohe Bilder an den Wänden. Es gibt auch noch eine Waage, auf der man seinen Koffer wiegen kann. Allerdings sollte man da einen Euro in einen Automaten werfen. Das habe ich nicht gemacht.

Toiletten sind ebenfalls vorhanden.

Die Rezeption selbst gleich neben dem ersten Eingang. Hier können zwei Personen arbeiten.

An der Rezeption spricht man vorwiegend englisch.

Die Eingangshalle ist mit Steinboden ausgelegt.

Das Hotel verfügt über fünf Aufzüge, die im ganzen Hotel verteilt sind. Der Hotelbau zieht sich ja quasi einen Berg hinauf - da sind fünf Aufzüge schon wichtig.

Ein Aufzug führt neben der Eingangstür an der Straße unterhalb der Steintreppe draußen in die Eingangshalle des Hotels.

Zwei weitere Aufzüge muss ich benutzen, um von dem Apartment, in dem ich untergebracht war, in den Speisesaal zu kommen. Alternativ konnte ich natürlich auch Treppen laufen - das habe ich oft getan, um mich fit zu halten.

An einem vierten Aufzug gehe ich vorbei, als ich auf Erkundungstour im Hotel selbst bin - es interessiert mich eben, wohin man kommt, wenn man durch diverse Gänge geht. Wo der fünfte Aufzug ist, weiß ich immer noch nicht.

Die Gänge in dem Hotel sind oftmals sehr lang. Komme ich aus meinem Apartment, sehe ich gleich einen Aufzug, der in ein Stockwerk führt, in dem aus ein langer Gang zu einem Aufzug geht, der in der Nähe des Speisesaals ist.

Damit kein Hotelgast irritiert ist, gibt es in den Aufzügen immer Informationen, wo man sich befindet, wenn man bei einem Aufzug auf die Taste zum dritten Stock oder vierten Stock tippt.

Eigentlich ist das ganze Hotel ein regelrechtes Labyrinth. Für Leute mit Behinderungen nicht geeignet. Menschen, die sich mit Hilfe eines Rollators fortbewegen, würden stöhnen, wenn sie lange Gänge mit dem Wägelchen laufen müssen.

Außerdem finde ich, dass in den Aufzügen kein Platz für einen Rollstuhl ist. Zwei Leute mit Koffern finden aber Platz in den Aufzügen, die ich benutzt habe.

In der Eingangshalle setze ich mich in einen Sessel und denke über die Vorlesungen in „Psychologie" nach, die wir in Sigmaringen im Bildungszentrum belegen mussten. Dieses Buch „Insel der tausend Steine" soll bald fertig werden – und zu den Vorlesungen in Psychologie möchte ich etwas sagen.

Die Zeit raste weiter im Herbst 1983 in Sigmaringen. Die Tage wurden dunkler und kürzer. Die Betonbauten des Bildungszentrums erschienen bei Tageslicht noch grauer.

Wir hatten längst die Pfade der einfachen Rechts- und Wirtschaftslehre verlassen und waren tief in das verschlungene Labyrinth unzähliger Gesetze eingedrungen. Unsere Dozenten konnten zufrieden sein – wir wurden zu wandelnden Paragraphen und paukten Wissen in unsere Gehirne, bis unsere Köpfe rauchten.

Dennoch gab es Finanzanwärter, die das Leben genießen konnten und bisher noch keinen Zentimeter des umfangreichen und komplizierten Lehrstoffes wiederholt hatten. Erst einige Wochen vor der Zwischenprüfung würden sie mit dem Lernen beginnen. Sie hatten tatsächlich „Mut zum Krater"!

Die Zwischenprüfung stand uns ständig vor Augen. Unaufhaltsam rückte sie näher. Sie entschied über Sein oder Nichtsein in der Zollverwaltung – genauer gesagt darüber, ob wir unsere Ausbildung fortsetzen durften oder entlassen werden würden. Im Februar sollte der Termin der Zwischenprüfung sein. Wer sie nicht bestand, würde entlassen werden. Diese Tatsache schwebte wie ein Damoklesschwert über uns.

In diesem ganzen Wirrwarr von Prüfungsstoff, Stress und Streit untereinander brummte man uns das Fach Psychologie auf. Für die Zwischenprüfung war es nicht relevant – aber Anwesenheit bei den Unterrichtsstunden war Pflicht! Ein freundlicher Herr mit Halbglatze und Brille, Herr Professor Ludwig, hielt die Vorlesungen.

„Sie werden einmal Führungskräfte sein", trichterte er uns ein. „Dafür sind psychologische Kenntnisse unerlässlich."

Gerade weil dieses Fach nicht Prüfungsstoff war, versuchten dennoch einige Leute, die Vorlesungen zu schwänzen. Stichprobenweise liefen immer wieder so genannte „Anwesenheitslisten" durch die Bankreihen. Jeder Finanzanwärter sollte darauf unterschreiben und somit seine Anwesenheit bekunden. Schwänzen war nämlich bei keiner Vorlesung erlaubt.

Der freundliche Herr Professor Ludwig kämpfte während seiner Vorlesungen eine aussichtslose Schlacht um unsere Aufmerksamkeit und unser Interesse. Er zeigte uns Filme, die Konfliktsituationen aufzeigten. Immer wieder wurden diese Filme von Sprechern – offensichtlich auch Psychologen – kommentiert. Aber die finale Frage mussten wir beantworten.

In einem Film saß eine Gruppe Menschen an zwei langen Tischen. An einem Fenster über ihnen stand ein blanker und dennoch welker Gummibaum. Dieser war bereits so alltäglich geworden wie die Zimmerpalme – die schließlich auch einmal als ein elegantes exotisches Gewächs begonnen hatte.

Die Menschen waren Mitarbeiter eines Verlags. Sie diskutierten über ein Buch über den kalifornischen Clanführer McFortin. Im Sommer 1844 traf er die Waise Lucy, die am Hof der Zarin Katharina in St. Petersburg groß wurde. Lucy wuchs dort auf, gewann auch das Vertrauen von Katharina, merkte dann aber, dass sie in die USA ziehen musste, weil sie das Leben am russischen Hofe doch zu sehr einengte.

Über dieses Buch wollten die Verlagsmitarbeiter jetzt diskutieren. Sie wirkten wie eifrige Gymnasiasten, die ihre Kleidung vernachlässigt hatten.

Inmitten des einheitlichen Bildes von kunstvollen männlichen Kurzhaarschnitten und weiblichen Pferdeschwanzfrisuren, von Jeans und ausgeleierten Shirts aus grober Wolle lag das Buchmanuskript.

Jeder der anwesenden Verlagsmitarbeiter kannte die Handlung und die Figuren. Nur Susan, die immer das Passende sagen wollte, fragte:

„Ist Lucy die spätere Geliebte des Clanführers oder seine Putzfrau?"

„Ja", sagte einer ihrer Kollegen, namens Reginald. „Sie ist die spätere Geliebte. Was mir allerdings Sorgen macht, ist, wie McFortin darauf reagiert. Lucy war das einzige lebendige Geschöpf gewesen, das er nach seiner Heimkehr gefunden hatte, das einzige Wesen von Kraft und Willen, und dadurch, dass er sie liebte, bekam er neue Energie. Zugleich stellte sie Geldforderungen an ihn, nachdem seine Mutter den Sheriff geheiratet hatte."

„Wenn du", äußerte sich ein anderer Kollege, namens Winston, „deiner Hauptfigur unterbewusste Impulse verleihst, dann verringerst du zweifellos ihren Status."

Die Verlagsmitarbeiter raunten. Den Begriff des Unterbewusstseins mochten sie nicht. Ein junger Mann betitelte diesen Begriff sogar als „Freud'sche Schnapsidee".

Reginald wurde auf einmal sehr aufgeregt. „Ich glaube nicht", meinte er, dass man dem Autor dieses Buches kindisches Benehmen vorwerfen kann. Ich denke, er versteht unter dem Unterbewusstsein ein Willensreservoir, aus dem ein Mann wie McFortin, der in die Berge reitet, um sich selbst zu verwirklichen, jederzeit seine unterbewussten Kräfte steigern kann. Neue Methoden zeigen, wie das geht."

Ein Schauer lief sichtlich durch alle anwesenden Mitglieder der Gruppe.

Winstons neue Freundin, eine blonde Schönheit, spürte diesen Schauer als einzige nicht. Sie war damit beschäftigt, mit ihrer Zunge ein Kümmelkorn von ihren Zähnen zu entfernen, ohne dass das jemand merkte.

Susan jedoch kramte fieberhaft nach irgendeiner hässlichen Bemerkung, die sie Reginald gegenüber machen könnte. Sie hatte für die Ideen dieser Gruppe keinerlei Verständnis. Nur die Tatsache, dass sie Reginald liebte, und die Hoffnung, dass er wieder mit ihr anbandeln könnte, hielten sie bei diesem Treffen.

Es brachte nichts, Reginalds Argumente schweigend zu akzeptieren. Und so hatte sie beschlossen, ihm dauernd zu widersprechen, um ihn zum Widerspruch zu reizen. Es fiel ihr aber nichts ein, außer: „Gib acht, dass du dich nicht zu weit aus dem Fenster lehnst!"

Das klang ziemlich kindisch und unterstrich ihre schulmeisterliche Art, die Reginald und Winston an ihr so hassten.

Schließlich sagte sie:

„Zu langweilig, dieses ganze dumme Geschwätz!"

Reginald sprang auf und gab ihr eine Ohrfeige.

„Wie hätte sich die Angestellte Susan in diesem Film anders gegenüber Reginald verhalten sollen, damit er nicht ausrastet?", fragte uns Professor Ludwig, und wir mussten Lösungen anbieten.

Ein interessantes Fachgebiet war und ist Psychologie sicherlich – aber wir hatten in Sigmaringen keine Zeit dafür.

33. Die „BZ-Fete"

Sie war berühmt, berüchtigt und heiß begehrt – die „BZ-Fete" (also die Fete im Bildungszentrum). Jedes halbe Jahr fand sie statt, organisiert von einem Festkomitee von Finanzanwärtern.

Auch ich fieberte jenem Samstag Mitte Oktober 1983 entgegen, denn ich freute mich auf diese Fete. Extra deswegen blieb ich an diesem Wochenende im Bildungszentrum. Wie so viele andere auch, zum Beispiel Britta und Monika.

Diesmal stand die Fete unter dem Motto „Das Bildungszentrum geht baden." Um 20 Uhr begann sie offiziell. Die Turnhalle war geschmückt wie bei Faschingsveranstaltungen mit Luftschlangen, Girlanden, Luftballons. Aber auch einige Badeutensilien hingen herum.

Felix lud alle seine Fußballkameraden aus der Heimat ein. „He –Vicky!", grölten sie und schwenkten mir ihre Bierflaschen entgegen. Einer von ihnen forderte mich sogar zum Tanzen auf.

Ich tappte unbeholfen herum, aber dieser Mann war geduldig. Er zeigte mir einige Tanzschritte, die ich nachmachte.

„Das klappt ja schon ganz gut!" Er nickte anerkennend.

Viele Finanzanwärter strömten in die Turnhalle, der Saal platzte beinahe aus allen Nähten. Musik dröhnte ohrenbetäubend von Kassetten und Schallplatten. Immer wieder wurden Sektflaschen, Handtücher, Wasserbälle und andere Gegenstände, die mit dem Thema „Baden" zu tun haben, verlost, aber ich gewann nichts.

Neben den Verlosungen war einer der Höhepunkte die Darbietung des so genannten „BZ-Liedes", ein Lied, das von Finanzanwärtern erfunden und von Finanzanwärter-Generation zu Finanzanwärter-Generation weitergereicht wurde. Dieses Lied drückte Lust und Frust des Lebens eines Finanzanwärters im Bildungszentrum der Bundeszollverwaltung in der Kleinstadt Sigmaringen, aus.

Es begann so:

„Sigmaringen am Arsch der Welt, dort vergeude ich mein ganzes Geld..."

Leider habe ich den vollständigen Text dieses Liedes nie bekommen können.

Ich war von diesem Samstagabend und von dieser BZ-Fete, enttäuscht. Ich hatte mir mehr versprochen, mehr erwartet. Was ich vorfand, waren Menschenmassen, dröhnende Musik und nicht die Stimmung, die bei einer guten Fete ansonsten vorherrscht.

Deswegen beschloss ich, nie wieder eine „BZ-Fete" zu besuchen. Sollten doch die anderen ihre „BZ-Feten" feiern – aber ohne mich.

34. Ein Sonntag im Bildungszentrum

Von Stühlerücken wurde ich am Sonntagmorgen geweckt. Es war Britta, die in den Waschraum humpelte. Wir sprachen wieder miteinander, aber behandelten uns mit kühlem Respekt.

„Entschuldige, dass ich dich geweckt habe!" Britta sah zerknirscht und müde aus. „Ich habe mir beim Tanzen gestern Abend den rechten Fuß vertreten. Felix fuhr mit mir in der Nacht noch ins Krankenhaus. Aber die Ärzte hatten keine Zeit zum Röntgen, da sie einen Notfallpatienten operierten." Sie kroch in ihr Bett. „Heute sollen wir nochmals vorbeikommen."

Ich war verblüfft. Britta konnte ja ganz einfühlsam mit mir sprechen! Ja, sie entschuldigte sich sogar! Konnte es sein, dass wirklich nur eine Verletzung ihre Eiseskälte, ihren Stolz, ihre Härte zum Schmelzen brachte?

Felix fuhr nach dem Frühstück mit Britta nochmals ins Krankenhaus. Als sie wiederkamen, trug Britta einen Verband. Wegen der Schwellung am Knöchel konnten die Ärzte ihren Fuß allerdings nicht röntgen.

Britta verbrachte den ganzen Tag im Bett, und Monika zeigte mir, wie man ein anständiges Mittagessen zubereitete.

„Bereite eine Mehlschwitze, gieße unter Rühren etwas Wasser hinein – und schon bekommst du eine gute Soße!" Monika konnte kochen, fand ich, auch wenn sie vor lauter Bescheidenheit immer sagte, sie könne es nicht. Es sollte noch mehr Gelegenheiten geben, während derer ich von Monika nützliche Kenntnisse über das Kochen erwerben konnte.

Am Nachmittag besichtigte ich das Schloss der Hohenzollern in Sigmaringen. Wenn man in die Stadt fuhr, sah man es gleich, wie es majestätisch auf einem Berg thronte.

Ich nahm an einer Schlossführung teil und sah pompös ausgestattete Räume, die mich sehr beeindruckten. Trotzdem fühlte ich mich einsam an diesem Sonntag, ich fühlte eine Leere in mir, ich vermisste meine Familie. Und ich verstand nun die Finanzanwärter aus den nördlichen Bundesländern viel besser, die nur alle vier Wochen nach Hause reisen konnten.

Ich beschloss von da an, kein einziges Wochenende mehr im Bildungszentrum zu verbringen.

35. In der Schweiz

Am Mittwochnachmittag fahren wir in die Schweiz. Hast du nicht Lust mitzukommen?"

Der Vorschlag kam von Clemens auf der Geburtstagsparty von Harald und Kurt im Oktober 1983, und ich war sofort Feuer und Flamme.

„Ja, natürlich!" Ich freute mich sehr. Clemens fragte <u>mich</u> und nicht Monika oder Britta, die viel gemeinsam unternahmen und mich NIE fragten, ob ich sie begleiten wollte. So beschloss ich, den Plan über den Ausflug in die Schweiz für mich zu behalten. Das Land kannte ich bis zu dem Zeitpunkt noch nicht – ich freute mich, es endlich besuchen zu können.

Von Sigmaringen aus fährt man eine Stunde mit dem Auto in die Schweiz.

Nach dem Unterricht fuhren wir zu zehnt los – in zwei Autos. Hartmut, Siegmar und Christoph waren außer mir dabei und noch einige der Bayern.

Herrlich war die Autofahrt durch die herbstliche Landschaft. Die bunten Farben der Blätter auf den Bäumen leuchteten in der Nachmittagssonne.

Wir rauschten an Radolfzell am Bodensee vorbei, passierten die deutsch-schweizerische Grenze und landeten in Stein am Rhein.

Die wundervolle historische Stadt mit bemalten Häuserfronten versetzte uns in helles Entzücken. Gerade fand ein Jahrmarkt statt. Stände mit den verschiedensten Artikeln säumten die Straßen der Innenstadt, und die Leute drängelten aneinander vorbei. Selbst einen Rummelplatz gab es. Rotbackige Kinder saßen glücklich auf Karussellpferdchen. Genervte Mütter schoben Kinderwägen durch die Menschenmenge. „Schwyzerdütsch" flog uns aus allen Ecken um die Ohren. Begeistert fotografierte ich und fand alles einfach himmlisch.

Die nächste Station unseres Ausfluges hieß Schaffhausen. Vom Schloss Laufen aus kletterten wir zu verschiedenen Aussichtsplattformen und genossen die atemberaubende Aussicht auf den Rheinfall von Schaffhausen. Reißende Fluten, weiß wie Schnee, stürzten in die Tiefe. Auf der untersten Aussichtsplattform waren wir dem Rheinfall ganz nahe und bekamen auch einige Spritzer Wasser ab.

Auf dem Weg zurück ins Bildungszentrum wurden wir von Zollbeamten an der Grenze gestoppt. Sie schnappten unsere Pässe und tippten die Pass-Nummern in ihren Fahndungscomputer. Wir grinsten – wir waren doch selbst Zollbeamte. Was für eine Ironie des Schicksals, dass man ausgerechnet unsere Autos anhielt! Jedoch gaben wir uns den Grenzbeamten nicht als Zollbeamte zu erkennen.

Glücklich und zufrieden kamen wir wieder im Bildungszentrum in Sigmaringen an.

Britta und Monika waren etwas neidisch. Und ich war froh, dass ich etwas Außergewöhnliches, etwas Schönes erlebt hatte. Etwas, das Britta und Monika nicht erlebt hatten.

36. Durchschaut!

Nach Brittas Ansicht war ich nicht ganz normal, und nur sie allein zählte. Allmählich glaubte ich das selbst. Bis mich meine Kollegen ausfragten.

„Du kommst nicht gerade gut mit Britta aus", bemerkte Felix während einer unserer zahlreichen Heimfahrten.

„Nein", gab ich kleinlaut zu. „Es ist schwierig, mit ihr in einem Zimmer zu leben. Sie ist ein Vulkan, der jeden Augenblick ausbrechen kann."

„Ich falle auch nicht mehr auf sie herein", gab Felix zu. „Sie hat die ganze Zeit versucht, mich mit ihrem Charme einzuwickeln, aber gestern habe ich gemerkt, wie blöd sie eigentlich ist."

„Sie hat mir wieder gedroht, etwas nach mir zu werfen." Ich spielte mit meinem Halstuch. „Nur, weil ich zu sagen wagte, sie schaue müde aus."

„Britta spinnt wirklich!" Felix zeigte einen Vogel.

Auch Hartmut hatte Britta durchschaut und meinte:

„Britta braucht einen Mann, der sie übers Knie legt und richtig versohlt."

Ich seufzte. „Aber wer tut das schon? Niemand traut sich. Man muss sehr tolerant sein, um mit ihr in einem Zimmer zu leben. Und ich muss bereit sein, auf alle ihre Wünsche und Launen einzugehen!"

„Gib ihr doch eine Ohrfeige, wenn sie tatsächlich mit einem Gegenstand nach dir wirft", riet mir Hartmut.

Ich schüttelte den Kopf. „So mutig bin ich nicht. Höchstens könnte auch ich etwas nach ihr werfen. Britta ist der erste Mensch, dem ich alles zutraue. Sie ist eiskalt und berechnend."

„Was – du darfst morgens nichts sagen, nur weil Britta ein Morgenmuffel ist?", riefen zwei Mädchen aus dem Hauptstudium entrüstet aus, als ich ihnen mein Herz ausschütte. „Das würde ich mir nicht gefallen lassen!"

Alle hatten Recht – aber was sollte ich nur tun? Es war so vieles leichter gesagt, als getan.

37. Wieder in einem Hotel in Malta

Zollereignisse aus dem Jahre 1983 sind nicht in meinen Gedanken, wenn ich in Malta bin. Malta symbolisiert für mich etwas Positives. Denke ich an meine Zollerlebnisse aus dem Jahre 1983 zurück, so erscheinen mir diese heute vorwiegend grau und düster.

Also – lassen wir dieses Kapitel positiv weitergehen – mit Eindrücken aus dem Hotel PAPAYA in der Stadt Mellieha in Malta.

Ich bin im Zimmer 207 untergebracht - oder genauer gesagt: in einem Apartment! Klasse! Dieses Apartment besteht aus drei Räumen.

Bezahlt hat das das Nachhilfeunternehmen, für das ich in Malta Räumlichkeiten suche. Warum ich als Einzelperson in einem Apartment untergebracht bin, weiß ich nicht. Ich sage einfach: in diesem Apartment können vier Leute einen Urlaub verbringen. Entweder eine Familie oder eine Gruppe von vier Leuten. In dem Apartment ist aber auch noch durchaus Platz, um ein fünftes Bett hineinzustellen oder eine Liege. Entweder ins Schlafzimmer oder ins Wohnzimmer. Ob die Hotelleitung das machen würde, weiß ich allerdings nicht.

Das Apartment ist circa 30 Quadratmeter groß. Die Fenster haben einen Blick auf die große Steintreppe draußen. Das finde ich okay.

Um die Zimmertür zu öffnen, muss ich eine Chipkarte zu Hilfe nehmen, die ich beim Einchecken von der blonden Dame an der Rezeption bekommen habe. Wird die Chipkarte von einem technischen Gerät am Türgriff erfasst, lässt sich der Türgriff leicht herunterdrücken und die Türe kann geöffnet werden.

Diese Chipkarte stecke ich dann, wenn ich im Apartment bin, in einen Schlitz an der Wand links neben der Eingangstür. Damit bekomme ich Strom für das Licht und den Fernseher, die Steckdosenleiste, den Föhn im Bad und die anderen elektrischen Geräte, die in dem Apartment vorhanden sind.

Komme ich zur Eingangstür in dieses Hotelapartment, erspähe ich die Eingangshalle, die in das Wohnzimmer übergeht (es gibt also keine Tür zwischen Eingangshalle und Wohnzimmer).

Der Boden in allen Räumen ist mit weißen, quadratischen Bodenfliesen gestaltet. Die Wände sind mit hellgelben Tapeten ohne Muster tapeziert. An manchen Wänden hängen Bilder.

Das Wohnzimmer hat eine Küchenzeile. In einem großen braunen Küchenschrank befinden sich Frühstücksteller, Unterteller, Suppenteller, Müslischalen, Tassen, Messer, Gabeln, kleine Löffel, große Löffel, zwei Sorten Saftgläser, Gläser für Likör oder Wein - alles für sechs Personen. Dazu noch ein Dosenöffner, Kartoffelschäler, Schöpfer und weitere Küchenhelfer.

Ich könnte hier also locker eine Zollfete feiern!

Aber nein, was ist das nur für ein Gedanke!

Jedoch habe ich einen weiteren Gedanken. Malta muss viel importieren, nur wenige Sachen werden in diesem Land hergestellt. Da ist es wirklich hilfreich, dass Malta Mitglied der EU ist. Sonst hätte das Hotel für all die Teller, Müslischalen, Saftgläser und andere Gläser bei der Einfuhr Zoll bezahlen müssen. Hat es diese Sachen aber 2004 oder später in einem Mitgliedsstaat der EU gekauft, ist und war nur Mehrwertsteuer fällig – die Zölle entfielen, da Malta 2004 Mitglied der EU wurde.

Ich fahre fort die Küche in dem Apartment zu erkunden. Ein funktionierender Kühlschrank ist darin, eine Herdplatte mit zwei Kochplatten, ein Wasserkocher, ein Toaster, eine Mikrowelle. Es gibt ein Spülbecken mit Lappen und Geschirrspülmittel, ein Bodentuch und einen Abfalleimer.

Weiterhin sehe ich einen braunen Schrank in der Nähe des großen Fensters mit zwei Fächern. Darin befinden sich ein Kissen und zwei Decken - diese Sachen sind gedacht für das Sofa, das man in eine Schlafstelle umgestalten kann.

Auf diesen Schrank steht ein schwarzer Flachbildfernseher eines deutschen oder österreichischen Herstellers, dessen Name mir nichts sagt. Zehn Programme sind empfangbar: einige maltesische und italienische Sender - zum Beispiel RAI 1. Weiterhin Eurosport, ZDF.

Das Bild der Programme ist okay, nur beim ZDF ist es leicht gelbstichig. Da ich meistens das ZDF ansehe, wenn ich das Fernsehgerät eingeschaltet habe, habe ich mich damit abgefunden.

Der Fernseher kann mit Hilfe einer Fernbedienung leicht bedient werden.

Ich halte inne. Wenn man im Bildungszentrum in Sigmaringen fernsehen wollte, musste man sich in einen der Aufenthaltsräume begeben. Oder in einen Kursraum.

Aber nun bin ich in Malta in einem Apartment des Hotels PAPAYA und sehe neben den Fernseher. Hier steht ein brauner Esstisch mit zwei Holzstühlen daneben. Die Stühle haben beigefarbene Polster.

Auf dem Tisch stehen je zwei Tassen mit Untertellern und jeweils zwei Päckchen mit löslichem Kaffee und zwei Beutel mit

Schwarztee sowie zwei Päckchen Zucker und zwei Päckchen Kaffeeweißer in Pulverform.

Darüber hängt ein Aquarellbild: ein Stilleben mit blauer Schüssel und rosafarbenen Birnen.

Wow, ist das ein Luxus verglichen mit dem Bildungszentrum! In den Zimmern der Studierenden hingen nicht mal Bilder an den Wänden! Wer welche haben wollte, brachte sie sich von zu Hause mit.

In dem Apartment in Malta gibt es auch ein Sofa - bezogen mit blauem Baumwollstoff mit gelbweißem Muster. Dieses Sofa besteht aus Matratzenbausteinen, die - wenn man sie in gewisser Weise anordnet - in ein Bett für zwei Personen verwandelt werden können.

Hinter dem Sofa befindet sich ein großer Spiegel, der fast die ganze Wand einnimmt. Vor dem Sofa steht ein rechteckiger Tisch aus Holz, der eine Glasplatte aufweist. Dieser Tisch steht auf einem graublauen Teppich.

Neben dem Sofa steht ein kleiner Holztisch, auf dem sich eine Lampe befindet, ein Telefon und eine elektrische Uhr. Hier befinden sich auch Unterlagen über das Hotel mit Wissenswertem für die Gäste.

Beim Telefon sind die Tasten mit den Ziffern etwas abgegriffen, manche Ziffern sind schlecht lesbar.

Dennoch ist das ein Luxus, alles bezahlt von dem Nachhilfeunternehmen in Deutschland. Ein faires Unternehmen, das seine Nachhilfelehrer auch fair bezahlen kann, weil es zu keiner „Überorganisation" gehört, an die es Franchise-Gebühren bezahlen muss.

Ein großes Fenster ist im Hotelzimmer auch vorhanden - man blickt auf die Treppenstufen draußen. Das finde ich okay. Vor dem Fenster hängen Gardinen und Stores, die sich leicht zuziehen lassen. Der Raum wirkt hell - aber nicht zu hell. Wobei ich mir ein bisschen mehr Sonnenstrahlen und Wärme wünsche.

Der Raum und die Eingangshalle können mit einer großen Deckenlampe beleuchtet werden. Der Schalter dafür befindet sich in der Nähe des Schlitzes, in den man die Chipkarte für das Zimmer steckt.

Ich denke, dass das Hotel all diese Sachen in der EU gekauft hat. Und das ist der Vorteil der EU: Es gibt einen relativ problemlosen Handel innerhalb der Mitgliedsstaaten.

Nach einem erlebnisreichen Tag schalte ich den Fernseher ein – das ZDF – und sehe eine Reportage über den Zoll am Flughafen in Frankfurt am Main.

„Muss das sein?", denke ich ungehalten, starre aber doch gebannt auf die Mattscheibe und denke an das Bildungszentrum in Sigmaringen. Damals im November 1983....

38. Im Bildungszentrum im November 1983

Golden war der Oktober – und vorbei. Er wich einem kalten, verregneten November.

Wir lernten ein wenig über „Internationale Wirtschaftsbeziehungen", ein Wahlfach, das nachmittags unterrichtet wurde. Diese Vorlesung diente nur zur Information und war nicht wichtig für die Zwischenprüfung.

Viel hatten wir bereits gelernt, den meisten Stoff konnten wir nicht ausführlich behandeln. Aber dafür hatten wir ja Skripte bekommen, die wir während unserer vorlesungsfreien Nachmittage, Abende und Nächte durcharbeiten konnten! Wir bekamen den Lehrstoff als Schnellimbiss serviert, mussten ihn aber genauso perfekt beherrschen wie ein Jurist. Ein Widerspruch in sich, aber wir konnten an dieser Tatsache nichts ändern. Im Bildungszentrum (BZ) regierten die oft schlecht gelaunten Dozenten, und wir hatten uns zu fügen.

Nach der einer Vorlesung an einem Novembertag packte Britta einige Ordner und Schreibzeug zusammen.

„Ich gehe in die Bibliothek zum Lernen", verkündete sie. Von da an lernte sie oft in der Bibliothek.

Erleichtert setzte ich mich auf mein Bett. Endlich hatte ich Ruhe zum Lernen! Ich paukte, bis meine Augen flimmerten.

Schritt für Schritt ging ich die Riesenmengen an Lehrstoff durch, kämpfte mich durch Unterrichtsmaterialien, die schon längst abgeschlossen waren. Denn ich wollte nichts vergessen. Und zur Zwischenprüfung waren beinahe alle Vorlesungen wichtig – außer den Vorlesungen, die sich wirklich mit dem Thema „Zoll" und „Abgabenordnung" befassten.

Monika steckte gerade irgendwo – sie lernte meistens abends oder in der Nacht, wenn Britta und ich schon selig schlummerten. Für heute um 16 Uhr hatte sie alle Kollegen aus unserer Stuttgarter Gruppe zum Kaffeetrinken eingeladen. Denn sie gewann bei einer Fußballwette Geld und wollte uns an ihrem Glück teilhaben lassen.

Auch Britta erschien – fühlte sich wie immer als Mittelpunkt und genoss es, unter so vielen Herren zu sein.

Plötzlich, wie auf Kommando, packten Hartmut, Felix, Siegmar und Christoph Britta, warfen sie auf ihr Bett und versohlten ihr nacheinander das Hinterteil.

Britta lag da – verblüfft zuerst, danach gekränkt und bloßgestellt. „Hört doch auf!", schrie sie. „Ihr tut mir weh!" Aber die vier schlugen weiter. Sie schlugen nicht fest zu, aber Britta reichte es. Sie fühlte sich gedemütigt.

Die Herren verabschiedeten sich, bedankten sich bei Monika für die Einladung, und Brittas Tränen flossen wie Sturzbäche.

„Warum haben sie das getan? Ich habe doch keinen von ihnen gereizt!" Schniefend kroch sie in ihr Bett und schlief ein.

Monika und ich sprachen kein Wort. Britta vergaß diese Tracht Prügel sehr schnell – und verhielt sich weiterhin so, wie wir es von ihr gewohnt waren.

Monika dagegen wurde mir immer sympathischer. Oft, wenn Britta mit Männern umherzog, saßen wir alleine im Zimmer und unterhielten uns.

„Ich lasse mich nicht von Britta einwickeln", gestand mir Monika. „Noch immer bin ich ICH SELBST."

Und im Laufe der Wochen entstand zwischen Monika und mir eine herzliche Freundschaft. Wie ein kleiner Keim, aus dem sich eine schöne, gesunde Pflanze entwickelt. Wir hegten und pflegten diese Pflanze, wir schätzten unser Zusammensein, und das Vertrauen zwischen uns wuchs mehr und mehr. Auf einmal war Britta die Dritte, die Außenseiterin in unserem Zimmer. Das, was ich vorher gewesen war. Aber Britta war so sehr mit sich selbst beschäftigt, dass sie es nicht merkte.

Viele Angewohnheiten wurde ich im Bildungszentrum los. Ich machte beispielsweise keine Komplimente mehr. Anfangs sagte ich noch zu Britta: „Du hast eine tolle Hose!"

Aber nun waren solche Kleinigkeiten, wie Bewunderungen oder Danke-Sagen, unwichtig geworden. Kleinigkeiten, die ansonsten das Leben zwischen den Menschen bereichern. Wir wurden oberflächlich, um unsere Gefühle zu schützen, bevor diese von Britta verletzt wurden.

Britta und ich lebten aneinander vorbei.

„Ob wir beide es wohl drei Jahre lang miteinander aushalten werden?", stichelte sie einmal.

Ich bezweifelte das.

39. „Pfannkuchen"

Was ist ein „Pfannkuchen"? Eigentlich keine schwierige Frage. Außer, wenn ein Süddeutscher und ein Berliner sich treffen und diese Frage erörtern. Dann nämlich treten wirklich Meinungsverschiedenheiten auf.

Diese hatte ich mit Tina und Sonja aus Berlin. Für einen Süddeutschen ist ein Pfannkuchen ein flaches gelbes Teiggebilde, das aus Mehl, Eiern und Wasser besteht und in einer Pfanne goldgelb gebacken wird. Gefüllt wird dieses Etwas mit Marmelade oder Käse oder Schokoladencreme oder anderen leckeren Dingen – je nach Geschmack.

Aber Sonja und Tina schüttelten eifrig die Köpfe und beteuerten: „Nein, was du beschreibst, ist kein Pfannkuchen, sondern ein Eierkuchen!"

„Was ist denn dann ein Pfannkuchen?" Ich war neugierig auf die Berliner Definition.

Die Antwort kam einstimmig: „Das, was ihr als ‚Faschingskrapfen' oder ‚Berliner' bezeichnet, ist in Wirklichkeit ein Pfannkuchen!" Das war und ist immer noch eine wirklich interessante Definition!

Wer von uns tatsächlich Recht hatte, konnten wir nie herausfinden. Die Bezeichnungen sind regional unterschiedlich.

Witzig war dagegen „Pfannkuchen", der in unser Leben trat, weil Britta ihn irgendwo kennen gelernt hatte. Eigentlich hieß er Kevin und stammte aus Berlin. Er war Finanzanwärter im ersten Ausbildungsjahr – genau wie wir.

Monika und ich wechselten betretene Blicke, als wir Britta und „Pfannkuchen" zum ersten Mal sahen. Wo hatte Britta denn DEN kennen gelernt?

Die beiden passten zusammen wie die Faust aufs Auge. „Pfannkuchen", der pummelige, behäbige und weitgereiste Berliner und die affektierte Britta – ob das auf lange Sicht gut gehen konnte? Er war ausgeglichen – sie war launisch. Er war gemütlich, sie war ein Orkan.

Auf jeden Fall lieferten er und Britta sich einige amüsante Wortgefechte.

Ich ließ es mir nicht nehmen, mit ihm die Diskussion über „Pfann- und Eierkuchen" zu führen. Auch er konnte nicht auf die süddeutsche Version umgestimmt werden – er beharrte als Berliner auf der Berliner Ansicht: ein Krapfen ist ein Pfannkuchen, und das, was wir als „Pfannkuchen" kennen, ein Eierkuchen.

Von da an hatte er seinen Spitznamen bekommen – er war für mich jedenfalls nur noch „Pfannkuchen", sehr zur Belustigung der anderen.

Ein- oder zweimal aßen Monika und ich mit ihm und Britta zu Abend. Seine Eltern hatten ein ziemlich schönes Haus in Berlin-Spandau.

Britta betonte ihre Beziehung zu „Pfannkuchen" in einer Form, die hart an der Grenze des Lächerlichen lag. Wir konnten ihr keinen Vorwurf daraus machen. Denn einerseits kümmerte sich Britta sowieso nicht um unsere Meinung, andererseits hatte sie hier einen Fang getan, auf den auch manch anderer hätte stolz sein können. Wir mussten bewundern, wie sie es gerade noch vermied, sich lächerlich zu machen, denn wenn man sie und ihn nebeneinander sah, war das in der Tat lächerlich.

Nach einigen Wochen trennten sich Britta und „Pfannkuchen" friedlich. Ich war erstaunt, dass dieses ungleiche Paar überhaupt so lange befreundet gewesen war. Britta war wie ein Lotteriespiel. Nie wusste man, welche Losnummer – oder Verhaltensweise – ihr gegenüber gerade richtig war. Weiterhin war sie auch wie ein Atomkraftwerk: es gab zu viele Knöpfe, die sie zum Explodieren bringen konnten.

„Pfannkuchen" diente nur als Einstimmung für Britta. Von jetzt an ging sie richtig auf Männerjagd.

40. Im Bildungszentrum im Dezember 1983

Wir lernten bereits alle auf die Übungsklausuren, die noch vor Weihnachten 1983 über die Bühne gehen sollen.

Draußen pfiff uns ein eisiger Wind um die Ohren, die Straßen und Wege waren glatt, das Wetter war frostig. Also verschanzten wir uns in unseren Zimmern, in den Kursräumen, in der Bibliothek – oder, wo sich sonst ein Plätzchen zum ungestörten Lernen bot. Unterdessen paukten selbst die bisher faulsten Finanzanwärter.

Folgende Aufgabenstellung war für uns kein Problem mehr. Sie stammte aus dem Fach „Allgemeines Veraltungsrecht" – kurz AVR:

Landratsamt Freiburg
- Denkmalschutz -   *Freiburg, 16.11.1983*

Herrn Walter X, Freiburg

Betrifft: Ihr Anwesen im Alten Stadtgraben 7, 7800 Freiburg

Sehr geehrter Herr X,
hiermit teilen wir Ihnen mit, dass das in Ihrem Eigentum be-
findliche Haus, stehend im Alten Stadtgraben 7, 7800 Freiburg,
als denkmalwürdig im Sinne des baden-württembergischen
Denkmalschutzes anzusehen ist.
Mit freundlichen Grüßen

Aufgabe: Erstellen Sie ein Gutachten zu der Frage, ob es sich
bei diesem Schreiben um einen Verwaltungsakt handelt.
§ 6 des baden-württembergischen Denkmalschutzgesetzes
lautet: „Eigentümer und Besitzer von Kulturdenkmalen haben
diese im Rahmen des Zumutbaren zu erhalten und pfleglich zu
behandeln."

Soweit also die Aufgabenstellung. Diese Aufgabe hat mit
Zoll gar nichts zu tun, aber wir mussten sie lösen.

Am besten begannen wir mit der altbewährten „Anfangs-
formel": „Es ist zu prüfen, ob..." oder „Zu prüfen ist, ob..." und
prüften möglichst viele Paragraphen, ob einer oder mehrere
von ihnen vielleicht eine Problemlösung anboten.

Nur zu schnell hatten wir begriffen, dass es für einen und
denselben Fall meistens mehrere Lösungen gab. Es kam nur darauf an, welche Gesetze man heranzog. Sogar entbrannten bei
einigen Lösungsvorschlägen Meinungsverschiedenheiten zwischen unseren Dozenten – denn nicht selten waren sie verschiedener Meinung.

Mir graute es täglich vor den Klausuren – die Dozenten
schürten immer wieder unsere Angst mit Sprüchen, wie:

„Einigen werden bei der Zwischenprüfung die Augen aufge-
hen – das schwöre ich Ihnen!" oder „Euch kriegen wir noch!
Wartet nur bis zur Zwischenprüfung!"

Abends ab 20 Uhr konnte ich nichts mehr in meinen Kopf
hämmern. Nach zehn oder mehr Stunden voller Konzentration
fühlte ich mich völlig ausgebrannt.

Vielen Finanzanwärtern ging es genauso. Um unsere „Lebensbatterien" wieder aufzuladen, fand Christophs Geburtstagsfete im Aufenthaltsraum des Gebäudes D statt.

„Hallo, Vicky, komm' rein!", grölten einige Kollegen, als ich durch den Türspalt spickte. Ich war erstaunt – sollte ich an diesem Abend die einzige Dame unter lauter Herren bleiben?

„Setz' dich!" Felix schwenkte eine Bierflasche hin und her und wies mit seiner freien Hand auf den Platz neben ihm.

Ich setzte mich.

Felix stieß mit Christoph auf mich an, und ich lachte.

Im Laufe des Abends trafen weitere Gäste ein – auch Monika und Sabine, die nicht weit weg von Sigmaringen wohnte.

Auf dieser Party lernten wir Konstantin aus Hamburg kennen.

„Ich kenne Otto Waalkes persönlich", verkündete er. Und – mit einem Blick auf Monika, Sabine und mich: „Wisst ihr, dass ich mit euren Jungs auf dem gleichen Stockwerk wohne?"

Nein, das wussten wir noch nicht. Aber uns war Konstantin sofort sympathisch.

„Mein Kumpel und ich", Konstantin deutete auf einen blonden großen Mann, der mit dem Rücken zu uns stand, „wir beide werden eure Jungs demnächst an einem langen Wochenende mit nach Hamburg nehmen. Hamburg ist sehenswert – der Hafen, die Innenstadt, St. Pauli – euren Jungs wird die Stadt gewiss gefallen!"

„Na – da werden sie sich aber freuen!" Wir waren fast schon etwas neidisch. Hamburg – ja, da würden wir auch gerne hinfahren!

Tatsächlich fuhren unsere Stuttgarter Kollegen vom Grundstudium an einem Wochenende nach Hamburg. Alle waren begeistert und schwärmten noch Wochen später von der Stadt und ihrem Aufenthalt dort. Ihnen gefiel die Freundschaft ihrer Gastgeber und die Sehenswürdigkeiten. Natürlich übernachteten sie in den Elternhäusern von Konstantin und seinen Kameraden.

Uns gefiel es, Leute aus anderen Bundesländern kennen zu lernen. Nur schade, dass wir im Bildungszentrum so zusammengepfercht waren wie Tunfische in einer Dose!

41. Ein Tag ohne Hektik

Neben der Suche nach Räumen, die sich für Nachhilfeinstitute auf Malta eignen, soll natürlich bei meiner Reise 2018 auch die Erholung nicht zu kurz kommen!

Immer wieder lektoriere ich Bücher, deren Veröffentlichung bald geplant ist. Solch ein Buchmanuskript nehme ich mit zum Frühstück.

Ich habe ja schon gesagt, dass das Hotel PAPAYA teilweise wie ein Labyrinth ist - lange Gänge, dann ein Aufzug, mit dem man in die Nähe des Speisesaals fährt - um anschließend nochmals einen langen Gang zu durchqueren, an dessen Ende tatsächlich ein Aufzug ist, der in die Nähe des Speisesaals führt.

Egal, welche langen Wege man auf sich nehmen muss, um zum Speisesaal zu gelangen - wie man dorthin kommt, ist bestens durch Schilder und Richtungshinweise ausgeschildert.

Der Speisesaal liegt in etwa in halber Höhe der Außentreppe - man kann einen Seiteneingang des Hotels benutzen, um schnell dorthin zu kommen.

Der Saal selbst ist angenehm temperiert und gemütlich eingerichtet mit dunkelbraunen Möbeln, die Wände sind mit einer beigen Farbe gestrichen, der Boden ist beige-grau. 88 Personen können sich in den Saal setzen, um zu speisen. Sollte es einen Stehempfang geben, dann finden sogar 100 Personen in dem Speisesaal Platz. Einen Stehempfang habe ich nicht erlebt.

Im Speisesaal nehme ich Frühstück und Abendessen ein. Ich habe Halbpension. Jeder, der in den Speisesaal kommt, muss sich irgendwie als Hotelgast ausweisen. Es ist also nicht möglich, dass sich Nicht-Gäste ins Hotel schleichen, um einen kostenlosen Imbiss zu nehmen!

Ich zeige den freundlichen Herrschaften, die im Speisesaal arbeiteten, immer die Karte, in der die Chipkarte steckt, mit der ich in mein Apartment komme. Auf dieser Karte stehen auch meine Zimmernummer und mein Nachname drauf. Die Kellnerinnen oder Kellner schauen dann immer in einer Liste nach, ob ich tatsächlich Hotelgast bin und in dem Zimmer/Apartment mit der Nummer, die ich vorzeige, untergebracht bin.

Die Gäste nehmen sich das Essen von einem Büffet. Geschirr (weißes Porzellan) und Besteck sind immer ausreichend vorhanden und auch sehr sauber.

Ab 7.30 Uhr können die Gäste im Speisesaal frühstücken. Frühstücken ist bis 10.00 Uhr möglich.

Die Hotelgäste haben bei der Platzwahl freie Platzwahl.

Das Büffet bietet eine große Auswahl. Es gibt immer vier Sorten Müsli, Butter, zwei Sorten Marmelade (wobei die Sorten täglich wechseln), Rührei, gebratene Tomaten, weiße Bohnen (für Leute, die ein englisches Frühstück haben wollen), Toastscheiben (die man sich in einem Toaster selbst toasten kann), Brötchen, Brotscheiben, zwei Sorten mit Fruchtquark (auch hier wechseln die Sorten täglich), eine Sorte Quark ohne Frucht, verschiedene Wurst- und Käsesorten (alles in Scheiben als Aufschnitt präsentiert).

Auch Obst gibt es (Äpfel) und Rührkuchen.

Als Getränke kann man Kaffee und/oder Saft (Ananassaft und Arioniasaft) wählen. Auch heißes Wasser gibt es in einem Automaten und Teebeutel.

Wer kaltes Wasser mag, kann auch das an einem Automaten zapfen.

Das Frühstück schmeckt immer hervorragend, ich habe bisher alles wunderbar vertragen.

Während des Frühstücks erklingt unaufdringliche Lounge-Musik (also eine Art unaufdringliche Elektropop-Musik).

Und in dieser guten Atmosphäre bringe ich mich in Stimmung für das Lektorieren eines Buchmanuskripts mit einer absolut verrückten Handlung. Es ist ein norwegischer Roman über einen Zollbeamten, der kurz vor Weihnachten im Hochgebirge eine Zollplombe sucht, die er im Herbst dort verloren hat. Das Blöde ist nur: Kurz vor Weihnachten ist im Hochgebirge alles verschneit, und es wird lange dauern, bis der Zöllner die Plombe findet. Wenn er sie überhaupt findet.

Der Titel für diesen Roman soll „Advent mit Zollplombe" heißen.

42. Die erste Übungsklausur 1983

Wir hatten alle darauf gelernt, und wir waren gespannt, was uns erwartete. Gute Vorlesungen oder auch Unterricht (manchmal weiß ich selbst nicht, wie ich diese „mitarbeitsintensiven Vorlesungen" bezeichnen soll) von Seiten der Dozenten und erstklassige Vorbereitung unsererseits – was konnte dabei schon schief gehen?

Die Übungsklausuren vor Weihnachten 1983 sollten uns Finanzanwärtern zeigen, wie Prüfungen an der Fachhochschule des Bundes für öffentliche Verwaltung, Fachbereich Finanzen, in Sigmaringen abliefen. Sie zählten nicht zur Zwischenprüfung.

Und sie sollten uns Angst machen.

An den Prüfungstagen wurden wir auf alle verfügbaren Säle verteilt, und wir hatten drei Stunden Zeit, eine brauchbare Lösung zu einer Aufgabenstellung zu Papier zu bringen.

Die erste Klausur fragte den Stoff aller Vorlesungen zum Bereich „Staats – und verfassungsrechtliche Grundlagen des Verwaltungshandelns" ab, von uns kurz „Staatslehre" genannt.

Ich saß im Saal des Hauses „Dorina" im Stadtteil Sigmaringen-Laiz mit 87 weiteren Finanzanwärtern. Wir schrieben wie die Verrückten.

Die erste Frage ging mir leicht von der Hand, denn ich konnte einiges aus dem Grundgesetz abschreiben. Die zweite Frage war schon schwieriger, aber ich löste auch diese vorbildlich – wie ich meinte.

Als ich diese Übungsklausur einem Dozenten, der Aufsicht hatte, in die Hände drückte, hatte ich ein gutes Gefühl. Ich war mir sicher, eine gute Note für diese Arbeit zu bekommen. Und so trat ich den fünfzehn Minuten dauernden Fußweg zurück ins Bildungszentrum erleichtert an.

Manche Dozenten sparten vor den Übungsklausuren nicht mit Andeutungen wie: „Bisher flogen gerade neun bis zehn Finanzanwärter durch die Zwischenprüfung. Neun bis zehn Leute von ungefähr 300 insgesamt – das ist nicht allzu viel. Aber wartet nur – dieses Mal weht ein anderer Wind. Ihr werdet euer blaues Wunder erleben!"

Wenn wir die Dozenten so reden hörten, mit - wie viele von uns meinten – hasserfüllt glänzenden Augen und einem gefährlichen Unterton in der Stimme, wunderten wir uns oft, warum sie nicht gleich ein Maschinengewehr nahmen und uns nacheinander abknallten. Das Einzige, was sie wohl von dieser Maßnahme abschreckte, war ein Disziplinarverfahren. Deshalb taten sie nur das, was sie tun DURFTEN, aber das sehr ausführlich!

Warum handelten die Dozenten so? Handelten sie so auf Befehl des Bundesfinanzministeriums? Oder war es ihre eigene Entscheidung, uns übel mitzuspielen?

Ich habe es nie herausgefunden.

43. Einer, der auszog aus dem BZ

Felix war einer der wenigen Finanzanwärter, die es schafften, aus dem Bildungszentrum (BZ) auszuziehen. Was uns andere oft an einem Auszug hinderte, waren nicht nur hohe Mieten, sondern auch die Tatsache, dass es wenige Zimmer in Sigmaringen gab. Immerhin gab es dort noch eine Fachhochschule, und auch deren Studenten suchten Zimmer.

„Ich kann im Bildungszentrum nicht lernen", gestand mir Felix auf einer Heimfahrt. „Dauernd werde ich abgelenkt. Mir fehlt die Ruhe, um mich richtig konzentrieren zu können!"

Kurz nach der Staatsrecht-Übungsklausur zog Felix aus. Er zog mit der Finanzanwärterin Renate aus einer Stadt in Hessen in die Nähe von Sigmaringen.

Sie bildeten eine Wohngemeinschaft, aber sie waren kein Liebespaar. Und sie respektierten einander. Endlich fand Felix die nötige Ruhe und Konzentration zum Lernen.

Warum wagte ich nicht auch den Absprung vom Internatsleben im Bildungszentrum? Warum entfloh ich nicht dem Trubel, dem Lärm und Britta, die mich nervte?

Der Grund war einfach: ich hatte weder Auto noch Führerschein und konnte mir somit nicht eines der günstigeren Zimmer außerhalb Sigmaringens leisten. Die Verbindung mit öffentlichen Verkehrsmitteln war nämlich miserabel.

Britta und ich lebten weiterhin nebeneinander her. Uns verband nichts, nur dieses verflixte Dreibettzimmer. Wir waren einfach zu verschieden. Sie liebte es, irgendwelche Männer einzuladen, mit ihnen zu balgen und zu flirten. Oft ging es in unserem Dreibettzimmer zu wie in einem Stundenhotel.

Eines Abends war ich zu einer Fete in Renates und Felix' neues Domizil eingeladen. Monika und Britta blieben im BZ, sie waren nicht eingeladen! Ich war stolz wie ein Pfau! Monikas Anwesenheit bei der Party wäre nicht schlecht gewesen, aber ich war froh, dass es wieder einmal ein Erlebnis gab, das ich nicht mit Britta teilen musste!

Von der großzügigen Wohnung, die Renate und Felix gemietet hatten, war ich sofort begeistert. Jemand servierte eine fantastische Bowle, und ich kam schnell mit Guido, unserem Hobby-Maler und Esoteriker aus Leidenschaft, ins Gespräch.

„Du hattest wohl wieder Probleme mit Britta?", fragte er mich einfühlsam.

„Ja, leider." Ich seufzte. „Alles macht sie kaputt. Jedes Stückchen Freundschaft und Frieden. Ich denke beinahe, es hat keinen Wert zu versuchen, mit ihr eine freundschaftliche Beziehung aufzubauen. Gestern beispielsweise meinte sie gehässig, ich solle sie nicht ausfragen. Nur, weil ich die ganz normale

Frage stellte: ‚Wie war dein Einkaufsbummel mit Marius und Dieter in Tübingen?'"

„Wie lächerlich!" Guido schüttelte ungläubig seinen roten Schopf. „Diese Frage würde jeder stellen. Was ist denn schlimm daran?"

„Andererseits genießt es Britta, bei Männern im Mittelpunkt zu stehen!" Ich nahm einen Schluck der köstlichen Bowle. Sie tat mir gut. „Vorgestern war Siegmar zum Kaffeetrinken eingeladen. Wir unterhielten uns gut – es war nett." Versonnen starrte ich aus dem Fenster. Schneeflocken bedeckten wie ein weißer Teppich die schöne Landschaft. „Plötzlich lagen Britta und Siegmar auf Brittas Bett und balgten sich. Monika und mir war es fast schon peinlich zuzusehen. Britta ringt und rauft öfters mit Männern, amüsiert sich köstlich dabei und sagt dann immer: ‚So etwas braucht der Mensch.'"

„In eurem Zimmer herrscht eine Spannung". Guido schaute mich bedauernd an. „Ich habe euch oft beobachtet. Britta und du – ihr habt die meisten Probleme miteinander. Aber auch zwischen Monika und Britta ist eine gewisse Spannung spürbar. He!" Er winkte Konstantin, den Finanzanwärter aus Hamburg, zu uns heran. „Bewerte Vicky doch einmal total vorurteilsfrei. Du kennst sie ja noch nicht so gut!"

„Hmm." Konstantin legte seine Stirne in Falten und dachte angestrengt nach. „Man sieht deutlich, dass du Probleme hast. Und außerdem bist du sehr sensibel. Schade", er schüttelte den Kopf, „dass du in deinem Zimmer immer noch als Einzelkämpferin dastehst. Du verstehst dich zwar unterdessen gut mit Monika, aber gegen Britta bietet sie dir keinerlei Unterstützung! Dennoch – Kopf hoch!" Er klopfte mir auf die Schultern. „Bleibe so, wie du bist. Du bist in Ordnung. Wenn du es einmal mit Britta nicht aushalten solltest, dann klopfe einfach an die Zimmertür unseres Dreibettzimmers. Wir trinken dann Tee, und du entspannst dich. Du wirst sehen, danach sieht die Welt wieder besser aus!" Er lächelte mich an, und ich fand sein Angebot einfach sagenhaft.

„Danke!", flüsterte ich fast schon beschämt.

„Gern geschehen!" Er strich über seinen Bart. „Übrigens – nicht nur du hast diese Probleme. Auch ich und Rüdiger bemühen uns sehr, mit unserem Zimmerkollegen Martin warm zu werden. Was glaubst du, was wir bereits alles versucht haben! Aber Martin will die Hand nicht nehmen, die Rüdiger und ich ihm reichen!" Konstantins Blick verdüsterte sich. „Wie schade, wenn Leute überhaupt kein Interesse daran haben, mit anderen in Frieden zusammenzuleben..."

Konstantins Angebot, mit ihm und Rüdiger Tee zu trinken, nahm ich tatsächlich in Anspruch. Es tat so gut, im Bildungszentrum freundschaftliche Beziehungen zu pflegen!

In einer schwierigen Umgebung mussten wir Höchstleistungen bringen. Aber niemand unserer Vorgesetzten fragte uns, wie es uns ging und wie wir uns fühlten. Wir waren auf uns alleine gestellt – teilweise zusammengepfercht in Dreibettzimmern wie die Hühner in einer Legebatterie...

44. Weihnachtsüberraschungen

Drei weitere Übungsklausuren folgten.
In den Klausuren in Organisation/ADV (automatisierte Datenverarbeitung) und Öffentliche Finanzwissenschaften/ Volkswirtschaftslehre schrieb ich gerade nur vier Punkte.

Ich ärgerte mich! Gelernt hatte ich, gelernt und nochmals gelernt – und dann das! Hatte ich einen schlechten Tag gehabt? Meine Leistungen brachten mir lächerliche vier Punkte jeweils für beide Klausuren ein – das bedeutete in der Notenskala der Dozenten „mangelhaft plus".

Britta staunte, als uns Herr Hagen die Klausuren korrigiert zurückgab. Wie bitte – ich hatte so schlecht abgeschnitten? Britta war immer noch unverschämt, grapschte auch nach Dingen, die sie nichts angingen – aber von meinem Wissen und meiner Auffassungsgabe hielt sie eine ganze Menge.

„Vicky begreift alles", äußerte sie sich einmal gegenüber einem Bekannten aus dem Hauptstudium.

Weihnachten nahte, und wir waren neben dem Lernen eifrig mit Vorbereitungen beschäftigt.

Britta brachte öfters Geschenke mit, die sie dann offiziell auf ihrem Bett ausbreitete. Für ihren Vater, für einen Bekannten und für andere Leute. Es machte ihr riesigen Spaß, die Dinge im Zimmer öffentlich kunstvoll einzupacken und Monika und mich um unsere Meinung zu bitten:

„Was schreibe ich am besten auf eine Weihnachtskarte für Hugo X?", oder: „Wie findet ihr die Verpackung?"

Monika und ich gaben unsere Meinungen ab, aber wir bekamen kein Geschenk von Britta. Wir bekamen dafür ausführlich zu sehen und zu hören, was sie ihrer Freundin, ihren Eltern und anderen Leuten, die ihr offensichtlich nahestanden, schenken wollte.

Dabei warf Britta ihre blonden Haare hin und her, lachte kokett und gestikulierte wild mit den Händen.

Vor Weihnachten hatten einige Dozenten angenehme Überraschungen anzubieten. Einer von ihnen entführte uns mit einer Diashow in die wundervolle Landschaft Südafrikas.

45. Abgeschleppt!

Felix' Auto, eine so genannte „Ente", entwickelte sich mehr und mehr zur Katastrophe. Viele Reparaturen fielen an und zogen Felix regelrecht das Geld aus der Tasche. Wir unterstanden als Finanzanwärter zwar dem Finanzministerium, aber reich waren wir deswegen noch lange nicht.

Nach der letzten Vorlesung vor Weihnachten fuhr ich mit Felix gut gelaunt nach Hause. Ich schob die „Ente" an, denn einen Tag vorher „schwächelte" sie, sie zeigte Probleme am Motor. Aber nun bewegte sie sich tuckernd durch die Schneelandschaft. Unsere abenteuerliche Fahrt begann.

Hinter Ulm begann die Karre auf einmal zu stinken. Felix hielt auf dem rechten Fahrstreifen, hob die Motorhaube an und prüfte das Öl.

„Kein Öl mehr", bemerkte er fachmännisch. „Das hat uns gerade noch gefehlt! Wir können nicht weiterfahren!" Er zuckte mit den Schultern und stapfte zu einer orangefarbenen Notrufsäule am Straßenrand.

Wenig später erschienen zwei rotgekleidete Herren in einem roten Opel, stiegen aus und betrachteten kritisch den Motor von Felix' „Ente".

„Das Auto ist wahrscheinlich im Eimer!" Kopfschüttelnd goss einer der beiden Mechaniker Öl nach.

„Aber es war kürzlich in der Werkstatt!", protestierte Felix. „Dort wurde es repariert!"

„Trotzdem – der Motor ist kaputt!" Der Mechaniker zuckte bedauernd mit den Schultern. „Wenn Sie der Werkstatt gegenüber Ansprüche geltend machen wollen, sollten Sie sich lieber abschleppen lassen. Sonst läuft der Motor fest, und die Werkstatt streitet ihre Schuld ab!"

„Na, schön!" Felix ließ geknickt seine Schultern hängen.

Die beiden Herren verschwanden, und Felix und ich warteten auf den Abschleppdienst.

Und so wurden wir abgeschleppt. Die „Ente" wurde mit einem Strick auf die Ladefläche des Abschleppfahrzeugs gehievt.

Felix und ich kletterten in das Fahrerhäuschen auf den Beifahrersitz. Wir sprachen beide kein Wort.

Wir fuhren zu Felix' Wohnort. In meine Heimatstadt, wo meine Eltern wohnten, gelangte ich mit dem Bus.

„Schöne Bescherung!", grunzte Felix und wartete mit mir an der Bushaltestelle. Was sollte ich darauf antworten?

Ich stieg in den Bus – und Felix schlich nach Hause. Wie ein Hund, den man getreten hat.

Am nächsten Tag meldete sich Felix überraschend telefonisch bei mir.

„Rate mal, was passiert ist", erzählte er aufgeregt. „Die Werkstatt hat eingesehen, dass sie einen Fehler gemacht hat.

Und nun baut man mir auf Kosten der Werkstatt einen neuen Motor ein!"

Ich freute mich mit ihm. Er hatte es verdient, und so wurde sein Weihnachtsfest doch noch schön! Ich wollte doch die Fahrgemeinschaft mit ihm nicht missen!

46. Auf ins neue Jahr!

Weihnachten 1983 war verschneit, hektisch und kurz. Ausgefüllt mit Verwandtenbesuchen und Anrufen. Nur zu schnell verflog unsere Urlaubswoche, und am Abend des 1. Januar 1984 trafen wir wieder im Bildungszentrum (BZ) in Sigmaringen ein.

Felix verbrachte jetzt viele Wochenenden in seiner Wohnung, die er mit Renate aus dem Raum Frankfurt teilte. Mit wem sollte ich von nun an am Wochenende heimfahren?

Aber auch hier bot sich eine Lösung an. Unsere Kollegen aus dem Hauptstudium I 2 waren vor Weihnachten aus dem BZ ausgezogen. Für sie begann 1984 ein Jahr Praktikum auf Zollämtern, unterbrochen vom Unterricht in einer Zolllehranstalt.

Neue Finanzanwärter waren angereist – diesmal Kollegen vom Hauptstudium II, die in sechs Monaten ihre Inspektorenprüfung ablegen sollten. Wenn sie diese bestehen würden, waren sie „Diplom-Finanzwirte (FH)".

Und so lernte ich Norbert kennen. Norbert war wesentlich ruhiger und nachdenklicher als Felix. Und Norbert fuhr ein größeres und bequemeres Auto, einen dunkelblauen Ford. An jedem Wochenende machte er sich in seine Heimatstadt Crailsheim auf.

Ich kannte damals diese Stadt nur vom Namen her, war einmal durchgefahren, als ich an einer Busreise nach Paris teilnahm. Aber das war zwei Jahre her.

Wenn Norbert nach Hause fuhr, kam er auch durch meine Heimatstadt und nahm mich von nun an mit. Er wurde mein

Vertrauter und mein Freund. Aber nur auf kameradschaftlicher Ebene.

47. Im Bildungszentrum im Januar 1984

Schnee und Eis waren immer noch unsere täglichen Begleiter im Januar 1984. Wir igelten uns ein, verkrochen uns und paukten. Dennoch gab es einige Freuden – die angenehmen Dinge neben Lernen, Klausuren und Kälte.

An einem Nachmittag kam Norbert zum Kaffeetrinken in unser Dreibettzimmer. Ich war sehr aufgeregt.

Es klopfte an der Tür. Norbert trat ein. Lächelnd schüttelte er Britta und Monika die Hand.

„Ich bin Norbert!"

Neugierig musterte ich Britta. Sie sah Norbert heute zum ersten Mal. Was dachte sie wohl?

Sie verhielt sich friedlich, und wir verbrachten einen harmonischen Nachmittag. Norbert hatte Kuchen mitgebracht, den seine Eltern am Wochenende gebacken hatten. Wir spendierten den Kaffee. Ich war selig, dass alles so gut lief!

Abends, als Norbert gegangen war, hatte Britta eine Überraschung parat.

„Seht mal, was ich habe!", rief sie und schwenkte eine Flasche Glühwein vor unseren Gesichtern herum. Gespannt erhitzten wir das Getränk, und ich genoss jeden Tropfen.

Monika verschwand plötzlich, und Britta und ich saßen gemeinsam am Tisch vor unseren Glühweintassen. Der Alkohol löste meine Zunge und meine Schüchternheit, er machte mich mutiger.

„Hast du eigentlich etwas gegen mich?", fragte ich Britta und schaute ihr direkt in die Augen.

„Nein", antwortete sie ruhig. „Am Anfang konnte ich dich nicht leiden, aber jetzt habe ich nichts mehr gegen dich." Ihr

Lachen klang trocken. „Du kannst es dir gewiss nicht vorstellen, aber vor wenigen Jahren war ich noch sehr schüchtern."

Nun war es an mir zu lachen, aber ich wollte diese friedliche und harmonische Stimmung nicht zerstören. So schmunzelte ich nur. Nein, ich konnte mir beim besten Willen nicht vorstellen, dass Britta einmal schüchtern war!

Britta fuhr fort: „Das Restaurant, in dem ich eine Ausbildung zur Kauffrau begann, machte mich zu dem, was ich heute bin. Wir waren vier Auszubildende, und die anderen drei Auszubildenden meinten zuerst, ich sei eine Putzfrau, weil ich über dem Restaurant wohnte. Und da sie nichts von Putzfrauen hielten, sprachen sie nicht mit mir. Sie machten mir das Leben schwer – das war schrecklich für mich!" Nervös strich sie über ihre blonden Haare.

Ich schwieg und hörte ihr zu.

„Das Betriebsklima war außerdem fürchterlich. Ich bin sehr froh gewesen, diesen Ausbildungsplatz in der Zollverwaltung zu bekommen."

Wir sprachen noch über andere Dinge an diesem Abend. Ich fühlte mich auf einmal besser und befreiter. Und das erste Mal begann ich, Britta zu verstehen.

Gab es noch eine Chance für uns beide?

48. Grundlagen der Aufgabenerfüllung

Lernen und keinen Erfolg haben, ist, wie in einem Strudel zu treiben und vergeblich versuchen herauszukommen."
Victoria W., 12.01.1984

Nach dem Gespräch mit Britta verbesserte sich unser Verhältnis ein wenig.

Die Übungsklausur im Fächerkomplex „Allgemeine rechtliche Grundlagen der Aufgabenerfüllung", der den Stoff aus Vorlesungen wie Rechtslehre, Allgemeines Verwaltungsrecht, Verwaltungsrechtschutz und anderer Gebiete umfasste, war ein

Schock. Es wurden uns Fragen gestellt, die wir noch nie gelöst hatten. Nervös blätterten wir in unseren Gesetzestexten und kämpften uns durch die Aufgabenstellung.

Der Dozent, der unsere Klausuren korrigiert hatte, lächelte zufrieden. Das Ergebnis war durchweg schlecht.

„Bei dieser Arbeit", gestand er uns, „gab es unter den Dozenten drei verschiedene Meinungen, also drei verschiedene Lösungen." Er grinste hämisch. „Wir haben dann eine Musterlösung vereinbart. Und nur wenige von Ihnen haben diese Aufgabe so gelöst, wie sie der Musterlösung entspricht."

Seine Ausführungen erinnerten mich an die Herstellung von Gerichten, in denen alle verfügbaren Essensreste aus verschiedenen Mahlzeiten zu einem Knödel, also zu einer Mahlzeit, geknetet werden.

Meine Güte, wo waren wir hier gelandet?

Der Dozent schritt durch die Bankreihen und verteilte unsere Werke. Merkwürdigerweise hatten viele Finanzanwärter, die bisher im Unterricht vorbildlich mitarbeiteten und alles verstanden, schlechte Noten. Andere, von denen man im Unterricht wenig hörte, erzielten erstaunlicherweise „Glückstreffer", also überragende Zensuren.

Ich hatte gerade zwei Punkte (mangelhaft minus) erreicht und verstand das nicht. Natürlich war ich sehr unglücklich.

„Mache dich durch diese Übungsklausuren nicht verrückt!", versuchte Britta, mich zu beruhigen. Ein schwacher Trost für mich, aber ich konnte jetzt auch nichts mehr an meiner Note ändern.

Später erfuhren wir, dass die Dozenten die Übungsklausuren oft sehr schwer machen, um uns Finanzanwärtern „eine Lektion" zu erteilen. Die eigentlichen Zwischenprüfungsklausuren wären einfacher zu lösen und wurden bisher auch fairer bewertet. Ob das in diesem Jahr auch so sein würde?

Eine Finanzanwärterin aus Bayern hatte zufällig bei ihrer Lösung den richtigen Paragraphen erwischt, den man in der Musterlösung verlangte, und jubelte vor Freude über ihre 12 Punkte (gut). Ich beneidete sie.

Gleichzeitig war ich erschüttert. Was bildeten sich die Dozenten eigentlich ein? Warum wurde uns eine Aufgabe gestellt, zu der es keine eindeutige Lösung gab? Warum eine, über deren Lösung sich selbst eingefleischte Juristen wie unsere Dozenten sich stritten? Und – warum ließ man eigentlich nicht mehrere Lösungen gelten? Lösungen, die ja anscheinend auch richtig waren? Warum mixte man aus DREI möglichen Lösungen EINE Musterlösung zusammen?

Welches Spiel trieb man mit uns?

49. Liebe im Bildungszentrum

Es war spät an einem Sonntagabend im Januar 1984, als ich atemlos in unserem Dreibettzimmer ankam. Britta schlief bereits.

Monika war jedoch noch wach. Und sie hatte Besuch. „Das ist Johannes!" Sie deutete auf den Finanzanwärter neben ihr, der mir sofort sympathisch war.

Johannes war bereits im Hauptstudium II und musterte mich verschmitzt durch seine runden Brillengläser.

„Wir haben uns auf einer Fete kennen gelernt!" Monika strahlte.

In den letzten Wochen kam sie mit sich selbst nicht klar. Innerlich zerrissen – so nannte sie es. Aber dann begegnete sie Johannes, der sie aus ihrem Einerlei herausriss. Der ihrem Leben einen neuen Sinn gab.

Von da an trafen sich Monika und Johannes jeden Tag. Ein strahlendes, glückliches Paar. Ich freute mich für Monika. Johannes war kein oberflächliches Abenteuer – nicht die Art von flüchtigen Liebhabern, die Britta magisch anzuziehen schien. Nein, zwischen Monika und Johannes hatte es gefunkt! Eine Liebe wie eine heranwachsende Blume. Ein schüchternes Zusammensein, aber mit dem Wissen: „Wir sind füreinander bestimmt!"

Dabei war es gar nicht so einfach. Hier ist eine Szene aus einem gemeinsamen Kaffeetrinken. Die beiden saßen an unserem Kaffeetisch im Dreibettzimmer, ich lümmelte mich auf meinem Bett herum und versuchte zu lernen.

Monika beugte sich vor und berührte Johannes' Knie.

„Woran denkst du, Liebling?", fragte sie.

„An Dienstag", antwortete Johannes.

„Das war hübsch, nicht wahr?", fragte Monika und war einen Augenblick lang so bezaubert, dass sie sich mit geschlossenen Augen und leicht geöffneten Lippen auf ihrem Stuhl zurücklehnte. Das erregte nun wieder Johannes, und der empfand mich auf meinem Bett als unerträglichen Eindringling.

Im nächsten Moment starrte Monika ihn an, und aus ihren großen Augen mit den langen Wimpern traf ihn jener offene, verliebte Blick, um dessentwillen er ihr völlig verfallen war.

„Trotzdem wär's mir lieber, Johannes, du hättest in einem netteren Ton ,Dienstag' gesagt."

„Was hätte ich denn sagen sollen?", fragte er beunruhigt.

„Ich denke, du hättest sagen können: Ich dachte daran, wie hübsch es auf dieser Fete am Dienstag war, als ich mit dir zusammen war – oder so ähnlich."

Johannes lachte.

„Ich verstehe", sagte er.

„Das bezweifle ich."

„Doch, du hast es lieber, wenn man klar sagt, was man denkt."

„Nein, gar nicht", sagte Monika. „Es hat nichts damit zu tun, klar zu sagen, was man denkt."

Sie putzte ihre Brille.

„Es ist doch nicht peinlich, wenn man seine Meinung sagt. Ich mag es nur nicht, wenn man über eine nette Sache nicht spricht. Man muss nicht so gedämpft darüber sprechen, als wäre es heilig. Das ruiniert alles."

„Ja", sagte Johannes. „Vielleicht. Aber ist das denn wirklich so wichtig?"

„Doch", sagte Monika, „ich finde schon."

Sie setzte ihre Brille wieder auf und holte ihr Skript zum Thema „Öffentliche Finanzwissenschaften" hervor. Johannes wurde übel. Wenn er das jetzt nicht sofort einrenkte, gab es nur eine Redepause voller Missverständnisse, die er nicht ertrug.

„Ich weiß genau, was du meinst", sagte er. „Mir war es nur im Augenblick nicht klar, das ist alles."

Monika fasste ihn freundlich an der Schulter und drückte ihm sanft die Hand.

„Schon gut, Johannes", sagte sie lächelnd, wandte sich aber wieder ihrem Skript über öffentliche Finanzwissenschaften zu.

Johannes hätte gerne weitergeredet und sich vergewissert, dass alles wieder in Ordnung sei, aber ihm fiel ein, dass Monika einmal gesagt hätte, es sei nur Zeitverschwendung, Dinge ungeschehen machen zu wollen, die nun einmal geschehen waren. Er sah sie an, wie sie total ernst in ihr Skript schaute und sich von Zeit zu Zeit etwas auf ein Blatt Papier notierte, und war sehr froh, dass sie sich in ihn verliebt hatte und er sich in sie. Sie hatte einen so klaren Blick, eine eindeutige und logische Meinung über vieles und war sehr fleißig! Da lernte sie jetzt „Öffentliche Finanzwissenschaften", vertiefte sich in den Stoff - und all das nur, weil sie vorhatte, in Zukunft einmal mit ihm auf einem Zollamt zu arbeiten.

Vor ein paar Tagen, als sie sich geweigert hatte, einen Film im Sigmaringer Kino zu besuchen, weil sie sich auf die Zwischenprüfung vorbereiten musste, hatten sie fast gestritten.

„Musst du wirklich so fleißig lernen?", hatte er gefragt, doch sie hatte ihm sofort bewiesen, wie falsch seine Einstellung war. „Nein, Johannes, die Frage ist nicht, ob ich fleißig bin. Es geht nur darum, ein bisschen vorauszuplanen und vernünftig zu sein, auch wenn man dabei manchmal ein Spielverderber sein muss. Wenn ich schon hier diese Ausbildung mache, will ich auch die Zwischenprüfung bestehen."

Johannes dachte an seine Zwischenprüfung. Er hatte sie mit 32 Punkten bestanden. Das war aber auch schon zwei Jahre her. Und den Stoff über „Öffentliche Finanzwissenschaften", „Allgemeines Verwaltungsrecht", „Staatsrecht" und alle anderen

Fächer, die für die Zwischenprüfung relevant waren, hatte er bereits vergessen. Er hatte dieses Wissen nach der Zwischenprüfung ja nicht mehr gebraucht.

„Was die anderen denken, ist mir egal!", fuhr Monika fort. „Ich denke an mich, an meinen inneren Anstand. Du musst doch einsehen, Johannes, dass man ein klares Bild von seinem Leben vor sich haben muss. Man kann sich nicht einfach Freizeit und Hobbys genießen – heute Abend Kino, weil ich's so mag, und keine ‚Öffentlichen Finanzwissenschaften', weil ich sie nicht mag. Da käme alles total durcheinander."

Dann hatte sie sich von hinten über seinen Stuhl gebeugt und ihm über sein Haar gestreichelt.

„Aber was rede ich", meinte sie, „was erzähle ich dir! Du hast ja schon mit 22 so viel aus deinem Leben gemacht, hast so manche Familienkrisen gemeistert, dir diese Ausbildung beim Zoll erkämpft, die Zwischenprüfung mit einem – für mich – traumhaften Ergebnis bestanden, weitere Klausuren hier im Bildungszentrum gut gelöst und stehst kurz vor der Inspektorenprüfung. Du bist ein toller Finanzanwärter, dein Hauptzollamt kann stolz sein auf dich! Das ist mein Problem, du hast das alles gemeistert, ich aber noch nicht. Nimm Rücksicht auf mich, Johannes, hab Nachsicht mit meiner Situation!"

Sie zog ihre Stirn in Falten, machte eine Redepause – und fuhr dann fort:

„Damit meine ich nicht, dass man jemals aufhören sollte, zu lernen. Auch später nicht, wenn man diese Ausbildung beim Zoll beendet hat. Die Arbeit in der Zollverwaltung ist eine wunderbare Sache, aber sie genügt nicht für jemanden wie dich. Du brauchst in deiner Freizeit noch schöpferische Motivation. Und die brauche ich genauso."

Ihm war klar, dass sie recht hatte. Manchmal war für ihn die Vorstellung verlockend, er könnte sich auf seinen Lorbeeren ausruhen. Er war in seiner Ausbildung schon sehr weit gekommen. In den letzten Jahren hatte er eine starke Betriebsamkeit entfaltet, unaufhörlich Klausuren mit gutem Ergebnis bestanden und sich häufig an neue Tätigkeiten in diversen Zollämtern gewöhnen müssen. Zuerst an der Grenze, dann auf einer Zoll-lehranstalt, in diversen Sachgebieten auf Zollämtern. So kam es, dass er sich eingebildet hatte, er könnte sich nun etwas ausruhen und amüsieren, solange er nur seine Arbeit ordentlich machte. Aber Monika hatte das durchschaut. Nicht etwa, als ob sie sich nicht selbst hätte amüsieren können, wenn sie wollte. Manchmal war sie weit ausgelassener, weniger gehemmt als viele ihrer Kolleginnen und Kollegen! Doch sie behielt immer ihre Ausgeglichenheit. Nichts hatte sie bisher aus der Bahn werfen können.

Johannes schlug das neue Buch über das Thema „Abgabenordnung" (abgekürzt AO) auf und las einige Seiten. Doch konnte er sich nicht konzentrieren, solange Monika ihm gegenübersaß. Er begann aus dem Fenster zu starren. Er blickte nur auf die grauen Betongebäude der Fachhochschule. Nur ab und zu fanden seine Augen einen Ruhepunkt: den Fensterrahmen eines Fensters der Fachhochschule beispielsweise. Oder ein Glasfenster.

Merkwürdig fand er, dass Monikas Elternhaus, das sie ihm in so warmen und heiteren Farben geschildert hatte, in einer hübscheren Landschaft liegen sollte als der, die er jetzt sah. Doch je länger er hinaus starrte, desto mehr spürte er, dass sie recht hatte. Es gab viele schönere Plätze als das Bildungszentrum in Sigmaringen und Monikas Heimatstadt war sicherlich einer davon.

Johannes versuchte, sich nach allem, was ihm Monika bisher erzählt hatte, ihre Familie vorzustellen. Seine eigene Herkunft war so anders, dass es ihm schwerfiel, der warmherzigen, lebhaften Schilderung ihrer Kindheit zu folgen. Achtung vor den Eltern, Übernahme von Gewohnheiten oder auch die Auflehnung dagegen – das konnte er begreifen. Doch war er bisher viel zu sehr beschäftigt gewesen, seine Schulbildung abzuschließen und im Bildungszentrum Prüfungen zu bestehen, um eine Gemeinschaft mit einer Partnerin anzustreben. Auch hätten seine Eltern mit ihrer strengen Vorstellung von kindlichem Gehorsam, die nur durch ihre ehrgeizigen Pläne für seine Zukunft gemildert wurde, solche Annäherungsversuche weder verstanden noch ermutigt. Er fühlte sich zu jener ungezwungenen Vertraulichkeit, die Monika ihm beschrieben hatte, sehr hingezogen, hatte aber große Angst, er könnte ihrer Familie nicht gefallen.

Aber so, wie Monikas und Johannes' Beziehung begann, gab es gute Chancen, dass daraus etwas Dauerhaftes wurde.

Anders verhielt es sich mit Britta. Auf der BZ-Faschingsfete, die ich bewusst mied, lernte sie Siggi aus Baden-Baden kennen.

„Heute stand er vor der Bücherei und wartete auf mich!", bekannte sie stolz am Montag nach der Fete.

Was fand wohl Siggi an Britta faszinierend? Ihr überschäumendes Temperament?

Siggi war jetzt täglicher Gast in unserem Zimmer. Nachmittags, beim Abendessen – oder später am Abend. Er war sehr frech.

Andererseits bewunderten wir ihn. Während ich in allen vier Fächern bei den Übungsklausuren gerade nur 14 Punkte bekommen hatte, Britta 16 und Monika 19, hatte Siggi immerhin 24 Punkte erreicht. Das war ein wirklich phänomenales Ergebnis in unseren Augen!

Noch immer hämmerte ich Wissen in meinen Kopf, lernte, paukte, wiederholte und löste Aufgaben aus einigen unserer zahlreichen Skripte. Wenn ich doch die Zwischenprüfung bereits bestanden hätte!

50. Frust

Der Januar ging vorüber – ausgefüllt mit Lernen und in Norberts Gesellschaft. Er teilte ein Zimmer mit einem netten Finanzanwärter namens Uli.

Ich beneidete die Leute vom Hauptstudium II – sie waren nicht verdammt wie wir, sich in Dreibettzimmern „durch das Studium zu schlagen". Nein, ihnen gönnte man mehr Ruhe, und viele von ihnen wohnten im Bildungszentrum in Ein- oder

Zweibettzimmern. Das erleichterte natürlich das Studium ungemein.

Norbert und ich gingen oft zum Einkaufen. Oder wir spazierten durch die winterliche Schneelandschaft. Oder wir unterhielten uns nur und tranken Tee.

Norberts Anwesenheit war wohltuend. Er strahlte eine Ruhe aus, die auf mich abfärbte.

„Die Ausbildung hier gefällt mir nicht!", gestand er mir einmal. Mich wunderte das nicht. Wie viele Finanzanwärter hatten sich unter „Zoll" etwas anderes vorgestellt. Die Ausbildung selbst war eine kalte Dusche – besonders das Studium in Sigmaringen.

Gerade mit 20 Punkten bestand Norbert damals seine Zwischenprüfung. 20 Punkte – das war die Mindestpunktzahl, die zum Bestehen der Zwischenprüfung ausreichte. Im Hauptstudium besserten sich Norberts Noten.

„Was unternehmen wir, wenn wir durch die Zwischenprüfung fliegen?" Diese Frage geisterte durch die Zimmer, durch die Köpfe der Finanzanwärter im Grundstudium. Denn, gemessen an den Übungsklausuren, wären zwei Drittel aller Finanzanwärter durchgefallen! Eine erstaunlich hohe Durchfallquote! Mit einer Gesamtpunktzahl von gerade 14 Punkten wäre auch ich darunter gewesen! Wozu lernte ich eigentlich?

Von uns zwölf Leuten der Oberfinanzdirektion Stuttgart hätten – läge das Ergebnis der Übungsklausuren als Zwischenprüfung zugrunde – gerade vier die Zwischenprüfung bestanden. Auch Britta und Monika hätten es nicht geschafft. Die Abneigung der Dozenten auf Finanzanwärter war – jedenfalls, was die Übungsklausuren anbelangte – von Erfolg gekrönt.

„Wenn ich durch die Zwischenprüfung falle", meinte Britta eines Abends, „dann setze ich mich erst einmal für ein halbes Jahr ins Ausland ab!"

Wohin sie konkret gehen wollte, sagte sie uns nicht. Wahrscheinlich wusste sie es selbst nicht genau.

‚Eine gute Idee – ins Ausland gehen', dachte ich. Aber wer von uns hatte schon das Geld und die Voraussetzungen das zu tun? Auch für einen Auslandsjob sollte man Berufserfahrung vorweisen. Dort wartete niemand auf „gestrandete Finanzanwärter".

51. Vorbereitungen zu einem Gedicht

Zum Thema „Zoll" gibt es ein Gedicht, das ich nur überarbeiten kann, wenn ich zu Abend gegessen habe. Genau das tue ich jetzt, an einem Frühlingstag im Jahre 2018, und anschließend werde ich mir das Gedicht „Die Ziege aus Tadschikistan" zu Gemüte führen.

Der Inhalt dieses Gedichtes ist teilweise eklig, zeigt aber sehr wohl, womit sich Zollbeamte auch mal befassen können müssen. Zum Glück gibt es nicht täglich eine Ziege aus Tadschikistan in Deutschland, die zollamtlich abgefertigt werden muss!

Wer dieses Gedicht liest oder überarbeitet, sollte das nicht mit leerem Magen tun!

Das Abendessen in dem Hotel PAPAYA kann von 18.30 bis 21.00 Uhr im Speisesaal eingenommen werden. Auch hier können sich die Gäste an einem Büffet bedienen, das ständig nachgefüllt wird.

Ebenfalls haben die Gäste freie Platzwahl. Die Tische sind nummeriert, damit die Kellnerinnen und Kellner wissen, wohin sie bestellte Getränke bringen sollen. Die Getränke müssen extra bezahlt werden - entweder in bar, wenn man den Speisesaal nach dem Essen verlässt. Oder man kann sich den Betrag dafür "aufs Zimmer" schreiben lassen. Das heißt: alles, was man zum Abendessen beim Personal bestellt, wird in einer Liste gesammelt und dann an der Rezeption bezahlt, bevor man aus dem Hotel auscheckt und die Heimreise antritt.

Ich bezahle meine Getränke immer gleich bar unmittelbar nach dem Abendessen. Dann ist das erledigt.

Die Preise für die Getränke finde ich in Ordnung. Es gibt das maltesische „Nationalgetränk" „Kinnie" (sieht aus wie Cola, schmeckt aber anders), Mineralwasser mit und ohne Kohlensäure, Cola – aber auch alkoholische Getränke können bestellt werden.

Während des Abendessens läuft immer unaufdringliche Lounge-Musik.

Die Speisen wechseln täglich. Jeden Tag gibt es eine andere Suppen-Sorte (Tomatensuppe, Linsensuppe, Spargelcremesuppe und so weiter).

Die Auswahl an Salaten ist auch immer reichlich. Es gibt drei bis vier Hauptgerichte mit Beilagen sowie eine gute Auswahl an Nachspeisen (Kuchen, Pudding oder bunte süße Cremes, Eis).

Alles steht in Schüsseln, Töpfen und Metallbehältern bereit. Auch Vorlegebesteck zum Entnehmen der Speisen ist ausreichend vorhanden.

Die Qualität der Speisen beim Abendessen empfinde ich als sehr gut. Ich bin froh, dass ich das Abendessen gebucht habe. Alle Speisen, die ich bisher gegessen habe, habe ich wunderbar vertragen.

Folgende Speisen werden heute zum Abendessen angeboten:

Suppe: Cremesuppe mit Kartoffeln und Spinat.

Fleisch: gebratener Truthahn (Scheiben), Schweinebraten (Scheiben), Wurstscheiben – gebraten.

Beilagen: Schmetterlingsnudeln mit Tintenfischringen, Röhrennudeln mit Tomaten und Käse, buntes Gemüse.

Erwähnenswert sind hier auch Kartoffeln mit Schale, die vor dem Dünsten supersauber gewaschen wurden und leicht in Fett gedünstet wurden - und einfach sagenhaft schmecken! Diese Kartoffeln gibt es täglich.

Salate. Lachs in Salat, grüner Blattsalat, Bohnensalat, Couscous-Salat, Kartoffelsalat, drei verschiedene Sorten Dressing.

Nachtisch: drei Eissorten (Vanille, Schokolade, Erdbeere), drei verschiedene Torten (Quark. Banane und noch eine andere), drei verschiedene Käsesorten (die teilweise in Würfeln bereitstehen, aber auch mit einem Messer von größeren Portionen herunter geschnitten werden können).

Folgende Speisen wurden gestern angeboten:

Suppe: Tomatensuppe.

Fleisch/Fisch: Thunfisch und anderer Fisch mit Miesmuscheln, Schweinefleisch in Spinat, überbackenes Hühnerfleisch, Schweinefilet, Kalbsgulasch.

Beilagen: Spaghetti, die Kartoffeln mit Schale - gedünstet, diverse Gemüsesorten.

Salate. Reissalat, Kichererbsensalat, Salat mit Miesmuscheln, überbackene Tomaten, grüner Blattsalat, Salat mit Pilzen - Paprika - Tomaten, drei verschiedene Sorten Dressing.

Nachtisch: drei Eissorten (Vanille, Schokolade, Pfefferminze), verschiedene Torten und verschiedene Käsesorten (die teilweise in Würfeln bereitstanden, aber auch mit einem Messer von großen Stücken herunter geschnitten werden konnten).

Die Miesmuscheln habe ich nicht gegessen, weil ich Miesmuscheln nicht vertrage. Aber der Rest war vorzüglich. Ich habe einige der Speisen probiert.

Derart gesättigt, kann ich mich jetzt dem Gedicht widmen.

52. Die Ziege aus Tadschikistan

Es wiegt circa acht bis zehn Kilogramm
dieses Paket aus Tadschikistan.
Über die Türkei ist es gekommen,
es wurde von einem Schiff mitgenommen
über den Suezkanal und gelangte nach Genua.
Schließlich liegt das Paket in Stuttgart da
auf dem Hauptpostamt – es stinkt fürchterlich,
die Empfängeradresse ist unleserlich.
Und die Postbeamten rufen auf dem Zollamt an,
was man mit diesem Paket denn machen kann.

„Verzollen müssen wir die Ware zuerst!",
ruft der Zollamtsleiter beherzt.
„Das ist Gesetz, und das ist Pflicht,

anders funktioniert die Einfuhr nicht."
So kommt das Paket auf dem Zollamt an,
man schaut sich die Angaben zur Ware an.
Diese stinkt und nässt, allen wird schlecht,
die Zollbeamten reißen Fenster auf, Luft ist ihnen recht.
Sie umkreisen das Paket, sie können nur lesen,
dass der Inhalt des Pakets ist einst eine Ziege gewesen.
Gewesen – ja – denn nach vier Wochen Reise,
vergammelt die Ziege und riecht auf ekelhafte Weise.
Ja, was fängt man auf einem Zollamt an
mit einer toten Ziege aus Tadschikistan?

„Den Empfänger müssen wir ausfindig machen,
warum schickt man ihm solche Sachen,
die nicht ‚lebensmitteltauglich' verpackt sind?
Dass man das tut, weiß doch jedes Kind!"
Die Zollbeamten zeigen sich wirklich rege,
sie kennen in ausweglosen Situationen Lösungswege.
Warum soll man dieses Problem nicht lösen können,
soll man die Zollverwaltung „unfähig" nennen?
Nein, man überlegt, was man tun kann,
mit dieser toten Ziege aus Tadschikistan.

Man versucht die Empfängeradresse zu lesen
auf dem Paket, das vier Wochen unterwegs gewesen.
Die Schrift ist russisch und ziemlich verwischt,
man im Geiste den Absender am liebsten verdrischt.
Russisch – das wäre kein Problem gewesen,
jedoch kann man keinen einzigen Buchstaben lesen
der Absender- und Empfängeranschrift –
die Zollbeamten haben das ganze Paket geprüft.
„Stuttgart, Germany" kann man gerade noch sehen,
der Rest der Schrift muss zwangsläufig vergehen
durch den Gestank und die Feuchtigkeit,
der sich allmählich macht in der Ziege breit.
Das Paket man keinem Empfänger zustellen kann,

was finge dieser auch mit dieser Ziege an?

Man muss sie vernichten, denn essbar ist sie nicht mehr,
kein Wunder, nach vier Wochen See- und Landverkehr!
„Einfuhrverbot wegen mangelnder Genusstauglichkeit" –
nennt sich das im Fachjargon, ach du liebe Zeit!
Die Zöllner wälzen Gesetze, aber sie erfahren nicht recht,
wohin mit einem toten Tier, das riecht so schlecht!
Wer ist dafür zuständig, diesen Tierkadaver zu entsorgen?
Diese Frage klärt man besser heute als morgen!

Der Zollamtsvorsteher greift also zum Telefon,
schnell wählt er die Rufnummer schon
des Hauptzollamtes im Stadtteil Stuttgart-West:
„Wir haben eine tote Ziege, sie stinkt wie die Pest,
die Adresse ist unleserlich, das Paket ist ganz nass,
es kommt aus Tadschikistan, ich mache keinen Spaß!
Das Fleisch ist verdorben, Maden laben sich daran,
wissen Sie, was man mit dieser Ziege anfangen kann?"

Im Hauptzollamt runzelt man fragend die Stirn,
es rattert nachdenklich jedes Zöllnergehirn.
„Rufen Sie auf jeden Fall die Gesundheitsbehörde an,
man Ihnen sicherlich einen Rat geben kann!"
Gesagt, getan – man hat dieser Stelle sein Anliegen gesagt,
das Gesundheitsamt ist bei diesem Problem überfragt.
„Für die Vernichtung der Ziege ist das Zollamt zuständig!",
meint man dort forsch, also: Vernichtung eigenhändig.
Nur wohin mit einer toten Ziege aus Tadschikistan,
ob das Gesundheitsamt mit einem Tipp dienen kann?
„Ich würde mich an Ihrer Stelle an die ‚Wilhelma' wenden,
    dort fragen, wohin man Tiere bringt, nachdem sie veren-
den!"
„Wilhelma" ist ein Zoo in Stuttgart-Bad Cannstatt,
    der Zollamtsvorsteher zeigt sich dankbar für diesen Rat.
Ja, vielleicht weiß man dort einen Rat,

was man tut, wenn man einen Tierkadaver hat.

Dieser Zoo zeigt sich kooperativ und hat gemeint:
„Sie hatten wohl noch keine toten Tiere, wie uns scheint.
Wir bringen Tierleichen grundsätzlich auf alle Fälle
in die Kleintierkadaververwertungssammelstelle!"
Der Zollamtsvorsteher notiert sich langsam dieses Wort,
fragt auch noch, wo man genau findet diesen Ort.
Dann füllt er noch einige Dokumente aus,
bevor er verlässt mit dem Ziegenpaket das Haus.
Zur „zollamtlichen Vernichtung" – so nennt man das,
die Vernichtung eines Tierkadavers macht keinen Spaß.
Nun tritt sie endlich ihre letzte Reise an –
diese tote Ziege aus Tadschikistan.

Der Vorsteher fährt gerne Fahrrad, ein sportlicher Mann,
mit dem man Fahrradwettfahrten veranstalten kann.
Heute hofft er, dass sich die Fahrt schnell erledigen lässt,
denn die Ziege stinkt weiterhin wie die Pest.
Seine Kollegen freuen sich, sie lassen frische Luft herein,
denn ein gutes Arbeitsklima muss auf einem Zollamt sein.
Der Vorsteher befestigt am Gepäckträger das Ziegenpaket
und hofft, dass der Transport problemlos von statten geht
zur „Kleintierkadaververwertungssammelstelle", der letzten Ruhestätte
einer tadschikischen Ziege – wenn er das nur schon erledigt
hätte!
Zum Glück ist es Februar, und dementsprechend kalt,
da stinkt die Ziege nicht so, deren Fleisch ist so alt.

Er radelt durch Stuttgart um die Mittagszeit,
zum Glück gibt es kaum Spaziergänger weit und breit.
Diese bleiben zu Hause oder arbeiten irgendwo
und riechen nicht den Ziegenkadaver, der stinkt ja so!

Schließlich findet der Zöllner die Kleintierkadaververwertungssammelstelle,

befreit das Ziegenpaket von dem Fahrrad auf die Schnelle,
rast damit zum Gebäude und trifft einen Mann,
der ihm zeigt, wie man einen Tierkadaver loswerden kann.
„Werfen Sie das Paket einfach durch die Klappe dort hinein,
dass wir den Kadaver vernichten, da können Sie sicher sein!"

Der Zollamtsvorsteher ist erleichtert, er wirft hinein die Ziege,

neben einigen anderen Tierkadavern bleibt sie liegen.
„Zollamtliche Vernichtung erledigt!", gibt er später an.
„Eines Postpakets mit einer Ziege aus Tadschikistan."

53. Im Bildungszentrum im Februar 1984

Februar 1984 – ein Monat, der sich nasskalt und wetterwendisch zeigte. In Sigmaringen dauerte der Winter länger als in vielen anderen Teilen Baden-Württembergs.

Hier feierte man auch intensiv Fasching. Alemannische Fasnacht oder so ähnlich. Ich selbst war und bin Faschingsmuffel und schon seit vielen Jahren „faschingsfrei".

Viele Faschingsvereine befreiten ihre Kostüme von Mottenkugeln, riefen Sitzungen ein und veranstalteten Umzüge und Bälle. Ich hielt mich erfolgreich von dem ganzen Trubel fern.

Norbert erschien nachmittags zum Kaffee, und abends feierten wir die Geburtstagsfete von Dagmar und Hartmut.

„Zieht doch bitte alle etwas Schwarz-Weißes an!", schlug Dagmar vor.

Und so kramten wir in unseren Kleiderschränken, bis wir etwas Passendes fanden. Einige Finanzanwärter überraschten uns sogar mit schwarz-weiß angemalten Gesichtern.

Nur Dagmars Kostüm war eine Enttäuschung. Sie, die den Vorschlag mit der schwarz-weißen Garderobe gemacht hatte, konnte nichts Passendes auftreiben. Ihre Hose war zwar schwarz, das Oberteil jedoch hellgelb mit schwarzen Streifen. Dabei dachte ich immer, Dagmars Kleiderschrank sei sehr reichhaltig und biete für wirklich jede Gelegenheit etwas.

Unterdessen war es schon normal, auch Leute aus anderen Kursen des Grund- und Hauptstudiums einzuladen. Jeder im Bildungszentrum (BZ) hatte sich unterdessen einen Freundeskreis aufgebaut. Leute, mit denen man nachmittags Kaffee trank, zum Einkaufen ging oder sogar lernte.

Während der heutigen Fete herrschte ein reges Kommen und Gehen. Leute erschienen, saßen eine Weile im Raum, tranken etwas, unterhielten sich. Andere schauten herein und gingen gleich wieder.

Ich unterhielt mich mit Anke aus dem Hauptstudium II – sie war eine der Finanzanwärterinnen der Oberfinanzdirektion Stuttgart. Viele Finanzanwärter aus dem Hauptstudium II wirkten oft genervt und gleichgültig. Man merkte: sie wollten die Inspektorenprüfung so bald wie möglich hinter sich bringen. Das BZ zerrte an den Nerven – auch an ihren. Sie wollten dieser Hölle schnellstens entrinnen.

„Setze dir ein Ziel!", riet mir Anke, als ich ihr traurig von meinen Misserfolgen in den Übungsklausuren berichtete. „Du bist viel zu ehrgeizig. Gute Noten bekommst du hier nicht. Die meisten Leute kommen im Bildungszentrum mit der Gesamtnote ‚ausreichend' durch. Versuche nur eines bei den Klausuren: durchzukommen. Egal, mit welcher Note. Hauptsache, nicht schlechter als fünf Punkte – also ausreichend minus. Dein Ehrgeiz ist viel zu groß, und das zermürbt dich."

Ihre Worte stimmten mich nachdenklich. Vielleicht, weil sie Recht hatte. Ich sah mich immer als Finanzanwärterin, die einen guten Abschluss machen würde. So wie beim Abitur. Wenn man aber den Übungsklausuren Bedeutung beimaß, würde ich nicht einmal die Zwischenprüfung bestehen. Man würde mich nach nur einem Jahr Ausbildung entlassen.

Anke blickte mich müde an und wurde in ein anderes Gespräch verwickelt.

Neben mich setzte sich Herr Hagen, unser Dozent im Fach „Innerbehördliche Organisation". Bei ihm hatte ich den Eindruck, er sei einer der menschlichsten Dozenten hier am Bildungszentrum in Sigmaringen.

Wir begannen eine Unterhaltung. Herr Hagen war überhaupt nicht überheblich, sondern sehr nett.

„Warum sind Sie in die Zollverwaltung gekommen?", wollte er wissen.

Ich erzählte ihm meine Beweggründe und meinen Werdegang in kurzen Sätzen „Und ich bin von Beruf bereits fremdsprachliche Wirtschaftskorrespondentin", fügte ich hinzu.

„Das ist doch optimal!" Er war begeistert. „Vielleicht schickt man Sie nach der Ausbildung auf das Bundessprachenamt nach Köln oder nach Brüssel zur EG (die unterdessen „EU" heißt – Anmerkung der Verfasserin). In der Zollverwaltung gibt es auch Aufgaben und Möglichkeiten für Sprachbegabte."

Das beruhigte mich, aber nicht ganz.

„Ich verstehe nicht, warum wir alle meistens schlechte Noten bekommen. Warum werden alle Arbeiten so schwer gemacht – und das bei einem Lernstoff, der mit ‚Zoll' nichts oder nur sehr wenig zu tun hat?"

Herr Hagen räusperte sich. „Die Dozenten hier am Bildungszentrum haben fast alle ein Jurastudium absolviert. An den Universitäten herrschen andere Maßstäbe. Wenn man an der Universität Tübingen beispielsweise das Jurastudium mit ‚befriedigend' besteht, ist man sehr gut. Und diese Maßstäbe werden auch hier angewandt."

Ich verstand. So brachte also jeder Finanzanwärter, der mit „ausreichend" durch die Prüfungen kam, gute Leistungen.

Die meisten Finanzanwärter bestanden 1983 und 1984 ihre Inspektorenprüfungen übrigens mit „ausreichend". „Befriedigend" waren nur wenige in den Augen der Dozenten. Und wer sogar mit „gut" abschnitt – das war bei 400 Leuten höchstens einer – brachte glänzende Leistungen und hätte in jeder Universität ein Stipendium erhalten. So waren die Maßstäbe der

Dozenten im Bildungszentrum. Nicht gerade motivierend, nicht gerade ermutigend.

Es wurde 22 Uhr, einige Gäste der Fete waren schon gegangen. Aber die, die noch da waren, wurden immer beschwipster, wurden immer lustiger, lachten immer lauter.

Plötzlich hielt ich den Atem an und glaubte, meinen Augen nicht trauen zu können. Was war denn da drüben los?

Außer Herrn Hagen befanden sich noch andere Dozenten bei dieser Fete. Unter anderem Herr Schott, der mit seiner Frau erschienen war und Dagmar eine Flasche Wein überreicht hatte.

„Wir haben etwas zu trinken mitgebracht!", sagte er laut. „Es ist doch schön, wenn man einen Geburtstag feiern kann. Mir war eingefallen, dass Sie nach einer Vorlesung sagten, dass Sie gerne meine Frau Amanda kennen lernen würden!"

Dagmar lächelte charmant und führte Frau und Herrn Schott zu einer Sitzgruppe, die sie und Clemens belegt hatten.

Angeregt unterhielten sie sich, tranken Wein und lachten – bis auf einmal etwas Unerhörtes passierte.

Herr Schott fasste Dagmar ungeniert unter ihr Sweatshirt und grapschte ihr an Busen und Po. Dagmar wand sich in sichtlichem Vergnügen und tänzelte lächelnd mit ihrem Sektglas vor diesem Dozenten herum. Der arme Clemens stand daneben wie ein begossener Pudel und wurde unfreiwilliger Zeuge dieser Szene.

Auch Frau Schott war offensichtlich nicht entzückt. Sie saß mit verbissener Miene da und überlegte sich wohl, ob sie ihrem Mann jetzt eine Ohrfeige geben sollte oder nicht.

Irgendwann ließ Herr Schott von Dagmar ab und schlich sich an eine andere Finanzanwärterin aus unserem Kurs heran. Er begrapschte an diesem Abend einige Damen.

Ich flüchtete erschrocken in unser Dreibettzimmer und wollte schlafen. Pech gehabt! Siggi war immer noch zu Besuch da und machte keinerlei Anstalten zu gehen. Frech saß er auf Brittas Bett und ärgerte Britta, die im Bett lag.

„Du kommst mir mit deinen dreckigen Jeans nicht in mein Bett!", kreischte sie.

Siggi rückte ab – um nach einigen Minuten wieder näher zu rücken. Und erneut kreischte Britta.

Monika und Johannes traten ins Zimmer und legten sich schweigend auf Monikas Bett. Ich hörte, wie sie flüsterten, ich hörte, wie sie sich küssten.

Anschließend zogen beide ihre T-Shirts aus und massierten sich gegenseitig ihre Rücken mit „Pinimentol", einem Husten-einreibemittel, ein. Sie rieben sich oft damit ein. Diese Massagen gefielen ihnen, sie wurden zu ihrem Ritual.

‚Wenigstens ein ruhiges Ritual', dachte ich.

Der Geruch von „Pinimentol" - nach frischer Minze - verbreitete sich schnell im Raum. Monika und Johannes verhielten sich leise und rücksichtsvoll. Nur Britta und Siggi balgten sich und diskutierten immer noch laut auf, in und neben Brittas Bett.

Ich seufzte. Ein Ende von Siggis Besuch schien nicht in Sicht. Aber ich war müde und wollte schlafen. So zog ich meinen Pullover und die Hose hinter der Schranktüre aus, kroch anschließend unter meine Bettdecke und zog dort meinen Schlafanzug an.

Schnell schlief ich ein – und das Gekreische und alle anderen Nebengeräusche wurden immer leiser.

54. Amüsante Unterschriften

Im Jahre 1993 stehe ich fest im Berufsleben. Ich habe schon sehr viel über Zoll gelernt und wende mein Wissen täglich an.

Ich habe schon einigen Leuten erklärt, wie das Unterschriftenfeld auf einer Ausfuhrerklärung richtig und „zollgerecht" ausgefüllt werden sollte. Grundlage dazu bietet mir eine dicke Broschüre, die man zu dieser Zeit auf jedem Zollamt kaufen kann. Es gibt aber auch Ausfüllhilfen im Internet.

Man kann sich die Broschüre im Internet herunterladen.

Viele Exportsachbearbeiterinnen sind allerdings nicht mehr junge Bäumchen, die man biegen kann und die sich etwas sagen lassen. Sie sind „gestandene Eichen", also schon derartig in ihre Ge-wohnheiten verliebt und in die Art und Weise, wie sie schon seit Jahren eine Ausfuhrerklärung ausfüllen, dass sie sich von mir nicht alles sagen oder beibringen lassen. Einige Ratschläge übernehmen sie, andere nicht. Solange das Zollamt an ihrer Art, das Zollpapier auszufüllen, nichts auszusetzen hat, machen sie so weiter wie bisher.

Eigentlich sollte man das unterste Feld auf der rechten Seite auf einer Ausfuhrerklärung so ausfüllen:

Stuttgart, 18.03.1993

Im Auftrag
Mustermann, Karin
(Industriekauffrau)

Natürlich sollte die Person, die diese Ausfuhrerklärung ausfüllt oder für sich ausfüllen lässt, unterschreiben.

Der Name und der Stempel einer Firma müssen also in diesem Feld gar nicht erscheinen.

Da die Verkaufsabteilung einer Firma, die ich kenne, ohnehin plötzlich aus einer Laune des Geschäftsführers heraus aller Firmenstempel „beraubt" wurde, kam keine der Exportsachbearbeiterinnen mehr in die Versuchung, die Ausfuhrerklärungen stempeln zu wollen.

Wenn Sie Ihren Namen nennen – so, wie ich einen beliebigen Namen in dem obigen Beispiel genannt habe – sollte zuerst der Familienname genannt werden, dann der Vorname.

Interessant ist die Bezeichnung in der Klammer. Die Broschüre der Zollverwaltung sagt, hier solle die Position der Person, die diese Ausfuhrerklärung unterschreibt, stehen. Also die Position, die man in einer Firma bekleidet.

Sie müssen dann überlegen. Welche Funktion füllen Sie an Ihrem Arbeitsplatz aus? Welche Position bekleiden Sie?

Exportsachbearbeiterin oder -sachbearbeiter? Industriekauffrau oder -kaufmann?

Schauen Sie in Ihren Arbeitsvertrag. Vielleicht steht dort „Industriekauffrau", obwohl Sie sich selbst eher als „Exportsachbearbeiterin" und „Sekretärin" empfinden. Aber ich denke, mit der Jobbezeichnung aus Ihrem Arbeitsvertrag stehen Sie auf der „sicheren Seite". Wenn dort beispielsweise „Industriekauffrau" steht, dann schreiben Sie „Industriekauffrau" in die letzte geforderte Zeile in Klammern.

Einige – lange unbelehrbare – Damen, die ich kenne, schrieben lange Zeit an den Schluss ihrer Ausfuhrerklärung:

Musterstadt, 18.03.1992
i.A.

Danach tippten sie den Anfangsbuchstaben ihres Vornamens, anschließend einen Punkt, Leerschritt, schließlich ihren vollen Nachnamen.

Mit dem ersten Buchstaben des Vornamens, danach ein Punkt, Leerschritt, schließlich steht da der Familienname - so unterschrieb und unterschreibt man immer noch Rechnungen und Lieferscheine.

Vielleicht nehmen manche Exportsachbearbeiterinnen auch diversen Zollämtern die Möglichkeit, sich zu amüsieren, weil sie ihre Positionen in der Firma, in der sie tätig sind, nicht angeben. Denn manche Leute aus anderen Firmen schreiben die abenteuerlichsten Positionen, die sie in einer Firma bekleiden, in Klammern – zum Beispiel „Bürotrottel", „Bürodepp", „Depp vom Dienst" und andere. Sehr zur Belustigung der Beamten auf den Zollämtern.

Und da sage mal einer, Zoll sei langweilig! Nein, Zoll kann – zumindest zeitweise - sehr witzig sein!

Wie gesagt, in der erwähnten Ausfüllanleitung steht, wie man die Felder ausfüllen sollte, aber beim Unterschriftenfeld unten rechts drücken viele Zollämter ein Auge zu und lassen auch „Versionen zum Ausfüllen" durchgehen, die nicht ganz korrekt sind. Hauptsache, das Formular ist mit einer Original-Unterschrift versehen!

Ein Einheitspapier – wie man die Ausfuhrerklärung auch nennt – besteht aus drei Blättern. Das mit rotem Rand, also das Original, begleitet eine Sendung bis zur deutschen Grenze – das kann auch ein Flughafen (zum Beispiel Frankfurt) oder ein Seehafen (zum Beispiel Hamburg) in Deutschland sein. Dieses rote Formular verbleibt dann an der Grenzzollstelle. Diese Grenzzollstellen sammeln diese Formulare und senden sie dann wöchentlich oder monatlich an welche Stelle?

Sorry, das weiß ich nicht. Vielleicht an ein Statistisches Amt. Vielleicht auch woandershin.

Das zweite Blatt mit grünem Rand, also der erste Durchschlag, verbleibt beim zuständigen Zollamt, nachdem das Papier dort abgestempelt wurde. Dieses zuständige Zollamt, also ein Binnenzollamt, sammelt diese Blätter mit grünem Rand und schickt sie einmal pro Monat an ein Statistisches Bundesamt. Zumindest in Deutschland ist das so.

Und das dritte Blatt mit gelbem Rand, also der zweite Durchschlag, verbleibt beim Versender – also meistens in der Firma, die eine Ausfuhr vorgenommen hat.

Es gibt auch Ausfuhren von geringerem Wert – von einem Gesamtwert weniger als 6.000 DM (circa 3.000 Euro). In einem solchen Fall behalten wir den gelben Zettel der Ausfuhrerklärung gleich bei uns und fügen das Original mit rotem Rand und den Durchschlag mit grünem Rand den Versandpapieren bei.

55. Öffentliche Finanzwissenschaften

Unser Tutor in Sigmaringen in den Jahren 1983 und 1984, Herr Dr. Kluge, der uns Volkswirtschaft und Wirtschaftspolitik nahebrachte, führte uns auch in das Gebiet der „Öffentlichen Finanzwissenschaften", kurz „ÖFF" genannt, ein.

Wir lernten, wie der Bundeshaushalt entsteht, wie die Bundesregierung Einnahmen und Ausgaben für das laufende Haushaltsjahr koordiniert und vieles andere mehr.

An einem Freitag waren wir sehr unruhig. Und wieder einmal hallten in unserem unglückseligen Chemie-Kursraum die kleinsten Geräusche wider wie brodelnde Orkane.

Selbstherrlich stand Herr Dr. Kluge vor der Tafel und leierte seinen Stoff herunter wie die Zutaten zu einem Kuchenrezept. Er zeigte absolut keine Lust, uns zu unterrichten. Woran er wohl dachte?

Hartmut, unser Kollege mit dem hektischen Adamsapfel, hatte eine laute Stimme, und heute war diese besonders laut. Warum musste er auch mit seinem Kollegen Christoph während der Vorlesung diskutieren?

Herrn Dr. Kluges Geduldsfaden riss. Er unterbrach wütend sein „Kuchenrezept", knallte seine Unterlagen auf den Tisch und wetterte:

„Jetzt reicht es mir aber! Dieser Geräuschpegel geht mir auf die Nerven! Einige von Ihnen werden am Montag aufwachen – denn dann bekommen Sie Ihre Übungsklausuren wieder! Sie sind der lauteste Kurs – und ich beende die heutige Vorlesung!"

Er hastete zur Türe und verschwand. Peng – die Türe "unseres" Chemie-Kursraums flog mit einem Knall ins Schloss.

„Ich habe doch gar nicht viel gesagt!", quengelte Hartmut schuldbewusst. Wir anderen saßen da wie begossene Pudel nach einem kräftigen Gewitter.

Clemens, unser Kurssprecher, und seine Freundin Dagmar folgten Herrn Dr. Kluge und versuchten, ihn zu bewegen, die Vorlesung fortzusetzen. Aber Herr Dr. Kluge hatte die Nase für heute gestrichen voll von uns.

„Schaut mal", redete uns Clemens später ins Gewissen. „Wir sind leider verdammt, in diesem verhängnisvollen Raum unterrichtet zu werden. Aber der besonders laute Geräuschpegel heute war doch nicht notwendig!"

Hartmut schwieg. Was sollte er auch noch sagen? Sein Reden war doch der Auslöser für Herrn Dr. Kluges Wutausbruch.

Nach einigen Tagen erfuhren wir, Herr Dr. Kluge habe auch im Grundstudium der Bundesvermögensverwaltung (diese Anwärter wurden auch im Bildungszentrum in Sigmaringen unterrichtet) den Unterricht so wie bei uns abgebrochen – und das am selben Tag! Also waren doch nicht nur wir alleine an seiner schlechten Laune schuld.

Herr Dr. Kluge war ein erstklassiger Dozent mit einem großen Wissen, aber leider offensichtlich von seinen Launen geplagt. Und außerdem dachte er wohl, im Bildungszentrum gäbe es zu viele Finanzanwärter...

56. Kurz vor der Zwischenprüfung

Du wirst es schon schaffen!", ermunterten mich Norbert und Uli.

Ich war mir nicht mehr so sicher wie zu Beginn meines Studiums. In allen vier Übungsklausuren erreichte ich zusammen gerade nur 14 Punkte, das entspricht der Durchschnittsnote „mangelhaft".

Britta erreichte immerhin 16 Punkte und Monika sogar 19. Selbst die Staatsrechts-Klausur brachte mir nur lächerliche vier Punkte ein. Ich verstand die Welt nicht mehr. Warum lernte ich eigentlich noch?

Mein Optimismus wurde langsam aber sicher flügellahm. Trotz des vielen positiven Denkens à la Dr. Joseph Murphy, dessen Bücher ich für mich entdeckt hatte.

Ich fragte mich: Sollte ich noch mehr lernen – vielleicht gar nicht mehr schlafen? So lange, bis mir der Kopf rauchte, bis ich nahe an einem Herzinfarkt war? Oder sollte ich weniger lernen? Finanzanwärter, die weit weniger büffelten als ich, heimsten bei den Übungsklausuren die besseren Zensuren ein. Das begriff ich nicht.

Im Bildungszentrum zählte offensichtlich nur ein Drittel Wissen, zwei Drittel waren Glück. Ich fühlte mich wie ein Lottospieler, der stets hoffnungsvoll etliche Lottoscheine abgibt, viel

Geld investiert, aber nie gewinnt. Unser Lernstoff umfasste bereits sieben (!!) dicke Ordner.

Jeden Tag betete ich, praktizierte ich das positive Denken und motivierte mich selbst. Ich musste es schaffen!

„Was du säst, das wirst du ernten", heißt es in der Bibel. Ein Satz, der allerdings für das Bildungszentrum nicht zutraf. Ich schien zu lernen für nichts! Die Zwischenprüfung war für mich wie ein breiter Fluss, über den ich springen musste. Hinüber auf das rettende andere Ufer, um den Traum von der Zollkarriere weiterleben zu können.

Das Zugehörigkeitsgefühl der Finanzanwärter untereinander war eng. Eine Zugehörigkeit, wie ich sie noch nie vorher in meinem Leben erfahren hatte. Ich wollte diese Kollegialität, diese Freundschaften nicht mehr missen! Unter den meisten Finanzanwärtern herrschte eine große Menschlichkeit und Freundlichkeit – ein wahrer Kontrast zu der Kälte und der Feindschaft, die viele Dozenten ausstrahlten. Im Bildungszentrum fühlte ich mich bei den Finanzanwärtern akzeptiert, ich gehörte zu den Finanzanwärtern, und ich wollte bei ihnen bleiben. Dieser Wunsch brannte in mir.

Monika wurde von der Liebe zu Johannes durch diese schwere Zeit getragen. Sie sah sehr glücklich und schön aus, weil sie von innen strahlte. Für sie zählte das Jetzt. Wie die Zeit werden würde, wenn wir unser Praktikum an der Grenze antreten würden, interessierte sie noch nicht.

Ab April sollten wir auf einem Grenzzollamt arbeiten. Johannes dagegen würde – genauso wie Norbert – bis Juni im Bildungszentrum in Sigmaringen bleiben und die Inspektorenprüfung ablegen.

Britta traf sich weiterhin mit Siggi. Wenn Siggi und sie zusammenbleiben sollten, würden sie sich im August wieder im Hauptstudium I 2 in Sigmaringen sehen.

Vor lauter Lernen schnappte ich fast über, wurde ich beinahe verrückt. Ich drohte, ein psychisches Wrack zu werden. Manchmal konnte ich laut heraus lachen und alle meine

Unterlagen in eine Ecke pfeffern. Dann wieder durchlebte ich Phasen, während derer ich nur herumsitzen und Trübsal blasen wollte.

„Ich werde jeder von euch einen Pullover stricken!", versprach ich Monika und Britta. „Aber nur dann, wenn ich die Zwischenprüfung auf Anhieb bestehe. Die Wolle bezahlt ihr!"

Die beiden lachten: „Toll!" Denn die Pullover, die ich bisher im Bildungszentrum strickte, gefielen ihnen.

Einige Finanzanwärter planten, Spickzettel bei der Zwischenprüfung zu verwenden. Ich getraute mich nicht – wusste ich doch, dass jeder, der bisher mit einem Spickzettel erwischt worden war, mit einer Disziplinarstrafe rechnen musste.

„Ich kenne jemanden, der trotzdem einen Spickzettel machen wird", berichtete uns Britta einmal. „Er will sich Zettel mit dem ganzen Lernstoff auf der Schreibmaschine tippen und diese dann so lange mit dem Kopierer verkleinern, bis sie im handlichen Spickzettelformat vorliegen."

Beeindruckt lauschte ich Brittas Worten, aber ich war nicht so risikofreudig. Ich wollte ehrlich bleiben – und ehrlich durch diese Zwischenprüfung gehen.

57. Selbstmord!

Einige Finanzanwärter waren eingefleischte Fußballfans. Zwischen den einzelnen Kursen wurden immer wieder Fußballturniere abgehalten. Jeder Kurs stellte eine Mannschaft mit seinen besten Fußballern auf und trat gegen die anderen Kursmannschaften an.

Im Februar sollte unser Kurs gegen eine Fußballmannschaft von Hamburger Finanzanwärtern spielen. Doch plötzlich wurde das Match abgesagt – die Hamburger Mannschaft konnte nicht mehr gegen uns antreten. Was war passiert?

„Wir haben einen unserer besten Spieler verloren!", erklärte der Mannschaftskapitän der Hamburger Finanzanwärter aus dem Grundstudium mit hängenden Schultern. „Hans hat sich am Wochenende erhängt! Wir sind immer noch fassungslos und müssen erst einmal begreifen, dass er nicht mehr in unserer Mitte ist."

Warum hatte sich Hans erhängt? Verkraftete er den Stress im Bildungszentrum nicht mehr?

Wir erfuhren später, dass die Hauptursache für den Selbstmord private Probleme gewesen seien. Hans wurde von seiner Freundin verlassen – eine Tatsache, die ihm zu schaffen machte und ihn in den Tod trieb.

Unsere Dozenten verloren kein Wort über den Selbstmord. Warum auch? Wir hatten den Eindruck, dass es ihnen gerade recht war, dass nun ein Finanzanwärter weniger herumlief. Ein lästiger Finanzanwärter weniger, den man nicht „rausprüfen" musste!

Wir hörten, dass jedes Jahr einige Finanzanwärter versuchten, sich das Leben zu nehmen. Sie fühlten sich dem Druck irgendwann nicht mehr gewachsen. Die Fülle des Lernstoffes überstieg bei weitem ihre Erwartungen. Und – wer wollte sich schon die Blöße geben, bei der Zwischenprüfung durchzufallen und somit aus der Zollverwaltung entlassen zu werden?

Die meisten Finanzanwärter, die einen Selbstmordversuch vornahmen, wurden noch rechtzeitig entdeckt – von ihren Zimmergenossen oder anderen Leuten.

Wie viele Finanzanwärter jedes Jahr in den Tod gingen, blieb geheim. Über dieses Thema sprach man nicht.

Die Mannschaft unseres Kurses Nummer 5 spielte an diesem Nachmittag doch noch Fußball – allerdings gegen ein anderes Team.

58. „Ich kann nicht mehr!"

Norbert blickte mir ernst in die Augen und nahm einen hastigen Schluck Kaffee.

„Vicky, ich muss dir etwas erzählen!"

Erstaunt sah ich ihn an. Ich genoss gerade eine meiner kurzen Kaffeepausen zwischen Vorlesungen und Lernstress.

„Eigentlich hätte ich schon im letzten Jahr meine Inspektorenprüfung ablegen sollen." Norbert seufzte. „Genau wie jetzt nahm ich an den Vorlesungen des letzten Teils des Hauptstudiums teil. Und ich lernte wie ein Besessener. Auf einmal konnte ich nicht mehr. Beinahe erlitt ich einen Nervenzusammenbruch."

Beunruhigt blickte ich Norbert an. Dieser ruhige, gefasste Mann war tatsächlich schon nervlich am Ende gewesen?

„Ich war einige Wochen lang krank", fuhr Norbert fort. „Am liebsten hätte ich die Ausbildung abgebrochen – alles hingeschmissen. Aber was sollte ich denn dann tun? Außerdem hatte ich so lange durchgehalten. Es wäre eine Dummheit gewesen, jetzt aufzugeben."

„Und dann?" Ich war schockiert durch die Erzählung, durch das Geständnis, durch eine Geschichte, die ich nie erwartet hatte.

„Durch meine Krankheit versäumte ich viel Stoff. Meine Chancen, die Inspektorenprüfung zu bestehen, standen besonders schlecht. Also beantragte ich, die Ausbildung um ein Jahr zu verlängern. Und – hier bin ich nun!"

Norbert wirkte auf einmal älter, abgeschaffter, angespannter. Traurig und mit leeren Augen blickte er um sich. Und ich erriet seine Gedanken: Er hoffte, die Zeit im Bildungszentrum bald hinter sich zu haben. Raus aus dieser Dozentenhölle! Als frischgebackener Inspektor. Oder auch: Diplom-Finanzwirt (FH).

59. Der erste Tag der Zwischenprüfung

Jetzt war es soweit – der erste Tag der Zwischenprüfung irgendwann im Februar 1984 stand auf dem Programm. Mutig kroch ich morgens aus den Federn und richtete mich.

Noch ein schneller Blick in meine Unterlagen über den behandelten Stoff in Volkswirtschaftslehre, öffentlicher Finanzwirtschaft, sozialer Sicherung und Wirtschaftspolitik. Ich fühlte mich sicher. Herr D. Kluge hatte uns in seinen Vorlesungen den Stoff verständlich und interessant vermittelt. Was konnte schon passieren?

Im Damenumkleideraum neben der Sporthalle versammelten sich alle Finanzanwärter des Grundstudiums und zogen Platznummern. Ich zog einen Platz in der Sporthalle.

Viele Leute waren bereits anwesend, unterhielten sich oder lauschten der lauten Radiomusik, die aus Lautsprechern in die Halle dröhnte. Der Sender „DRS drei – Schweiz" spielte den Titel „SOS" der englischen Popgruppe ABC. Ein Titel, der gut zur Zwischenprüfung passte. Die Klänge beruhigten uns ein bisschen.

Acht Uhr. Das Radiogerät wurde ausgeschaltet. Wir setzten uns auf unsere Plätze. Vor uns lagen Schokoladenriegel, Brote und Obst zur Stärkung. Jeder hatte sich etwas zum Knabbern während der Prüfung mitgebracht.

Einige Finanzanwärter hatten sogar ihre Glücksbringer, wie zum Beispiel kleine Teddybären oder andere Plüschtiere, auf die Tische gestellt.

Ein Dozent las uns über das Mikrofon Anweisungen vor, zum Beispiel: „In der Sporthalle darf nicht geraucht werden." Oder: „Spickzettel sind verboten. Wer mit einem Spickzettel erwischt wird, muss mit einer Disziplinarstrafe rechnen."

Vier Dozenten hatten Aufsicht in der Sporthalle und verteilten die Aufgabenblätter – erst einmal mit der beschriebenen Vorderseite nach unten. Auf Kommando durften wir dann die Blätter umdrehen, und die Prüfung begann. Drei Stunden hatten wir Zeit.

Ungläubig starrte ich auf die vollgeschriebenen Seiten. Einige Fragen konnte ich problemlos beantworten. Andere Fragen hatte ich noch nie gehört – der Stoff war mir vollkommen unbekannt. Wir hatten ihn während unserer Vorlesungen – genauer gesagt, während unseres „mitarbeitsintensiven Unterrichts" – nicht behandelt!

Wut packte mich. Diese Prüfung hatte Herr Dr. Kluge verbockt – was bildete er sich eigentlich ein? Warum wirkte er bei einer Arbeit mit, deren Stoff er uns mindestens zur Hälfte nicht beigebracht hatte? Was sollte das sein – ein Rachefeldzug gegen uns verhasste Finanzanwärter?

So gut ich konnte, beantwortete ich alle Fragen. Meine Lösung gab ich nur mit einem schlechten Gewissen ab.

Geknickt setzte ich mich an einen Tisch im „Casino" und bestellte eine Tasse Kaffee. Andere Finanzanwärter gesellten sich zu mir.

„Diese Arbeit war eine Unverschämtheit!", bemerkte jemand und drückte somit aus, was wir alle dachten.

„Am liebsten würde ich Herrn Dr. Kluge umbringen!", äußerte sich ein Finanzanwärter aus unserem Kurs. „Er hat uns auf diese Arbeit ÜBERHAUPT NICHT vorbereitet!"

„Ich glaube, dass ich im Mai zur Wiederholungsprüfung wieder hier in Sigmaringen bin." Resigniert putzte Monika ihre Brille.

Wir fühlten uns ausgebootet, verraten, wie geschlagene Hunde.

Gerüchte rankten sich, dass einige Dozenten gesagt hätten:

„Die Oberfinanzdirektionen haben 1983 zu viele neue Finanzanwärter eingestellt. Deshalb müssen diesmal bei der Zwischenprüfung mehr Leute als bisher durchfallen."

Später erfuhr ich allerdings das genaue Gegenteil. Zu uns Finanzanwärtern der Oberfinanzdirektion Stuttgart sagte man:

„Solltet ihr einen festen Partner aus dem Bereich einer anderen Oberfinanzdirektion finden, fragt ihn doch, ob er in den Raum Stuttgart kommen will. Bitte geht nicht in andere Oberfinanzdirektions-Bezirke! Wir brauchen euch hier in Stuttgart und Umgebung!"

Und zu Finanzanwärtern einer anderen Oberfinanzdirektion sagte man:

„Achtet ja darauf, die Zwischenprüfung zu bestehen! Die Oberfinanzdirektion kann es sich nicht erlauben, nur einen von euch zu verlieren!"

Zeigte nicht auch die Tatsache, dass die Oberfinanzdirektion Stuttgart noch vier zusätzliche Ausbildungsplätze beantragt hatte, dass man uns brauchte?

60. Der Rest der Zwischenprüfung

Weitere Klausuren folgten. Jeden Tag eine. Nachmittags lernte ich stets bei Norbert und Uli, denn dort war es ruhiger als in unserem Dreibettzimmer. Siggi war Dauergast, er raufte und balgte sich mit Britta. In dieser Atmosphäre konnte man nicht lernen!

Die Klausur im Fachbereich „Organisatorische Grundlagen, Information und Informationsverarbeitung" war sehr umfangreich. Wir schafften es beinahe nicht, alle Aufgaben zu lösen. Diesmal zog ich einen Platz im „Blauen Salon" und schrieb die Klausur in „gemütlicher Runde". Dort hatten nicht so viele Finanzanwärter Platz wie in der Sporthalle. Wir saßen direkt neben der Kantine und hörten alles, was dort gesprochen wurde. Wir hörten, als es zur großen Pause läutete. Einige Leute aus dem Hauptstudium II suchten das „Casino" auf, einer von ihnen pfiff munter ein Liedchen.

Noch immer waren wir über die erste Klausur schockiert. „Was habt ihr denn?", witzelte Peter aus Bayern. „Herr Dr. Kluge hat uns doch gut auf die Wiederholungsprüfung vorbereitet!" Wie ironisch! Einige von uns lachen nervös.

Die Klausuren versetzten uns in Angst und innere Anspannung. Aber anschließend waren wir froh, wenn wieder eine Klausur vorbei war.

In der Klausur im Fachbereich „Staats- und verfassungsrechtliche Grundlagen des Verwaltungshandelns", kurz Staatsrecht genannt, entdeckte man während der Prüfung einen Fehler, und dauernd klingelte das Telefon.

In der Klausur im Fachbereich „Allgemeine rechtliche Grundlagen der Aufgabenerfüllung" schrieb ich sehr viel.

Niemand von uns konnte sagen, wie für ihn persönlich die Klausuren gelaufen waren.

Es war nicht wie in der Schule, als man sagen konnte:

„Ich habe dieses und jenes Gefühl, dass die Klausur gut oder schlecht oder mittelmäßig lief."

Nein, wir waren abhängig von einer Art „Lotto-Zentrale". Vom Gutdünken und der Laune der Dozenten. Und jeder von uns hoffte, in seinen Lösungen Paragraphen gefunden zu haben, die den Dozenten dieses Mal gefallen würden.

Nach der letzten Klausur suchten wir Finanzanwärter des Grundstudiums unsere Autos auf und fuhren in unsere Heimatorte. Drei freie Tage waren angesagt – zum Entspannen, Kraft-Schöpfen und für Tätigkeiten, die wir in den letzten Wochen vor lauter Lernen vernachlässigen mussten.

Ausnahmsweise fuhr ich wieder mit Felix heim, der inzwischen einen gelben Golf sein eigen nannte. Pech hatte er allerdings immer noch. Während der Fahrt löste sich ein Kieselstein von einem Lastwagen vor uns und verwandelte Felix' Frontscheibe in ein Scherbenmeer! Glücklicherweise fielen die Scherben nicht ins Auto – die Scheibe, die jetzt aussah wie ein Puzzlespiel, hielt tapfer bis in unsere Heimatorte.

Allerdings musste sie repariert werden. Felix bezahlte 300 D-Mark dafür – das sind ungefähr 150 Euro. Das war ziemlich viel Geld für einen Finanzanwärter!

61. Hauptstudium I 1

Perfekte Erholung boten drei Tage Urlaub Ende Februar 1984 nicht, aber sie waren gut, um ein bisschen abzuschalten.

Nach diesen drei Tagen landeten wir Finanzanwärter wieder ausgeruht im Bildungszentrum in Sigmaringen. Sechs Wochen Hauptstudium standen uns nun bevor – endlich hatten alle Vorlesungen etwas mit unserer Tätigkeit in der Zollverwaltung zu tun!

Am Ende der sechs Wochen war eine Zollrechtsklausur angesagt. Darüber freuten sich viele – auch Monika. Zollrecht war ihr Lieblingsfach, und nun konnte sie zeigen, wie gut sie es beherrschte.

„Die Ergebnisse der Zwischenprüfung werden Sie im April bekommen", sagten uns die Dozenten. „Wenn Sie bis Mitte April keinen blauen Einschreibebrief erhalten haben, können Sie davon ausgehen, dass Sie die Zwischenprüfung bestanden haben.

Sollten Sie allerdings einen solchen Brief bekommen, müssen Sie alle Klausuren, deren Bewertung schlechter als fünf Punkte ist, im Mai hier im Bildungszentrum wiederholen."

Natürlich hofften wir alle, die erste Hürde – die Zwischenprüfung – erfolgreich hinter uns gebracht zu haben. Danach war unser Ausbildungsplatz in der Zollverwaltung sicher – bis zur zweiten Hürde, der Inspektoren- oder auch Laufbahnprüfung, nach drei Jahren Ausbildungszeit.

Ich genoss die Zeit im Hauptstudium I 1 (ausgesprochen: „Hauptstudium eins eins") – die Zeit, die mir noch im Frühjahr 1984 ohne Lernstress vergönnt war. Und – um wie viel interessanter und praxisnäher waren Vorlesungen über Zollrecht, Abgabenordnung und Steuerrecht! Warum wurde eigentlich über dieses Wissen keine Zwischenprüfung gemacht?

„Gerne kannst du zu uns ins Zimmer kommen und dort lernen!", boten mir Norbert und Uli an. Eine gute Idee. Ich akzeptierte – wie bereits vor der Zwischenprüfung. Denn in unserem Dreibettzimmer war es immer noch zu laut.

Mit Norbert und Uli diskutierte ich oft über Zollrecht. Hier konnten sie mir helfen. Den Stoff der Zwischenprüfung hatten sie nämlich schon längst vergessen.

62. März 1984 in Sigmaringen

Auf der Alb – wie man die Gegend in und um Sigmaringen herum gerne bezeichnet - dauerte der Winter länger als in Stuttgart oder meiner Heimatregion. Anfang März klebte noch der weiße Schnee auf den grauen Betondächern der Unterkunftsgebäude des Bildungszentrums. Auf den Wegen und auf dem Rasen nahm er langsam eine bräunliche Farbe an – von den vielen Füßen, die darüber liefen.

Ein schaurig kalter Wind pfiff uns um die Nase, wenn wir zum Unterricht gingen. Mit jedem Tag wurde es morgens, wenn wir aufstanden, etwas heller. Der Frühling musste doch bald da sein! Aber der Schnee ließ nichts Derartiges vermuten. Er war hart, kalt und steif. Wenn man hinfiel, konnte man sich sehr wehtun.

Uns allen ging der Schnee allmählich „auf den Wecker."

63. Wir wehrten uns

Die Zwischenprüfung saß uns immer noch im Nacken – manche Klausuren waren ein große Gemeinheit gewesen. So beschlossen wir, uns zu wehren und einen Beschwerdebrief an das Bundesministerium der Finanzen und einen weiteren an die Oberfinanzdirektionen zu schreiben.

Am wirkungsvollsten war es, wenn so viele Leute wie möglich eigene Briefe verfassten, anstatt einen einzigen Brief durch die Reihen gehen und diesen von jedem, der es wollte, unterschreiben zu lassen.

Wir sandten unsere Briefe „auf dem Dienstweg". Das heißt, wir übermittelten sie zuerst dem Direktor des Bildungszentrums. Dieser leitete unsere Beschwerden anschließend an die nächsthöhere Stelle weiter. Und weiter ging der Brief dann an eine weitere nächsthöhere Stelle. So lange, bis die Briefe den jeweiligen Oberfinanzdirektionen und dem Bundesministerium vorlagen.

So lautete mein Brief – in bestem „Beamtendeutsch" natürlich:

Victoria W.   Sigmaringen, 14.03.1984
Finanzanwärterin am Hauptzollamt Stuttgart-West,
zurzeit zu Fachstudien abgeordnet an das Bildungszentrum
der Bundesfinanzverwaltung in Sigmaringen

Bundesfinanzministerium für Finanzen
-    Ausbildungsreferat –
5300 Bonn 1   - auf dem Dienstweg –

Betrifft: Zwischenprüfung vom 16. bis 21. Februar 1984 zum Abschluss des Grundstudiums am Bildungszentrum Sigmaringen (Fachhochschule des Bundes)

Das Grundstudium für die Anwärter des gehobenen nichttechnischen Dienstes der Bundesverwaltung schließt mit einer Zwischenprüfung ab. Diese wurde für den Einstellungsjahrgang 1983 vom 16. bis 21. Februar 1984 durchgeführt.

Ich fühle mich durch die Aufgabenstellung mit der daraus folgenden Bewertung beschwert.

Dazu mache ich folgende Erklärung:

Punkt 1: Am ... Februar 1983 wurde die schriftliche Arbeit im Studiengebiet „Gesamtwirtschaftliche Zusammenhänge und ökonomische Grundlagen der Aufgabenerfüllung" durchgeführt. Die Schwerpunkte lagen in den Teilgebieten „Öffentliche Finanzwirtschaft" und „Soziale Sicherung".

Der Bereich „Soziale Sicherung umfasste zwei Fragen. Da in unserem Kurs das Thema „Beitragsbemessungsgrenze" gar nicht behandelt wurde, war ich nicht in der Lage, diese Fragen zu beantworten. Erschwerend kam für mich hinzu, dass die zweite Frage auf der ersten aufbaute. Ich weiß, dass in anderen

Kursen dieses Thema ausführlich behandelt wurde, und fühle mich deshalb benachteiligt.

Punkt 2: Am ... Februar 1984 wurde die schriftliche Arbeit im Prüfungsgebiet „Organisatorische Grundlagen, Information, Informationsverarbeitung, Innerbehördliche Organisation, Datenverarbeitung" durchgeführt. Auch durch diese Arbeit fühle ich mich benachteiligt.

Ich war nicht in der Lage, die gestellten Aufgaben – auf dreizehn Seiten verteilt – in der vorgegebenen Zeit von drei Zeitstunden zu lösen. In der Klausur wurden alle vermittelten Techniken des Planungs- und Entscheidungshandelns verlangt. Die Unlösbarkeit lag nicht in der Schwierigkeit, sondern in der Menge.

Während der Ausbildung wurde zum Beispiel die Netzplantechnik mit acht Vorgängen geübt. Die Prüfung verlangte dagegen 25. Genauso überzogen wie die Netzplantechnik waren die Nutzwertanalyse, das Flussdiagramm, das Organigramm, der Entscheidungsbaum und die Entscheidungstabelle.

Hinzu kamen noch etliche Fragen aus dem Bereich „Organisation" und „Automatisierte Datenverarbeitung". Zum Bereich „Automatisierte Datenverarbeitung" musste man mit dem Bundesdatenschutz-Gesetz die Antworten erarbeiten.

Die Anwendung der Planungs- und Entscheidungstechniken und das Beantworten der Fragen – speziell das Suchen im Bundesdatenschutz-Gesetz - brachten mich derart in Zeitnot, dass ich viele Aufgaben nicht meinem Leistungsstand entsprechend lösen konnte.

Während des Grundstudiums war mein Arbeitseinsatz täglich mit zehn Stunden angesetzt, und ich habe durch die beiden vorher genannten Klausuren keine Chance erhalten, dieses Wissen anzuwenden.

Aus diesem Grunde und, weil ich mich nach einem schlechten Abschneiden vor Angriffen meiner Dienststelle fürchte, bitte ich um Überprüfung dieser Angelegenheit.

Gezeichnet: Victoria W.

„Ich finde es super, dass du einen Beschwerdebrief geschrieben hast!", staunten später einige Kurskollegen. Denn nicht jeder hatte einen Brief verfasst – einige hatten Angst, andere meinten, das habe sowieso keinen Sinn.

200 von 300 Finanzanwärtern schickten ihre Beschwerdebriefe ab – in der Hoffnung, Gerechtigkeit zu erfahren. Aber wir waren noch jung und unerfahren. Welche Chance hatten wir?

Ich war bereit zu kämpfen – für meine Ausbildung und Laufbahn in der Zollverwaltung.

64. Vulkanausbruch

Britta benahm sich neuerdings sehr friedlich, wenn man sie gewähren ließ. Ihre Ironie war allerdings immer noch ungebrochen, und so verhielt ich mich vorsichtig. An das Aneinander-Vorbeileben hatte ich mich unterdessen glänzend gewöhnt!

Britta beobachtete mit Argwohn und Beunruhigung, was sich zwischen Monika und Johannes „zusammenbraute". Oft zog Britta die Stirn in Falten und begann zu schimpfen:

„Schon wieder hat Monika das Geschirr nicht gewaschen!"

Monika wäre heute an der Reihe gewesen, aber sie wollte mit Johannes spazieren gehen. Deshalb spülten Britta und ich.

„Das geht so nicht weiter!" Britta klatschte mir einen nassen Teller in die Hände. Ich fing ihn gerade noch auf und trocknete ihn ab. Am besten sagte ich gar nichts.

Nach zwei Stunden traf Monika wieder ein. Ich saß alleine in unserem Dreibettzimmer.

„Habt ihr abgewaschen?" Sie schaute auf unser sauberes Geschirr, das ordentlich auf dem Schreibtisch stand.

„Ja!" Ich holte tief Luft. „Es ist nicht so gut, wenn gebrauchtes Geschirr so lange herumsteht. Essensreste können fest eintrocknen und nachher nur schwer entfernt werden."

„Ich hätte doch gespült! Johannes wollte mir dabei helfen!" Monika schüttelte den Kopf.

„Britta ärgerte sich, dass du – ohne zu spülen – einfach verschwunden bist!", meinte ich. „Du kennst sie doch – sie war richtig aufgebracht."

„Das war sie heute Mittag schon." Monika putzte emsig ihre Brille mit einem Einmaltaschentuch. „Sie konnte es nicht mit ansehen, dass Johannes und ich zusammen kochten. Und dann haben wir noch aus Versehen Brittas Dose Mais verwendet und nicht unsere." Monika kramte in ihrer Tasche, kritzelte ein paar Worte auf ein Blatt Papier, legte dieses Blatt auf den Schreibtisch und verließ das Zimmer.

Ich saß da und wusste nicht, was ich tun sollte. Dies war nicht eine von den zahlreichen Streitigkeiten zwischen Britta und mir. Nein, diesmal war ich die Außenstehende und nahm die Beobachterrolle ein, die Monika bisher innehatte.

Wenig später erschienen Britta und Siggi. Britta nahm verdutzt Monikas Zettel vom Schreibtisch und rief wütend: „Mensch – die spinnt doch! Schau' mal, was sie geschrieben hat!" Sie fuchtelte mit dem Stück Papier vor meiner Nase herum.

Ich las:

„Entschuldige, Britta, falls ich dich geschädigt habe mit der Maisdose. Ich hoffe, dass dir dadurch kein Verlust entstanden ist."

Neben dem Zettel lagen 20 Mark (ungefähr 10 Euro).

Britta kochte vor Wut. Als Monika kam, stürzte Britta auf sie zu. „Monika, willst du mich beleidigen?"

„Du hast doch wegen der Maisdose geschimpft." Monika versuchte, gelassen zu bleiben. „Und du sagtest immer, dass du in letzter Zeit so viel für Essen draufzahlen musst! Ich möchte daran nicht schuld sein."

„Ach was!" Britta fuhr sich hektisch durch ihre blonden Haare. „Die Zustände in diesem Zimmer sind sowieso rücksichtslos! Besonders gegenüber Vicky."

Ich schreckte auf unter Brittas mitleidsvollem Blick. Nein, mit diesem Satz aus Brittas Mund hatte ich wirklich nicht gerechnet!

„Siggi ist nie so oft im Zimmer wie Johannes!" Britta stellte sich theatralisch vor Monika auf und fuchtelte mit den Händen. „Johannes ist dauernd hier. Was meinst du denn dazu, Vicky?"

Ich zuckte zusammen. „Unterdessen habe ich mich daran gewöhnt. Nur an dem Abend, als ich Halsschmerzen hatte, ging mir der Trubel im Zimmer auf die Nerven."

Britta schwieg. Sie hatte wohl eine andere Antwort erwartet. Sie wollte, dass ich Monika sprichwörtlich „in die Pfanne haue". Aber dazu ließ ich mich nicht hinreißen. Ich hatte ehrlich geantwortet.

Komisch war, dass Britta auf einmal selbst zugab, in unserem Zimmer ginge es zu wie in einem Stundenhotel. Wie gemein also von ihr, Monika die Hauptschuld daran in die Schuhe zu schieben. Ich wusste nicht, was ich sagen sollte. Jetzt noch eine Diskussion mit Britta beginnen? Ich hatte die Nase voll von allen Streitereien und wollte endlich meine Ruhe haben!

„Und der Abwasch wird in letzter Zeit stark vernachlässigt." Britta war richtig in Fahrt.

Monika war gemeint. Sie schaute schuldbewusst auf den Boden.

„Übrigens – die Sache mit dem Geld ist so", fuhr Britta bestimmt fort. „Ich erwarte einfach, dass man mir für die Einkäufe von selbst einen Geldbetrag zusteckt. Es ist mir zu blöd, auf die Frage ‚Was bekommst du für deinen Einkauf?' zu antworten!"

Ich spitzte meine Ohren. Was sagte sie da? Sie war und blieb so schwer zu durchschauen! Auch ich wusste nicht, dass sie IRGENDEINEN Beitrag zu ihren Ausgaben erwartete. Ich aß sowieso meistens im „Casino", und die Lebensmittel für mein Frühstück kaufte ich mir selbst.

Monika schluchzte:

„Und das am Ende unserer gemeinsamen Zeit im Zimmer!" Dicke Tränen kullerten über ihre Wangen, und sie stürzte zum Zimmer hinaus.

65. Die „Baccardi-Fete"

Noch während meiner Zeit am Bildungszentrum in Sigmaringen im Frühjahr 1984 sah sich Norbert nach einer anderen Kameradin um. Und er fand schnell Ersatz für mich! Eine Dame, die auch da sein würde, wenn ich weg war. Ich entdeckte, dass ich eifersüchtig war. Und ich fühlte mich gekränkt. Lag mir doch mehr an ihm, als ich mir eingestehen wollte?

Norbert war damals noch nicht bindungsfähig. Er wollte das Leben genießen, seinen Spaß haben – erst einmal ohne Verantwortung gegenüber einer festen Partnerin sein.

An manchen Abenden war ich deprimiert. Und so ließ ich mich überreden, mit zu der so genannten „Baccardi-Fete" zu gehen. Wir waren sechs Finanzanwärter und zwei Finanzanwärterinnen, die daran teilnehmen wollten.

Die Fete sollte in einer der Kasernen stattfinden. Sigmaringen hatte 1984 drei Kasernen, und natürlich waren dort Damenbesuche verboten. Peter hatte allerdings Beziehungen und „irgendwas" arrangiert.

So stapften wir durch den harten Schnee bergaufwärts zu einer Kaserne. In einem Raum, der als Kneipe oder Treffpunkt diente, erhielt jeder von uns ein Glas Baccardi-Cola zu einem Spottpreis von gerade mal 1,50 D-Mark (ca. 0,77 Euro).

Einige Soldaten musterten uns verdutzt. Was – unter den Besuchern waren auch zwei Damen? Wie kamen denn DIE hierher?

Die Soldaten starrten uns an, als seien wir Ufos. Einige gesellten sich zu uns und stießen mit uns an. Das geschah oft.

Ich nahm nach jedem Anstoßen – oder Zuprosten – nur einen kleinen Schluck, um nicht zu schnell beschwipst zu werden. Die anderen wunderten sich, dass mein Glas nur langsam leer wurde.

„Wieso ist denn dein Glas noch fast voll?", fragten sie mich.

Weil ich nicht beschwipst werden wollte. An diesem Abend nicht. An diesem Abend war ich nicht in der Stimmung dazu.

Aber ich sagte das nicht, um die Stimmung der anderen nicht zu trüben.

Wir waren alle sowieso sehr fröhlich – auch ohne viel Alkohol. Dafür sorgte schon die bayerische Art des Zuprostens, die Peter uns beibrachte: Jemand haute mit seinem Glas auf den Holztisch. Das war das Kommando für die anderen, ihre Gläser zu ergreifen. Jeder stieß mit jedem an, ein erneutes Hauen auf den Tisch mit allen Gläsern erfolgte – und schließlich nahm jeder einen Schluck aus seinem Glas.

„He – aufpassen!", rief einer der Soldaten plötzlich. „Ich glaube, jemand inspiziert die Kaserne. Licht aus!"

Jemand knipste das Licht in unserem Raum aus, und wir duckten uns. Man hätte einen Floh husten hören können, so ruhig waren wir auf einmal. Ein Soldat schloss uns vorsichtshalber ein.

„Wir gehen lieber", meinte Peter, als die Gefahr vorbei war und die Deckenlampe wieder leuchtete. „Niemand hat uns entdeckt, aber wenn herauskommt, was heute Abend geschehen ist, bekommt ihr Schwierigkeiten." Er nickte einigen Soldaten zu. „Schaltet lieber das Licht aus und führt uns ins Freie!"

Schweigend tappten wir im Dunkeln hintereinander her und verließen die Kaserne.

Es war 22 Uhr. Der eisige Wind pfiff uns um die Ohren, und wir traten den Weg zurück in das Bildungszentrum an.

66. Skandal oder nur Gerüchte?

In einem Kurs des Hauptstudiums II herrschte helle Aufregung. Man hatte eine Klausur zurückbekommen. Sie war wie üblich ausgefallen: die meisten Finanzanwärter aus diesem Kurs waren gerade mal mit der Note „ausreichend" abgespeist worden.

Aber eine Finanzanwärterin hatte sich diesmal selbst übertroffen und sogar 14 Punkte (eins minus) erhalten. Sonst lagen ihre Leistungen bei „ausreichend". Und nun das?

Man begann zu tuscheln. Gerüchte machten die Runde wie ein Lauffeuer. Einige Finanzanwärter vermuteten, diese Finanzanwärterin sei wohl mit einem der Dozenten ins Bett gestiegen.

Man munkelte, dass es ab und zu passieren könne, dass ein Dozent eine Finanzanwärterin fragte:

„Gehen Sie mit mir ins Bett? Dann bekommen Sie die Lösungshinweise für die Klausur im Fach XY."

Falls das wirklich geschehen war oder geschehen würde, konnte man weder dem jeweiligen Dozenten noch der jeweiligen Finanzanwärterin nachweisen, dass tatsächlich ein solcher Handel zustande gekommen war.

Alle mussten schweigen – eine Enthüllung hätte doch für alle Beteiligten fatale Folgen. Ein Disziplinarverfahren zum Beispiel.

Stimmten diese Gerüchte? Oder waren es Fake-News?

Gab es Dozenten, die solche „Angebote" an Finanzanwärterinnen abgaben? Gab es Finanzanwärterinnen, die aus Verzweiflung und aus Angst vor einer schlechten Zensur oder einem Durchfallen bei einer Prüfung darauf eingingen? Nur, um zu überleben und die Ausbildung abschließen zu können?

Ich habe es nie erfahren.

67. Auszug aus Sigmaringen

Ende März 1984 schrieben wir die Zollrechtsklausur. Zum Glück hatte ich Norbert und Uli um Rat fragen können, wenn ich nicht mehr weiterwusste.

Diese Klausur war gerechter als die Klausuren in der Zwischenprüfung. Sie fragte Stoff ab, den wir behandelt hatten.

Norbert zog in ein Einzelzimmer um. Er stellte vorher einen Antrag. Weil er kurz vor der Inspektorenprüfung stand und mit unserem Auszug Zimmer frei wurden, wurde sein Wunsch erfüllt. Nun konnte er noch ungestörter lernen.

Am letzten Vorlesungstag im März gaben wir unsere Gesetzessammlungen ab. Sie waren Eigentum des Bildungszentrums in Sigmaringen.

„Tschüss – bis zum August!", riefen wir Stuttgarter Finanzanwärter zum Abschied unseren bayerischen Kollegen zu. Wir dachten positiv. Sicherlich würden wir uns alle im Sommer wiedersehen.

Unsere Beschwerdebriefe waren vom Direktor in Sigmaringen an die Oberfinanzdirektionen und an das Bundesministerium für Finanzen weitergeleitet worden.

Wir erhielten folgenden Zwischenbescheid:

Betrifft: Zwischenprüfung vom 16. – 21.02.1984 zum Abschluss des Grundstudiums am BZ (Bildungszentrum) Sigmaringen (FH Bund)

Bezug: Ihr Schreiben vom 14.03.1984

Sehr geehrte Frau W.,

Ich bestätige den Eingang Ihres Schreibens vom 14.03.1984.

In dieser Angelegenheit habe ich bereits am 20.03.1984 dem BMF (Bundesministerium für Finanzen) berichtet. Der BMF wird entscheiden, sobald die erforderlichen Stellungnahmen vorliegen. Ich habe veranlasst, dass diese Stellungnahmen unverzüglich nach Abschluss der Korrektur der Prüfungsarbeiten und vor deren Entschlüsselung vorgelegt werden; ich werde sie unverzüglich dem BMF weiterleiten.

Außerdem habe ich die Prüfungskommission gebeten, die Korrektur zu beschleunigen. Der BMF wird Ihnen danach seine Entscheidung mitteilen.

Mit freundlichen Grüßen

Anton Pohl

(Fachbereichsleiter der Fachhochschule des Bundes für öffentliche Verwaltung, Fachbereich Finanzen, im Bildungszentrum der Bundesfinanzverwaltung in Sigmaringen)

Die Zeit im BZ war für uns Finanzanwärter des Hauptstudiums I, 1 erst einmal vorbei. Wir hatten einen Tag Sonderurlaub, um in unseren Heimatstädten wichtige Angelegenheiten zu erledigen.

Anschließend begann unser Praktikum an der Grenze. Unser Abordnungsschreiben hatten wir schon in der Tasche. Es lautete:

Oberfinanzdirektion Stuttgart

Frau Victoria W.
Finanzanwärterin beim HZA* Stuttgart-West
abgeordnet an den Fachbereich Finanzen der FHS* in Sigmaringen

Stuttgart, 1. März 1984
Betrifft: Ausbildungsabschnitt „Zollabfertigung an der Grenze", einschließlich informatorischer Beschäftigung bei einem Zkom G* vom 03.04. – 15.05.1984
Bezug: Verfügung vom 05.08.1983

Sehr geehrte Frau W.,
im Einvernehmen mit der OFD* Freiburg ordne ich Sie zu Ihrer weiteren praktischen Ausbildung für die Zeit vom 03.04. bis 15.05.1984 an das Zollamt Grenzach-Wyhlen (HZA Lörrach**) ab.

Die informatorische Beschäftigung bei einem ZKom G erfolgt während dieser Zeit nach näherer Weisung des Vorstehers des HZA Lörrach.

Anreisetag ist der 03.04.1984. Ich bitte Sie, sich an diesem Tag beim Vorsteher des HZA Lörrach zum Dienstantritt zu melden.

Ihre Reisekostenrechnungen für die An- und Rückreise sowie Ihren Antrag auf Gewährung von Trennungsgeld – sofern die Voraussetzungen dafür vorliegen – bitte ich jeweils über das HZA Lörrach mir vorzulegen.

Der Direktor des BZ Sigmaringen wird Ihnen auf Antrag einen angemessenen Vorschuss auf die Kosten der Anreise und ggf. das Trennungsgeld auszahlen lassen.

Mit freundlichen Grüßen
Im Auftrag - Irgendwer

Sechs Wochen Zoll pur erwarteten uns. Ich freute mich darauf.

Worterklärungen: HZA: Hauptzollamt
FHS: Fachhochschule
OFD: Oberfinanzdirektion
ZKom G: Zollkommissar an der Grenze

68. Gozo

Gozo – lohnt sich ein Besuch dort?
Wer im Land Malta Urlaub macht oder geschäftlich unterwegs ist, stellt sich irgendwann die Frage:

"Lohnt es sich, Maltas Nachbarinsel Gozo zu besuchen - und wie kommt man dorthin?"

Darauf kann ich nur antworten:

"Es lohnt sich durchaus, Gozo zu besuchen. Das ist ein MUSS für jeden Malta-Urlauber und Geschäftsreisenden!"

Den Namen der Insel Gozo spricht man übrigens "Goso" aus.

Malta gehört noch zu Europa. Zu dem Inselstaat, der insgesamt circa 425.000 Einwohner hat, gehören noch die Inseln Gozo, Comino und vier Kleinstinseln, die nicht bewohnt sind.

Malta ist die größte dieser maltesischen Inseln, Gozo ist die zweitgrößte mit 31.000 Einwohnern auf einer Fläche von 67 Quadratkilometern.

Comino ist die drittgrößte Insel mit nur einer Hotelanlage - also sehr wenigen Einwohnern. Berühmt auf Comino ist die "Blaue Lagune".

Die Hauptstadt des Staates Malta ist Valletta, die Hauptstadt der Insel Gozo ist Victoria - auch Rabat genannt.

Die Einwohner auf Gozo nennt man übrigens "Gozitaner".

Die Gozitaner leben vorwiegend von Fischfang, Tourismus, Handwerkskunst und Landwirtschaft.

Nachdem ich alleine noch die wunderschönen Städte Conspicua, Vittoriosa und Senglea auf Malta besucht habe und zwei leerstehende Läden fand – Läden, die sich für Nachhilfeinstitute eignen -, bin ich auf Gozo mit meinem Mann unterwegs.

Wir wollen uns Gozo einfach nur ansehen – und nicht nach Wohnungen oder Läden schauen. Diesen Auftrag habe ich auf Malta erledigt und mir alles notiert und Fotos gemacht.

Ob aus den von mir vorgeschlagenen leerstehenden Läden oder Wohnungen eines Tages Nachhilfeinstitute werden, wird man sehen. Das ist die Aufgabe des Inhabers der des Nachhilfeinstituts, für das ich bisher unterwegs war.

Noch einige Bemerkungen zu den drei wunderschönen Städten, von denen ich vorhin sprach.

Von den Barrakka-Gardens in Valletta aus kann man die Städte Conspicua, Vittoriosa und Senglea sehen – und ich dachte lange Zeit, dass da drüben am Hafen einige Stadtteile von Valletta seien. Aber nein, so ist es nicht.

Auf Malta sind viele Städte aneinandergebaut – man merkt oft nicht, wann eine Stadt aufhört und die nächste Stadt beginnt. Bei Conspicua, Vittoriosa und Senglea ist das genauso. Man steht vor einem Häusermeer mit einer atemberaubenden Aussicht auf einen Hafen – und man blickt auf diese drei Städte, kann aber nicht sagen, wann und wo die eine genau aufhört und die andere genau beginnt.

Wer von Deutschland nach Malta reist, muss seine Uhr weder vor- noch nachstellen. Es herrscht also dieselbe Zeit wie in Deutschland.

Wer nach Gozo reisen will, muss zuerst einmal auf die Insel Malta reisen. Meistens passiert das mit dem Flugzeug. Man landet auf dem Flughafen in Valletta - übrigens dem einzigen Flughafen des Landes. Von dort aus versucht man, zum Küstenort

Cirkewwa zu gelangen. Das kann mit Hilfe von Bussen, Taxis oder Mietwagen passieren.

Von Cirkewwa aus verkehren Fährschiffe nach Gozo und zurück. Die Fahrt nach Cirkewwa nach Gozo dauert circa 30 Minuten, die Rückfahrt ebenso.

Wer sich auf den Weg macht, Gozo während einer Urlaubsreise oder während eines Tagesausflugs zu erkunden, sollte auf gute und sichere Schuhe achten! Stöckelschuhe und dünne Sandalen sind nicht sinnvoll, da die Straßen oft schadhaft sind, die Treppen ebenfalls. Die Gehwege sind oft sehr schmal (ich habe Gehwege mit circa 20 Zentimeter Breite gesehen und fragte mich: wer soll denn darauf laufen?).

An vielen Stellen findet man bergiges Kopfsteinpflaster, das glatt sein kann - besonders bei Regen. Aber auch ohne Regen bergen diese glatten Steine ungünstige Überraschungen für den Urlauber.

Außerdem sollte man gesund und fit sein, wenn man Gozo besucht. Es geht oft bergauf, dann wieder bergab. Mein Mann hatte Probleme mit seiner Hüfte, für ihn wäre ein Besuch auf Gozo lange Zeit nicht sinnvoll gewesen.

Es gibt einige Reiseveranstalter auf Malta, die Ausflüge zu vielen Zielen auf Malta, Gozo und Comino anbieten.

Ich reise an einem Wochenende mit meinem Mann dorthin. Wir suchen gemeinsam nach leerstehenden Läden oder Wohnungen, die sich für Nachhilfeinstitute eignen.

Interessant ist es, dass wir auf Gozo viele Malteser treffen. Malteser lieben es, sich an Wochenenden ein Hotelzimmer irgendwo in ihrem Land zu mieten und dann einen Ausflug dorthin zu machen.

Wir wollen in Mgarr auf Gozo in einen Sightseeing-Bus springen (ein „Hop-In-Hop-Off-Bus") – also ein Bus, in den wir in Mgarr einsteigen und an einem Ziel unserer Wahl wieder verlassen – um dann wenig später in einen anderen Sightseeing-Bus zu steigen, der ein anderes Ziel ansteuert.

Die einfache Fahrt von Cirkewwa bis Gozo mit der Fähre kostet pro Person 4,65 Euro. Fahrkarten kann man an einigen Schaltern in der Halle kaufen.

Mein Mann und ich erreichen die Neun-Uhr-Fähre nicht, weil unser Bus nach Cirkewwa nicht rechtzeitig dort ankommt. Es ist Samstag, wunderschönes Wetter mit Sonnenschein (was im März für Malta übrigens nicht selbstverständlich ist. März soll der kälteste Monat auf Malta sein) - und da strömen nicht nur Touristen nach Gozo, sondern auch die Malteser selbst.

Die Halle, durch die man laufen muss, wenn man zur Fähre gehen will, ist proppenvoll mit Leuten vieler Nationalitäten! Man findet Deutsche, Niederländer, Polen, Briten, Franzosen, Italiener und natürlich Malteser. Alle wollen nach Gozo - und damit sie sich nicht überrennen, müssen alle in Schlangenlinien um Stuhlreihen herumlaufen.

Natürlich befindet sich auch ein kleines Café in der Halle, in dem man sich Getränke und Snacks kaufen kann, bevor man auf das Schiff geht.

Um 9.45 Uhr fahren wir mit der Fähre nach Gozo.

Die Fähre ist voll - und dementsprechend gut besucht ist auch das Café auf der Fähre, in dem man sich Getränke, Süßigkeiten, Chips und sonstige essbare Sachen kaufen konnte. Ich mache mir erst gar nicht die Mühe, hier etwas kaufen zu wollen und begebe mich gleich nach draußen, um mir ein bisschen Seewind um die Ohren pfeifen zu lassen.

Die Fähren nach Gozo sind gut und gemütlich ausgestattet. Außer einem Café und Toiletten gibt es noch Automaten, aus denen man sich Kaffee und Süßigkeiten gegen Bezahlung herauslassen kann. Weiterhin gibt es einen recht gut bestückten Shop mit Süßigkeiten, Getränken, Souvenirs, Büchern.

Sitzplätze in der Fähre sind vorhanden (die allerdings immer sehr schnell belegt sind).

Gozo erreichen wir ungefähr um 10.15 Uhr.

Gozos Hafen Mgarr sieht wunderbar aus im Sonnenlicht. Viele Boote und Schiffe im Hafen - auch viele bunte Boote, für die Malta berühmt ist. Oben auf einem Hügel steht eine Kirche, die ich nicht besucht habe.

Die Häuser auf Gozo sind beigefarben - und einige davon gibt es auch am Hafen.

Unser erster Ausflugspunkt sind die Tempel von ´Ggantija. Und dort steigen wir auch aus.

Hier handelt es sich um die größte und am besten erhaltene Tempelanlage des Landes Malta.

Unter dieser Tempelanlage darf man sich keine Tempel vorstellen, wie man sie beispielsweise aus China und Japan kennt. Nein, es sind Steine, die zu dicken Wänden aufgestapelt wurden. Steinwände mit löchrigen und nicht löchrigen Steinen, Steinwände, deren Steine oft irgendwie stachelig sind. Man darf sie als Tourist anfassen, man kann über die Steine streichen. Ich halte mich hier zurück, denn ich will mich nicht verletzen.

Diese Tempelanlage besteht aus einem Süd- und einem Nordtempel - und sie ist älter als die Pyramiden in Ägypten und älter als Stonehenge in Großbritannien.

Um diese Tempel zu erreichen, gehen wir - nachdem wir Eintritt bezahlt haben - durch ein Museum und anschließend ins Freie.

Auf einem Weg, der teilweise gepflastert ist und teilweise nicht, gehen wir zu den Tempeln und besehen sie uns. Auch die Pflanzen am Wegesrand sind sehenswert - Kakteen und Blumen, ich mache einige Fotos.

Es dauert circa eine Stunde, bis wir alles gesehen haben.

Anschließend fahren wir mit dem Ausflugsbus durch die Hauptstadt Victoria.

Diese Stadt heißt auch Rabat. Allerdings wundert es mich, dass der Staat Malta zwei Städte mit Namen Rabat hat. Es gibt eine auf der Insel Malta - direkt neben der Stadt Mdina. Und dann diese hier auf Gozo, die auch Victoria heißt.

Wie auch auf der Insel Malta sind die Straßen auf Gozo in den Orten SEHR eng. Man wundert sich, wie der Bus an parkenden Autos vorbeifahren kann, ohne sie zu schrammen. Man wundert sich auch, wie der Bus ganz knapp an Gebäuden unter Balkonen aus Stein vorbeifährt, ohne dass die Balkone oder auch Häuser beschädigt werden!

Die Gebäude stammen wohl aus dem 19. Jahrhundert - vielleicht sie sind noch älter. So würde ich sie auf jeden Fall einschätzen. Sie sind aus beigefarbenem stabilem Stein. Die Fenster sind oft durch bunte - total verschlossene - Balkone blickdicht gemacht. Warum das so ist, da gibt es zwei Theorien, die mir Reiseführer und auch Einheimische zugetragen haben:

Theorie 1: In früheren Zeiten (19. Jahrhundert und früher) wollten eifersüchtige Ehemänner nicht, dass Leute ihre schönen Ehefrauen durch die Fenster von der Straße aus oder gegenüberliegenden Fenstern aus betrachten konnten. Deswegen wurden viele Balkone durch bunte Holzkonstruktionen verschlossen. So konnten sich dann die Ehefrauen auf den Balkonen aufhalten und wurden von anderen Leuten nicht gesehen.

Theorie 2: Malta liegt im Mittelmeer und genießt viele Sonnentage. Deswegen wählen viele Briten auch diesen Inselstaat als Altersruhesitz aus. Damit die Sonne bei Tag nicht so in die Wohnungen "knallt" und die Wohnungen einigermaßen kühl bleiben, hat man die Balkone mit buntem Holz verschlossen.

Nach einem Spaziergang im Zentrum von Victoria springen wir in einen Sightseeing-Bus und fahren zur Dwejra-Bucht.

Diese Bucht ist klasse - unberührte Landschaft. Hier machen wir 30 Minuten Pause. Wir laufen einen Hang hinauf zu einer Kirche, die noch im Bau ist. Unten in der Nähe der Bucht stehen einige Verkaufsstände und Gebäude mit Tüchern, Postkarten, maltesischem Karamellzeugs, Kühlschrankmagneten mit maltesischen Motiven und vielem mehr. Auch Eis kann man kaufen. Wer will, kann sich irgendwo hinsetzen und Kaffee oder Tee trinken.

Genau das machen wir auch.

Die Briten aus unserem Bus stürmen die Stände der Eisverkäufer. Es gibt auf Malta auch Eis bekannter Hersteller, das wir aus Deutschland kenne. Dieses Eis heißt in Malta anders.

Die Sonne scheint, und viele Briten aus unserem Bus ziehen ihre Pullover aus und rennen in ärmellosen Tops herum. Dabei herrschen gerade so 17 bis 18 Grad, das ist mir zu kalt. Aber ich bin ja auch keine Britin, und außerdem bin ich gerade etwas erkältet.

Der Hauptgrund, warum wir an dieser Bucht sind, ist allerdings eine Bootsfahrt, die irgendwo stattfinden soll. Fischerboote fahren in eine Grotte und offensichtlich durch das ehemalige Felsenfenster hindurch. Schade, dieses Felsenfenster – also ein Fenster inmitten einer Felsformation – wurde im Februar 2017 durch einen Sturm zerstört.

Die Schifffahrt um dieses ehemalige Felsenfenster herum dauert 15 Minuten und kostet 4 Euro. Diese bezahlt man den Fischern direkt - sie waren/sind also nicht in den Kosten unseres Ausflugs nach Gozo eingeschlossen.

Und hier sehe ich ein Problem. Kein Mensch weiß nämlich, WO diese Boote abfahren sollen. Es gibt keine Hinweisschilder zu diesen Booten. Man kann eine Treppe hinuntergehen und befindet sich dann in Meeresnähe auf einer großen Steinplatte mit Pfützen und unebenen Steinen - diese Steinregion kann man nur begehen, wenn man gute Schuhe trägt. Ansonsten ist die Verletzungsgefahr äußerst groß.

Letztendlich gehen wir zu dem Linienbus nach Xlendi, der um 13.00 Uhr abfahren soll. Alle Leute, die auf den Bus warten, sind nicht mit den Booten in die Höhle oder sonst wohin gefahren.

Also - wenn ich solch ein Fischerboot hätte und Fahrten anbieten könnte, würde ich mehr Werbung machen mit Hinweisschildern. Das hat man hier leider verpasst.

Unser nächster Halt findet in Xlendi statt.

Xlendi ist ein altes Fischerdorf - und besonders die Bucht ist romantisch. Schöne Gebäude, im Hintergrund Berge und farbige Boote am Wasser. Diese Bucht sollte man gesehen haben - deswegen wird der Ort von vielen Gozo-Ausflüglern besucht.

Mir gelingt es kaum, Fotos ohne Menschen zu machen - so überlaufen ist der Ort. Auch wenn der März nur Nebensaison ist auf Malta und Gozo.

Um die Bucht zu sehen, um sich am Hafen etwas umzusehen, benötigt man nicht länger als zehn Minuten. Wir sind hauptsächlich nach Xlendi gekommen, um hier unser Mittagessen einzunehmen. Massenabfertigung in einer Gaststätte, in die viele Touristen kommen.

Es gibt drei Gerichte zur Auswahl: Fisch oder Pfannkuchen oder Kalbfleisch. Ich nehme das Kalbfleischgericht und bekomme einige durchwachsene Stücke, deren Sehnen ich vor dem Essen "herausoperieren" muss. Das Fischgericht oder der gefüllte Pfannkuchen wären hier die bessere Wahl gewesen!

Ein Getränk ist frei. Es ist im Mittagessenpreis enthalten. Entweder Wasser oder Wein. Ja, die Malteser haben auch Wein, und den trinke ich jetzt hier. Er erinnert mich an italienischen Lambrusco.

Während des Essens unterhalten wir uns mit einigen Polinnen und einer Russin. Wir sitzen zusammen an einem langen Tisch. Die Sprache, in der wir uns unterhielten, ist Englisch.

Unsere Unterhaltung wird immer wieder unterbrochen durch eine Kellnerin, die Essen an den Tisch bringt.

Interessant ist, dass sie nach dem Essen fragt, ob wir Kaffee trinken wollen. Der sei in unserem Essenspreis enthalten, flunkert sie. Ja, sie sagt nicht die Wahrheit. Denn als sie uns den Kaffee hinstellt, will sie Geld dafür haben. 1,50 Euro für eine Tasse mit verdünntem Kaffee und einem Schuss Milch.

Aber - warum soll ich mich aufregen? Die Russin, die übrigens ein totaler Island-Fan ist, hat gute Laune und bezahlt meinen Kaffee. Wie nett von ihr!

Unser nächster Stopp ist Fontana. Fontana - so heißt ein Vorort der Hauptstadt Victoria. Fontana ist italienisch und bedeutet "Brunnen".

In diesem Vorort habe ich ein "Déjà-Vu". Als unser Bus in einer der engen Straßen hält und uns aussteigen lässt, ein Animateur uns in einen Laden lockt, in dem es angeblich tolle und landestypische Gozo-Souvenirs gibt, merke ich: ich war hier schon einmal. Und zwar mit meinem Mann 1998. Eigentlich hatte ich diese "Touristen-Oase" schon vergessen.

Wir werden durch einen engen Laden geschleust, in dem es selbstgemachte Marmelade und Brotaufstriche verschiedener Geschmacksrichtungen gibt. Auch Schürzen kann man kaufen, ebenso Pullover, Jacken und so weiter. Angeblich ist alles selbst gemacht in einer Manufaktur - und ist seinen Preis auch wert. Damit wir auch alle in Kauflaune kommen, tanzen Frauen in Landestracht - die mich an bayerische Dirndl erinnert - und Kopftüchern herum.

Ich kaufe ein Stück "Qubajt" - das ist ein klebriges und süßes Zeug, das in ein Rechteck gepresst und dann verkauft wird. Es ist eine maltesische Süßigkeit und wird in verschiedenen Geschmacksrichtungen verkauft. Beispielsweise Erdbeere und Pfefferminze. Ich entscheide mich für Banane und habe damit schon ein Mitbringsel für meine Schwestern gekauft.

Dann verlasse ich den Laden, er geht mir gerade auf den Geist, weil dort zu viel los und alles eng ist. Mein Mann folgt mir, ihm geht der Laden jetzt auch auf den Wecker.

Im Laden daneben finden sich ebenfalls einige Touristen, auch da schaue ich mich etwas um. Interessant ist, dass es der Animateur vor dem Manufaktur-Laden auf einmal sehr eilig hat, als er bemerkt, dass viele Touristen in diesem anderen Laden sind. Er sagt, dass wir jetzt weiterfahren sollen und es keine Zeit mehr zum Einkaufen gibt. Wahrscheinlich bekommt er in dem Manufaktur-Laden Provision, wenn er Touristen hinein lockt - und in diesem anderen Laden eben nicht. Anders kann ich mir dieses Verhalten dieses Mannes nicht erklären.

Unser letzter Stopp ist wieder in Victoria. Gegen 14 Uhr steigen wir mitten im Stadtzentrum aus und laufen zuerst zu einem Kino. Dort sehen wir den Film "Gozo - 360 Grad" an. Man kann sich Kopfhörer aufsetzen und dann aus acht Sprachen die Sprache auswählen, in der man den Film hören will. In dem Film geht es um Gozos Entdeckung und Geschichte.

Ich gebe zu, dass ich die Hälfte des Films verpennt habe. Dabei ist der Film nicht langweilig. Aber ich bin so müde.

Anschließend laufen wir nach oben zur Zitadelle. Der Weg ist bergig und steil - und außerdem am Rande einer Baustelle. Ja, Baustellen gibt es momentan viele auf Gozo. Gozos Hauptstadt Victoria ist bereit, die Stadt schöner und attraktiver herzurichten. Ein Grund ist, dass Maltas Hauptstadt Valletta 2018 Kulturhauptstadt Europas ist. Die Malteser sind der Ansicht: wer die Insel Malta besucht, plant sicherlich auch einen Besuch auf Gozo.

Die vorher erwähnte Zitadelle ist eine Kirche aus beigem Stein. Viele Stufen führen hinauf. Innen sieht die Kirche prächtig aus.

Wir betrachten eine tolle Malerei an der Decke der Kirche, die - wenn man an bestimmten Stellen in der Kirche steht -, den Anschein erweckt, dass die Kirche eine Kuppel habe. Das ist raffiniert gemacht, denn die Kirche hat keine Kuppel!

Danach schlendern wir durch einige Straßen in der Innenstadt und bekommen so einen besseren Eindruck von der Stadt insgesamt.

Abends sind wir müde und suchen ein Hotel in Victoria auf. Dort ist für uns ein Doppelzimmer gebucht.

Am nächsten Tag wollen mein Mann und ich wieder nach Malta reisen und dort noch drei Tage verbringen, bevor wir wieder nach Deutschland reisen.

Dieses Buch wird fortgesetzt unter dem Titel „Das Licht hinter der Grenze".

Buchtipps

Elaine Laurae Weolke

Blätterrauschen, weit weg

Audrey aus Deutschland und Lionel aus Australien beginnen einen Briefwechsel. Nach einigen Treffen verlieben sie sich ineinander und schmieden Pläne für eine gemeinsame Zukunft. Jedoch gibt es einige Schwierigkeiten und unvorhergesehene Ereignisse.

ISBN-Nummer: 978-3-7448-1858-2
Als Taschenbuch und als E-Book erhältlich.
Herstellung und Verlag: BoD - Books on Demand

Elaine Laurae Weolke

Nächster Halt: Sydney Harbour Bridge

Endlich ist es soweit, dass Audrey Lionel in Sydney besuchen kann. Der Urlaub wird unvergesslich. Anschließend stellt sich die Frage: Gibt es eine gemeinsame Zukunft? Und wenn ja, in welchem Land?

ISBN-Nummer: 978-3-8482-3160-7
Als Taschenbuch und als E-Book erhältlich.
Herstellung und Verlag: BoD - Books on Demand

Elaine Laurae Weolke

Das Licht hinter der Grenze

Dieses Buch ist die Fortsetzung von „Insel der tausend Steine".

Vicky setzt ihre Zollausbildung im gehobenen Dienst fort. Nach den Fachstudien in Sigmaringen macht sie Dienst auf einem Grenzzollamt und wird anschließend in eine Zolllehranstalt abgeordnet.

Währenddessen wartet sie auf das Ergebnis der Zwischenprüfung, die sie an der Fachhochschule des Bundes für öffentliche Verwaltung, Fachbereich Finanzen, in Sigmaringen geschrieben hat. Hat sie die Prüfung auf Anhieb bestanden?

Das Warten ist nervenaufreibend und verlangt den Finanzanwärtern viel Geduld und Nerven ab.